AF387625

Claire Edwards ist das Pseudonym einer deutschen Schriftstellerin, die im ländlichen Schwaben zuhause ist. Schon seit der frühen Kindheit erfindet die dreifache Mutter Geschichten verschiedener Genres und schreibt diese nieder. Lovestorys mit Happy End sind ihre große Passion; das bevorzugte Setting ist dabei Großbritannien, inspiriert durch einen mehrwöchigen Roadtrip. Berufserfahrung hat die verheiratete Autorin im Bürobetrieb, sowie in der Animation und im Gesundheitswesen.

Claire Edwards

Ein Cornwall-Liebesroman

Erstausgabe September 2023

Copyright © 2023 dp Verlag, ein Imprint der
dp DIGITAL PUBLISHERS GmbH
Made in Stuttgart with ♥
Alle Rechte vorbehalten

Das Cottage der Träume

ISBN 978-3-98778-460-6
E-Book-ISBN 978-3-98778-461-3

Covergestaltung: Verena Kern
Umschlaggestaltung: ARTC.ore Design
Unter Verwendung von Abbildungen von
shutterstock.com: © TravnikovStudio, © Ginger_Cat, © Vivi_Smak,
© kaiwut niponkaew, © Konmac, © Neil Bussey
Lektorat: Manuela Tengler
Satz: dp DIGITAL PUBLISHERS GmbH
Druck und Bindung: Books on Demand GmbH, Norderstedt

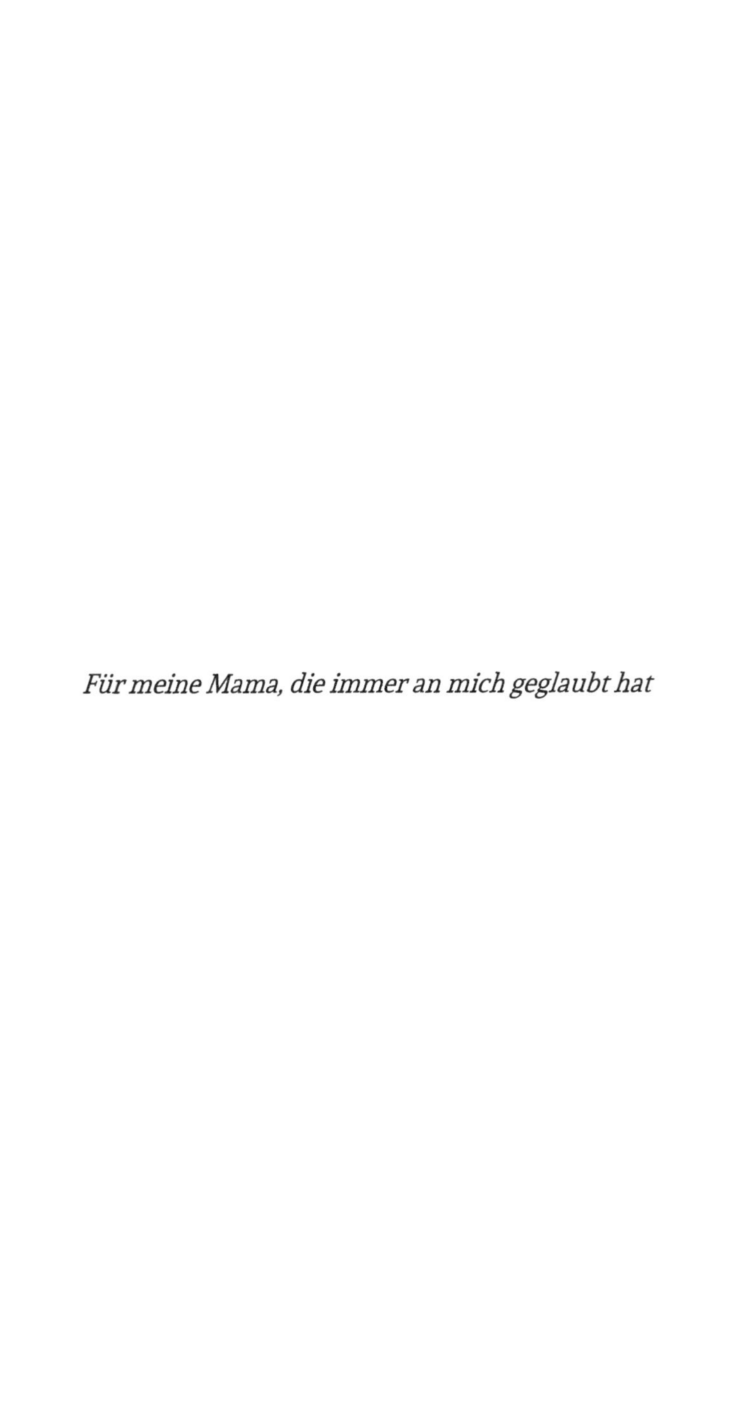

Für meine Mama, die immer an mich geglaubt hat

Kapitel 1

St. Ives verschwand Mitte Mai unter einem grauen Schleier. Eine Wolkenbank schob sich vom Meer kommend Richtung Küste und warf ihren Schatten auf die Bucht. Ich lebte seit sechs Wochen in England und die Sonne war bisher ein seltener Gast gewesen. Vom Wetter mal abgesehen, gab es keinen anderen Ort, an dem ich lieber verweilte als in Großbritannien. Cornwall, malerisch an der Nordküste gelegen, gehörte seit jeher zu meinem Leben. Obwohl meine Eltern, beide gebürtige Briten, berufsbedingt nach Amerika auswanderten und ich in Arizona aufwuchs, war mein Herz stets in England zu Hause. Es gab rückblickend nichts Schöneres als die Aufenthalte und Sommerurlaube, die wir bei meiner Granny Rose Williams in deren Cottage im beschaulichen Örtchen Zennor verbrachten. Für mich hielt dieser Ort bis heute einen ganz besonderen Zauber inne... etwas Segensreiches, das auch die schmerzlichen Erfahrungen der letzten Jahre heilen konnte.

Plötzlich klapperte es. Ich richtete mich auf und blickte nach draußen. Heftige Windböen peitschten gegen die Fensterscheiben des Cafés *Magic Roof,* das ich zu meinem Lieblingsplatz in St. Ives, der nächstgrößeren Stadt in der Umgebung, auserkoren hatte. Ein Frühjahrssturm fegte erbarmungslos durch die Straße, wiegte Bäume hin und her und wirbelte Blütenblätter durch die Lüfte, als gerieten sie in einen alles aufsaugenden Strudel. Ich saß in der hintersten Ecke des Kaffeehauses und beobachtete das ungemütliche Treiben auf dem Gehsteig, froh, ein Dach über dem Kopf zu haben. Das *Magic Roof* besaß eine einzigartige und heimelige Atmosphäre. Es schien, als würden seine Gäste – zwischen Blümchentapeten, antiken Möbeln und auf Chesterfield Sofas sitzend – dem Alltagstrott entfliehen, sobald sie durch die Eingangstür schritten. Vielleicht war es für sie wie der Gang in eine andere Welt, in der man heimlich seinen Träumen nachhing, kniffelige Kreuzworträtsel löste oder aber Musik und Hörbüchern lauschte. Alles, was es neben ein paar Minuten Zeit für das eigene Wohlbefinden benötigte, war eine Tasse heißer Apfelpunsch. So dauerte es meist nicht lange, bis jeglicher Stress wie durch Zauberhand aus ihren blassen Gesichtern verschwunden war. Im Laden duftete es nach einem Hauch Zitrus, gemischt mit Kaffeespezialitäten aus aller Herren Länder und frisch gebackenen Scones, die schon in der Schaufensterauslage verführerisch auf sich aufmerksam machten. Mein Stammcafé *Magic Roof* war innen wie außen aufsehenerregend und einladend gestaltet, sodass man kaum daran vorbeigehen konnte, ohne einen Blick hineinzuwerfen. Ein Reihenhaus mit Spitzdach, himmelblauer Fassade und passend lackierten Fensterläden, die bei Wind und Wetter herrlich klapperten. Geranien zierten zumindest in den Frühlings- und Sommermonaten die davor angebrachten Blumenkästen und sorgten für einen erfrischenden Farbkontrast. Das *Magic Roof* lag im Herzen von St. Ives, der berühmten Künstlerstadt Englands und hob sich mühelos von den traditionellen, steingrauen Gebäuden der Gegend ab. Ein Ort, der Ruhe, Entspannung und das beste Shortbread in der Umgebung versprach. Und obwohl ich meinen Besuch im Café minutiös auskostete, schweiften meine Gedanken unwillkürlich nach Arizona. Denn zwischen Jack und mir kriselte es heftig. Jack. Unser Abschied war frostig gewesen und weder er noch ich wussten, wie und ob es mit uns beiden weitergehen würde.

Kapitel 2

Aus dem Augenwinkel heraus betrachtete ich ein Pärchen, das Händchen haltend und kichernd das Café betrat und sich vielsagende Blicke zuwarf. Er, ein gut aussehender Mittvierziger, strich ihr regennasses Haar zurecht, ehe er seiner Angebeteten die Stirn küsste. Sie gab ihm zwinkernd einen Klaps auf den Hintern, dann nahmen sie an der hohen Fensterfront Platz und ihre Gesichter verschwanden hinter den Getränkekarten. Ich verharrte mit neidvoller Miene. Wann waren Jack und ich das letzte Mal so gelöst und glücklich gewesen? Ob er mich vermisste? All den Fragen zum Trotz bereute ich meine Entscheidung, für einige Zeit nach Cornwall zu reisen, keine Sekunde. Das letzte Mal, als ich in England war, wohnte ich der Beisetzung meiner Granny bei. Ihre Asche wurde dem Meer übergeben. Diesmal war ich hergekommen, um zu heilen. Wir hatten ein inniges Verhältnis zueinander, also nutzten wir jede Gelegenheit, um zu telefonieren. Granny hatte stets gute Ratschläge parat und immerzu ein offenes Ohr, hinzukommend eine erfrischende Prise britischen Humor, der so mancher Situation in der Vergangenheit die Krone aufgesetzt hatte. Es war schrecklich, dass sie nicht mehr unter uns weilte und in jenem Augenblick, einsam im *Magic Roof* sitzend und über die Zukunft sinnierend, fühlte ich mich mutterseelenallein. Gleichwohl war ich stark und wusste, dass das Leben auf der

Erde begrenzt war, die Liebe in meinem Herzen jedoch nicht. In meiner Erinnerung würde sie bis zu meinem letzten Atemzug weiterleben. So motivierte mich die Trauer, das Beste aus meiner Ausgangslage zu machen, auch wenn ich erschöpft und gewissermaßen traumatisiert von meiner Vergangenheit war. Trostspendend war allem voran das schnucklige Cottage meiner Granny, das von dieser einzigartigen Landschaft umgeben war, und nächstes Jahr in meinen Besitz übergehen würde. Das Häuschen in Alleinlage ließ Granny vor Jahren nahe der Klippen und einer einsamen Sandbucht errichten. Umgeben von Hecken und Sträuchern, Wiesen und Weiden bot es den idealen Platz zum Entschleunigen. Der Geruch des Ginsters, der im Frühling die Luft mit zarten Pfirsichnoten versah, gepaart mit dem Salz des Meeres, betörte jeden meiner Atemzüge. Das Rauschen der See und Branden der Wellen klang wie eine Melodie in meinen Ohren, die mich morgens sanft weckte und abends in den Schlaf lullte. Es war mein persönlicher ‚place to be‘.

Mir war klar, dass die Möglichkeit, ein Haus an der englischen Küste zu besitzen, ein sehr großzügiges Geschenk war. Unzählige Menschen wünschten sich fortdauernd an einen anderen Ort, um endlich eine Auszeit von ihrem Alltag zu nehmen und neu anzufangen. Ich bekam diese Chance quasi vor die Füße gelegt und es lag an mir, trotz der Widrigkeiten in meinem Leben, das Beste daraus zu machen.

„Haben Sie noch Wünsche?", fragte die Kellnerin und ich vernahm, dass in ihren Worten ein Hauch von Ungeduld mitschwang. Was war ihr Problem? War ich etwa schon zu lange in diesem Café? Ein Blick auf die

Uhr bestätigte meine Annahme. Schamesröte stieg mir ins Gesicht, ehe ich verstohlen aufsah und ihr ein unschuldiges Lächeln zuwarf, das sie kühn erwiderte.

Der Akzent der Kellnerin brachte mich derweil zum Schmunzeln. Nach all den Jahren in Amerika redete ich längst nicht mehr wie eine Hiesige. „Nur die Rechnung bitte." Obwohl draußen weiterhin der Sturm tobte, wollte ich nach Stunden im Kaffeehaus wieder zurück nach Zennor. Das Einzige, was noch schlimmer war, als im Regen nach Hause zu laufen, war vermutlich den Weg ganz allein im Dunkeln zu gehen.

„Gerne. Einen Moment."

Die Dame reichte mir den Kassenbon. Ich zückte mein Portemonnaie und legte das abgezählte Geld samt Trinkgeld vor mir auf den Tisch, zog mein Regencape über und verließ zügig das Café.

War es im Bistro noch mollig warm gewesen, blies mir nun der Wind gnadenlos ins Gesicht und pustete meine Haare in Augen und Mund. „Verdammt", fluchte ich, denn ich hatte weder Gummistiefel noch einen Schirm bei mir, wobei Letzterer gewiss auf und davon geflogen wäre. Ich ließ mich am Vormittag vom Sonnenschein blenden, kleidete mich falsch und nun hatte ich den Salat. Englisches Wetter zu unterschätzen, war eigentlich ein typischer Touristenfehler! Die Bedingungen änderten sich stündlich. Ich sollte es besser wissen. Knurrend zog ich die Kapuze tief ins Gesicht und zurrte sie unter dem Kinn fest. In gebeugter Haltung und mit gesenktem Kopf stapfte ich die Stufen des Cafés hinab und quälte mich den ungeschützten Gehsteig entlang. Binnen weniger Minuten waren Boots und Jeans durchnässt. Es regnete Bindfäden. Bibbernd schlang ich meine Arme um den Körper. Mit einem Wolkenbruch musste man in Großbritannien zwar jederzeit rechnen, doch diesen hautnah mitzuerleben, war etwas ganz anderes. Der Wind pfiff mir um die Ohren und inzwischen prasselte der Regen so stark auf mein Gesicht ein, dass mir schier die Luft wegblieb. Es war eine Herausforderung, gegen die Böen anzukämpfen, die heulend durch die engen Gassen preschten und meinen Körper voranschoben. Meine Beine wurden bei jedem Schritt langsamer, als hätte ich Blei an den Füßen. Warum hatte ich mich an diesem Vormittag nochmals gegen das Autofahren entschieden? Der Fußmarsch nach St. Ives dauerte von meinem Cottage ausgehend etwa eine halbe Stunde. Da ich penibel darauf achtete, mich ausreichend an der frischen Luft zu bewegen, um fit und gesund zu bleiben, stellte das kein Problem dar. Eigentlich. Aber da meine Ausrüstung an diesem Tag jämmerlich war, wünschte ich mich just in ein Taxi, das mich schnellstmöglich und trocken in das mollig warme Cottage meiner Granny zurückbrachte. Wie blöd, dass weit und breit kein Fahrzeug in Sicht war und – wie sollte es auch anders sein – der Akku meines Handys streikte. In den Boots sammelte sich das das Wasser schneller als mir lieb war. Ach, was hätte ich nur für ein Paar Gummistiefel gegeben. Lediglich mein Regencape hielt, was es versprach, doch was machte das noch für einen Unterschied? Der Mairegen roch irgendwie eigenartig. Erdig und markant, vermischt mit eisiger Kälte, die ich im Frühling so nicht mehr erwartet hatte. Temperatursturz! Unter dem Vordach einer Boutique legte ich eine Verschnaufpause ein. Wie würde ich nach Hause kommen, ohne in den gefluteten

Straßen schwimmen zu müssen? Ich erspähte ringsum keine Menschenseele und die Boutique hatte bereits geschlossen. Sollte ich besser zur nahe gelegenen Hauptstraße gehen und Trampen, um sicher nach Zennor zu gelangen? Aber war Trampen überhaupt sicher? *Hilf mir*, flehte ich mit Blick in den Himmel, unwissend, wem diese stumme Bitte galt.

„Keine gut durchdachte Kleidung für einen Spaziergang im Regen."

Ich wirbelte erschrocken herum. Ein fremder Mann, von dem ich lediglich die Umrisse erkannte – ein breitschultriger Riese mit wuscheligem Haar und tiefer Stimme – kam wie aus dem Nichts auf mich zugeschritten und reichte mir höflich seinen aufgespannten Schirm, der schon ziemlich in Mitleidenschaft gezogen war.

„Als würde der noch was nutzen! Ich bin patschnass", gab ich bissig zurück und wich zur Seite. Ob dieser Kerl anständig und vertrauenswürdig war?

„Tatsächlich. Sie sind so nass wie ein begossener Pudel."

„Ist das englischer Humor?" Dumme Sprüche waren das Letzte, was ich jetzt gebrauchen konnte.

„Eher eine Redewendung." Er trat noch näher.

Ich spitzte die Lippen, denn im gedimmten Licht der Boutique sah der Fremde hinreißend aus. Gut gebaut, mit einem hübschen Gesicht und smaragdfarbenen Augen, wie ich sie nie zuvor gesehen hatte. Seine Haare schimmerten rötlich, was für einen Briten nicht ungewöhnlich war und waren vom Regen ganz krisselig und zerzaust.

Er lächelte verschmitzt. „Suchen Sie Ihr Hotel?"

„Ich befinde mich auf dem Heimweg."

Er neigte den Kopf zur Seite und blickte so sanftmütig drein – wie ein kleiner Welpe, der geknuddelt werden wollte.

„Auf dem Heimweg? Sie sind doch Amerikanerin, oder täusche ich mich?"

„Amerikanerin mit englischen Wurzeln", ergänzte ich stolz.

Der Schönling weitete erfreut seine Augen und fuhr sich durchs Haar. Im selben Moment stieg mir ein Hauch von rauchigem Whisky in die Nase, der mich an das benachbarte Schottland erinnerte.

„Tatsächlich? Aber vermutlich sind Ihre Heimatkenntnisse eingerostet, wenn ich mir Ihre Kleidung so ansehe ..." Ich quälte ein Lächeln hervor. „Ich bin Charlie." Der Jungspund reichte mir die Hand.

„Brown?"

„Nein", er grinste amüsiert, „O'Sullivan. Charles Peter O'Sullivan. Aber ich bitte Sie – nennen Sie mich einfach nur Charlie."

„Nun, einfach-nur-Charlie. Ich bin Ashley. Hopkins."

„Und Sie kommen aus Amerika?"

„Arizona."

„Oh, Arizona? Bemerkenswert. Dieses Wetter muss ein echter Klimaschock für Sie sein."

„Ist nicht mein erster Besuch in der Gegend", gab ich plump zurück. Charlie blinzelte. Ich musste im Stillen zugeben, dass er wirklich umwerfend gut aussah.

„Hören Sie, Ashley Hopkins aus Arizona. Es wäre mir eine Ehre, Sie in meinem Wagen sicher nach Hause zu geleiten. Was halten Sie davon?"

Ich strauchelte. Natürlich war ich nicht abgeneigt, die Hilfe eines Einwohners anzunehmen. Das Wetter konnte ich wohl kaum noch ändern. Charlie war ein echter Kerl in seiner Lederjacke und den lässigen Regenstiefeln, die den Eindruck eines Cowboys am falschen Ort erweckten. Andererseits hatte ich Sorge, dass er mir etwas antun würde, weshalb ich skeptisch blieb. „Danke, aber ich komme schon zurecht", log ich.

Er schüttelte schelmisch den Kopf. „Keine Bange, ich tue Ihnen nichts an. Als englischer Gentleman ist es mir ein Anliegen, Ihnen zu helfen. Ist das Wetter nicht Grund genug, meine Hilfe anzunehmen?"

Konnte er etwa Gedanken lesen? Ich sah ihm in die Augen und spürte kurzzeitig ein warmes, elektrisierendes Gefühl in meinem Unterleib aufflammen. Dieser O'Sullivan sah nicht nur ausgesprochen gut aus, er war ein anständiger Mann. Ja… mein Bauchgefühl sagte mir, dass ich ihm ruhig trauen konnte. Immerhin war er die Direktantwort auf mein Stoßgebet gewesen.

„Na gut, einverstanden."

„Perfekt – warten Sie hier. Mein Wagen parkt gleich da vorn um die Ecke."

Ich nickte, doch kaum war er ein paar Schritte gegangen, lief ich ihm hinterher und blieb atemlos vor ihm stehen. „Aber Charlie – ich halte Sie doch hoffentlich von nichts Wichtigem ab?" Der gut aussehende Retter zwinkerte mir ganz entspannt zu.

„Oh, nein. Ich hatte ursprünglich vor, meinem Onkel einen Besuch abzustatten, aber da ich unangemeldet gekommen wäre, spielt es überhaupt keine Rolle, wenn ich mich verspäte. Nun, da Sie jetzt schon hier stehen – begleiten Sie mich zu meinem Auto?"

„Ich... ähm, ja... natürlich!", haspelte ich nervös. Plötzlich spielte es keine Rolle mehr, dass es in Strömen regnete und wir in eine finstere Seitenstraße einbogen. Es war eher schicksalhaft mit einem Hauch Romantik, was nicht zuletzt an meiner gut aussehenden Begleitung lag, die sich als wahrlich ritterlich entpuppte. Ich fühlte mich wie eine Zeitreisende, als Charlie voller Stolz die Beifahrertür seines historischen Wagens öffnete. Ein Bentley S3 Steel Saloon aus dem Jahre 1963, wie er stolz anmerkte.

„Mylady ..."

Mein Herz schlug Saltos, als diese Worte aus Charlies Mund kamen. Wie aufmerksam er doch war. Er streckte seine Hand aus, um mir gentlemanlike in den Wagen zu helfen. Störte es ihn denn gar nicht, dass ich pitschnass war? Keinesfalls wollte ich schuld sein, wenn das sündhaft teure Leder des authentischen Autositzes Schaden nahm.

„Kommen Sie?"

Ich zögerte, griff zu, duckte mich und nahm mit gemischten Gefühlen auf dem Beifahrersitz Platz. Das Leder unter mir schmatzte vor Nässe, als ich mich vorsichtig zurücklehnte. Wie peinlich! Die Sitze bestanden aus einer gemeinsamen Bank und erinnerten eher an eine gemütliche Couch. Auch in seinem Auto roch es nach kräftig herben Whiskynoten, was ich auf eine Flasche Scotch im Fußraum zurückführte. Mein aufmerksames Auge war Charlie nicht entgangen.

„Keine Bange, Mylady. Die Flasche gehört meinem Cousin Ed. Ich habe höchstens mal einen kleinen Schluck davon probiert." Ich nickte halbherzig und hoffte, dass mein unerwarteter Chauffeur die Wahrheit sagte und weder ein Trinker noch ein heimtückischer Mörder war.

Während er freundlich lächelnd die Beifahrertür schloss, kämpfte ich gegen eine plötzlich aufsteigende Panik an. Mir wurde heiß, kalt, dann wieder heiß. Meine Gedanken und Spekulationen drehten sich wie das Rad einer Kornmühle. Was, wenn er wirklich ein komplett durchgedrehter Killer war? Ein Serienmörder, dessen Masche, fremden Frauen seine Hilfe anzubieten, sein heimliches, unterirdisches Beinhaus mit den Knochen unschuldiger Opfer füllte? Ich schluckte schwer, als er die Fahrertür öffnete und breit grinsend neben mir Platz nahm. Eigentlich sah er harmlos aus. Aber jedes Kind wusste, dass man bei Fremden nicht mitfährt. Charlie schien mein verkrampftes Verhalten zu bemerken. Er sah mir direkt in die Augen und fragte, ob alles in Ordnung sei. Sein Blick war voller Mitgefühl und Sorge, sofern ich es richtig deutete. Und diese Augen... Sie waren leuchtend grün mit winzigen Goldsprenkeln und strahlten wie der Spiegel eines Waldes, über dem die Sonne aufging.

„Ich denke schon", murmelte ich. Ohne Zweifel wäre ich ein leichtes Opfer. Nicht nur, weil hier weit und breit kein Zeuge war – auch die Tatsache, dass er sich in Cornwall bestens auskannte, spielte ihm in die Karten. Mein Herz raste. „Vielleicht sollte ich doch lieber laufen ..."

„Tatsächlich? Keine so gute Idee. Da draußen tobt ein Jahrhundertsturm!" Er startete den Motor seines Bentleys. Es holperte. „Ich bringe Sie wohlbehalten nach Hause, Ashley, vertrauen Sie mir."

Wenn er ein Killer war, dann wenigstens ein verdammt gut aussehender!

Als der Wagen anrollte, ruckelte es wie in einem Flugzeug bei Turbulenzen. Nun war ich mir nicht mehr sicher, was gefährlicher war: Charlie oder aber sein historisches Fahrzeug. „Wo wohnen Sie eigentlich?", fragte er, ehe er das Auto wieder zum Stehen brachte. „Ich weiß ja gar nicht, wohin ich Euch geleiten darf, Mylady."

„Ich wohne im Williams-Cottage in Zennor, falls Ihnen das geläufig ist."

Er horchte auf. „*Sie* sind die Erbin? Machen Sie Witze?"

Fast beleidigt starrte ich in das verwunderte Gesicht des hübschen Briten und entdeckte ein Grübchen oberhalb seiner Wange. Es schmeichelte seinen ohnehin perfekten Gesichtskonturen, die wie in Stein gemeißelt schienen.

„Ich nehme an, Sie kennen das Cottage?"

„Ich bitte Sie, jeder kennt es. Rose war eine gute Freundin meines Vaters. Ihr Verlust tut mir sehr leid. Sie war eine wunderbare Frau, immer freundlich und einen saloppen Spruch auf den Lippen."

Ich lachte gelöst. Der Bentley bahnte sich in Schrittgeschwindigkeit seinen Weg durch den strömenden Regen. Ich atmete erleichtert auf. Meine wirren Gedanken, dass Charlie ein kaltblütiger Mörder war, schob ich vorerst beiseite.

„Leider konnte meine Familie bei der Beerdigung nicht anwesend sein. Zu diesem Zeitpunkt waren wir in Deutschland bei Verwandten."

Ich zwang mich zu einem Lächeln und als ich ihn genauer inspizierte, bemerkte ich plötzlich Schweißperlen auf seiner Stirn – dabei war es alles andere als heiß im Auto.

„Alles in Ordnung, Charlie?“

„Oh, ich versichere Ihnen, das haut mich aus den Socken.“ Er grinste. „Jeder im Ort liebt dieses außergewöhnliche Cottage und Sie sind die Glückliche, die es bewohnen darf. Es gäbe ein hervorragendes B&B ab, sofern man vorher den Wildwuchs bändigt und den Garten wieder auf Vordermann bringt. Sie wissen schon ...“

Ich runzelte die Stirn. Der Garten war seit Jahren sich selbst überlassen. Sträucher, Büsche und Bäume schränkten nicht nur die Sicht auf das Haus ein, sondern verhinderten auch den Meerblick vom Cottage ausgehend. Grannys Garten wirkte eher wie ein Dschungelterrain, nur ohne all die exotischen Pflanzen und das Getier, das sich so im Regenwald tummelte. „Genau genommen habe ich erst einmal nicht vor, das Haus zu vermieten, wenngleich Ihre Idee wirklich interessant klingt.“ Charlie warf mir einen liebevollen Blick zu und die Worte, die daraufhin folgten, berührten mein Innerstes wie eine warme Umarmung, die von Herzen kam.

„Für mich sind Sie mit Ihrer toughen Art jetzt schon die perfekte Nachfolgerin! In diesem Sinne; herzlich willkommen in Cornwall, Mylady.“

Kapitel 3

Zennor, 2005

„Granny!" Ich strahlte über beide Ohren, als ich sie vor ihrem Haus stehen sah. In der Ferne schien sie noch winzig klein zu sein, aber ihre Liebe erhellte längst das gesamte Territorium, das ich mit der Sonne verglich, die an jenem Tag außergewöhnlich hoch am Himmel stand und das Cottage in einen leuchtenden Schein lullte. Es war Ende Juli. Ich rannte voller Vorfreude barfuß über die saftig grüne Wiese, als wäre ich ein hoppelnder Hase in den frühen Morgenstunden. Ich spürte jedes einzelne Grashälmchen, das mich frech zwischen den Zehen kitzelte. Der Rasen unter mir war taufrisch und roch nach Abenteuer und Geborgenheit. Granny winkte mir freundlich lächelnd zu. Sie trug einen Dutt, die Brille war tief auf ihre Nase gezogen und ihr rotes Kleid wehte sanft im Wind. Zahllose Blumen leuchteten im Vorgarten des Cottages in ihrer ganzen Farbpracht und unterstrichen die einzigartige Atmosphäre. Es ähnelte einem Postkartenmotiv; ein schmuckes Cottage, umgeben von einem traumhaften Blütenmeer und im Hintergrund dramatische Felsformationen und die wilde, tosende See. Meine Eltern parkten stets auf einem Schotterstreifen einige Hundert Yard vom Haus entfernt. Das taten sie, weil sie den Anblick so sehr liebten, wenn ich mit offenen Armen auf meine Granny zustürmte. Ich war ein kleines Mädchen mit hellblauem Kleid und erdbeerblonden Zöpfen, streng gescheitelt, straff geflochten. Mit meiner Familie wohnte ich in Minions bei Liskeard, dem Heimatort meiner Großeltern. Etwa eine Fahrtstunde vom Örtchen Zennor entfernt. Jedes Mal, wenn ich das Cottage vor mir sah, spürte ich eine Leichtigkeit in mir aufsteigen, die mich wie auf Wolken davon trug. Umgeben von ländlicher Idylle grenzte das Häuschen an die imposanten Klippen Cornwalls, wildromantisch eingebettet zwischen Rosen, Flieder und Ginster. Für mich war der Anblick unwirklich schön. Wie ein nostalgisches Gemälde, das in einer Galerie für ‚die traumhaftesten Orte unserer Zeit‘ ausgestellt wurde. Granny hatte einfach alles richtig gemacht, als sie vor vielen Jahren Minions verließ und dieses Haus erbauen ließ. Und da stand sie nun und wartete auf unseren monatlichen Besuch, der längst zu einer Tradition geworden war.

„Mein Schatz“, säuselte sie überschwänglich in mein Ohr und drückte mich fest an ihre Brust, als ich in ihre Arme fiel. Sie duftete wie eine Honigblüte. „Wunderbar, dich wiederzusehen. Herzlich willkommen!“

Ich nickte besonnen und war unendlich glücklich, die nächsten zwei Tage hier an diesem himmlischen Ort zu verbringen. Alles wirkte so einladend und magisch. Ich war mir beinahe sicher, dass es nirgendwo auf der Welt schöner sein konnte als bei meiner geliebten Granny in Zennor.

„Hereinspaziert, meine Liebe.“ Sie öffnete mir die Haustür und als ich ihr Cottage betrat, fühlte ich mich sofort pudelwohl und heimisch. Kühle Luft schlug mir entgegen. Es roch nach frisch gebackenem Brot und den hübschen Schnittblumen aus ihrem Garten, die sie in einer weißen Vase auf dem Pinientisch im Wohnzimmer ansehnlich platziert hatte. Ich hörte das Surren der Spülmaschine, das Brodeln des Wassers auf dem Herd und wenn ich die Ohren spitzte und innehielt, sogar die brechenden Wellen des Meeres. Die Einrichtung war hell und freundlich, die Fenster blitzsauber und mein Bett im Gästezimmer des Obergeschosses bereits liebevoll hergerichtet. Seufzend ließ ich mich wenig später in die weichen Kissen fallen und schloss dankbar die Augen. Am allerliebsten wollte ich nie wieder weg von hier.

Kapitel 4

„Sagen Sie – haben Sie kein Auto, Mylady?"

„Der Umwelt zuliebe bin ich meist zu Fuß unterwegs."

„Ein ordentliches Stück zu laufen", stellte Charlie beeindruckt fest, als sein Wagen vor dem Cottage zum Stehen kam.

Ich kicherte. Kaum zu glauben, dass ich ihn anfangs für einen Mörder gehalten hatte. Charlie war wohl der netteste Mensch, der mir seit Langem begegnet war, sofern ich das nach der kurzen Zeit überhaupt feststellen konnte.

„Es war gut, dass wir uns getroffen haben. Vermutlich hätte Sie die Dunkelheit auf Ihrem Rückweg überrascht."

„Wenn ich gekrochen wäre wie eine Schnecke, vielleicht schon", witzelte ich und erntete sein Lachen.

„Wollen Sie mich wiedersehen?", stieß er zum Abschied hervor.

Ich hob unwissend die Schultern, weil ich nicht damit gerechnet hatte. Bat er mich soeben um ein Date? Gefiel ich ihm? „Ähm …"

„Nur… damit Sie schon jemanden im Ort kennen. Ich könnte Sie meinen Freunden vorstellen, Ihnen einen Job besorgen …"

„Ich habe schon einen Job", erwiderte ich dankbar.

„Okay, ich dachte nur, dass… nun, vielleicht ergibt es sich ja mal zufällig. Zennor ist nicht besonders groß."

Wurde er etwa nervös?

„Sie wohnen also auch in Zennor?"

„In St. Ives, aber ich kenne Zennor wie meine Westentasche."

„Verstehe. Nun, unter diesen Voraussetzungen werden wir uns gewiss wieder über den Weg laufen", japste ich verlegen.

Er blinzelte zufrieden, stieg aus und öffnete mir zum wiederholten Male die Tür. Was für ein Gentleman! Eine Böe erfasste Charlies Haar, spielte es wild in sein Gesicht und raubte ihm die Sicht.

Ich gluckste vergnügt. „Ich dachte immer, wer einen Bentley fährt, ist angemessen gekleidet", scherzte ich mit Blick auf seine Regenstiefel.

„Mylady, erzählen Sie mir besser nichts von angemessener Kleidung in England." Er deutete amüsiert auf meine tropfnassen Klamotten.

„Vielen Dank für Euer Geleit, Sir."

„Es war mir eine Ehre."

„Ich hoffe, der nasse Autositz hat keine unangenehmen Folgen?" Ich schielte auf das feuchte Leder.

„Das trocknet wieder. Machen Sie sich keine Gedanken."

Ich nickte ihm höflich zu, ehe ich im Scheinwerferlicht des Bentleys zum Cottage eilte. War ich im Ort von hohen Gebäuden einigermaßen gut geschützt, so war ich abseits der Siedlung wehrlos den Launen der Natur ausgesetzt. Mit beiden Händen hielt ich meinen Kopf, um die Ohren warmzuhalten. Ich vernahm das laute Pfeifen des Windes, das Wiegen der Bäume und Sträucher, das Rauschen der See und den aufheulenden Motor des Bentleys.

Mit zusammengekniffenen Augen zwängte ich mich am Dickicht vorbei, kramte blindlings den Schlüssel aus meiner Jackentasche und sperrte auf. Ein kräftiger Windstoß erfasste die Haustür, schlug sie beiseite und schob mich regelrecht ins Cottage hinein. Ich drückte mich ächzend gegen die Tür. *Geschafft!* Sogleich zog ich die nasse Kleidung aus, schnappte mir eine Decke und kuschelte mich in den gemütlichen Ohrensessel meiner Granny ein. Er war mit grünem Samt bezogen, breit genug, um sich lang zu machen und aufgrund dessen auch noch überirdisch bequem.

„Was für ein Tag", murmelte ich und schloss erschöpft die Augen. Wie gerne würde ich Granny erzählen, was ich heute erleben durfte. Dass ich Charlie O'Sullivan kennengelernt hatte. Ob sie ihn zu Lebzeiten mochte? Vermutlich schon; er war genau der Typ Mann, für den sie brannte. Charmant, gewitzt, anständig und natürlich gut aussehend. Würde ich Charlie wiedersehen? Das hoffte ich doch! Ich musste unbedingt meiner Freundin Rachel aus Phoenix von diesem unverhofften Kennenlernen berichten – wissend, dass sie Jack kein Sterbenswörtchen darüber erzählen würde.

Als in der Früh die Sonne durch einen Spalt meines Fensters spitzelte, streckte ich mich ausgiebig wie eine gelenkige Katze. Gähnend kippte ich das Fenster, sog die frische Morgenluft ein, stürzte zurück in meine bunte Kissenburg und lauschte aufmerksam der Natur. Herrlich! Der Gesang des Meeres war mein ganz persönlicher Wecker. Wäre da nur nicht all das dichte

Grünzeug, das mir ausnahmslos die Sicht auf die See raubte.

Das Cottage bestand aus zwei Etagen, mit einem urigen Reetdach gedeckt. Der Eingangsbereich diente zugleich als Wohnzimmer und führte in die offene Küche mit Essecke, die mit andalusischen Kacheln gefliest und hochwertigen Geräten ausgestattet war. Die zeitgemäßen Möbel im Haus wurden auf Hochglanz poliert und farblich auf den Holzboden abgestimmt. Ein kleiner Ofen in der Mitte des Raums sorgte für Wärme und Behaglichkeit an ruhigen Abenden. Am Fußboden lagen längliche Teppichläufer aus; von meiner Granny handgearbeitet und farbenfroh gestaltet, schafften sie ein wahrhaftiges Wohlfühlambiente. Die Wände zierten Aquarellmalereien einsamer Strände, die Granny einst in St. Ives ersteigert hatte.

Rechts neben der Haustür führte eine Holzstiege in die obere Etage. Dort befand sich mein beschauliches Schlafgemach, in dem es in den Sommermonaten sehr heiß werden konnte. Mit einem Bett und einem Schrank war es vollkommen ausreichend und noch dazu urgemütlich. Ich hatte eine hübsche Tagesdecke und viele Kissen, die meiner Traumstube die Krone aufsetzten. Am Schlafzimmer vorbeigehend, erreichte man das Badezimmer mit ebenerdiger Dusche und zwei Zimmer, die mir derzeit als Ablageräume dienten. Granny hatte in einem der Räume ihr persönliches Nähzimmer eingerichtet, das andere nutzte sie stets als Gästezimmer. Bis heute waren ihre Utensilien darin zu finden. Wenn man links neben dem Haus durch das gusseiserne Türchen schritt, gelangte man schließlich in den Garten mit Meerblick – sofern das Grünzeug gestutzt war. Obwohl der Garten nach wie vor einen gewissen Reiz ausübte, hatte er seine besten Zeiten hinter sich und wollte nicht mehr so recht zum Rest des Anwesens passen. Kein Wunder – das Grünzeug hatte inzwischen das Zepter übernommen: Es hatte das Cottage über all die Jahre regelrecht verschluckt. Nun wucherte es wild und ungezähmt in die Höhe. Ich erinnerte mich, dass Granny einst ein fleißiges Bienchen war und ihren Traumgarten hegte und pflegte. Sie züchtete Rosen, liebte wohlduftenden Flieder und am liebsten genoss sie die freien Abende auf einer Bank unter dem Kirschbaum inmitten der Wiese, umgeben von bunten Stauden und feierte das Leben. Bis sie schwer erkrankte... Ein Trampelpfad führte vom Haus direkt zu den Klippen. Von dort aus schlängelte sich ein schmaler und steiler Weg an den Felsformationen vorbei, bis hin zu einer einsamen Sandbucht, die so versteckt und abgelegen lag, dass sie außer den Einheimischen kaum jemand kannte. Die Strecke dorthin war abenteuerlich und sicher nichts für schwache Nerven. Der Mut zahlte sich jedoch aus, denn wenn man die Bucht erreicht hatte, konnte man dort ganz für sich allein verweilen – lediglich der Rückweg blieb zu bedenken!

Nach dem Frühstück an diesem Morgen, bestehend aus Bohnen und Rührei mit Bacon, schlüpfte ich in meinen beigefarbenen Wollmantel und zog meine rote Baskenmütze tief ins Gesicht. Es war noch immer windig, aber die Sonne schien sich heute mühelos durchzusetzen. Diesmal nahm ich dennoch einen Schirm mit – nur um auf Nummer sicherzugehen! Mein Ziel war die Bücherei in St. Ives und ein anschließender Abstecher im *Magic Roof.* Insgeheim hoffte ich, unterwegs auf Charlie zu treffen. Umso enttäuschter war ich, dass wir uns nicht über den Weg liefen. Vielleicht hätte ich über meinen Schatten springen und mich mit ihm verabreden sollen, als er am Vorabend danach gefragt hatte. Natürlich dachte ich nicht, ihm zufällig auf einem der Feldwege zu begegnen, aber ich hätte mir vorstellen können, ihn zumindest in St. Ives anzutreffen. Zu dieser Uhrzeit waren kaum Touristen unterwegs und seine Statur wäre mir sofort aufgefallen. Auch Rachel hakte am Vorabend nach, warum ich mich gegen ein erneutes Treffen mit ihm sträubte. Einen Bekannten in meinem neuen Umfeld zu haben könnte schließlich nicht schaden. Gewissermaßen hatte sie recht und ich fing an, meine Entscheidung zu bereuen. Doch da ich das nächste Jahr in Cornwall verbringen würde, sozusagen vorübergehend hier lebte, liefen wir uns mit hoher Wahrscheinlichkeit eines Tages wieder über den Weg. Das war zumindest mein heimlicher Wunsch.

Nachdem ich den Vormittag in der Bücherei verbracht hatte, um sämtliches Insider-Wissen über St. Ives und die Umgebung zu studieren, brach ich mittags auf, um in meinem Stammcafé einzukehren. Der Laden war diesmal gut besucht. So gut, dass es unmöglich war, einen Platz zu ergattern. Zähneknirschend sah ich mich um, meinen Schirm unter die Arme geklemmt. Die Tische waren von Bankern und deren eleganten Begleitungen besetzt. Ohne Reservierung hatte ich während der Mittagspause wohl keine Chance, unterzukommen, doch gerade als ich das Café wieder verlassen wollte, winkte mich überraschend eine junge Frau zu sich. Sie war etwa in meinem Alter und schien mein Dilemma zu beobachten. Etwas schüchtern ging ich auf sie zu, lächelte verlegen und versuchte, mir nichts von meiner Unsicherheit anmerken zu lassen. Der Platz nahe am Kamin war einladend – der ideale Ort, um nach dem Essen meiner Arbeit am Notebook nachzugehen. Obwohl ich jetzt in Cornwall lebte, musste ich natürlich ganz normal weiterarbeiten. Seit Jahren war ich für ein globales Unternehmen tätig, das kräftig expandierte und hohe Umsätze erwirtschaftete. Als Personalberaterin musste ich unter der Woche rund um die Uhr erreichbar sein, konnte jedoch von überall aus arbeiten und war somit weder an ein Büro noch an einen bestimmten Ort gebunden. Diese Unabhängigkeit ermöglichte es mir letztendlich auch, ohne Kopfschmerzen nach England zu reisen.

„Hi, ich bin Amy", stellte sich die hübsche Britin vor und streckte mir ihre zierliche Hand entgegen.

„Mein Name ist Ashley." Dankbar nahm ich ihr gegenüber Platz.

„Mittags wird es schwierig, im *Magic Roof* unterzukommen. Umso besser, wenn jemand bereit ist, den Tisch zu teilen, oder?", flötete das Mädchen mit den kastanienfarbenen Korkenzieherlocken.

Ich stimmte ihr nickend zu. Amys rehbraune Augen musterten mich neugierig. Was wohl in ihr vorging?

„Du bist Amerikanerin?"

„Ich schätze, mein Akzent hat mich verraten."

Sie gluckste. Ihr lachsfarbener Pullover harmonierte perfekt mit den dunklen Haaren. Sie war eine Augenweide und hatte gewiss eine Handvoll Verehrer. „Machst du hier Urlaub?"

„Ähm, gewissermaßen ja, aber ..." Just wurde ich von der Bedienung unterbrochen und nachdem ich meine Bestellung aufgegeben hatte – Scones und eine Tasse Apfelpunsch – schien Amy meine Antwort schon gar nicht mehr zu interessieren.

„Kommst du öfter her?", wollte sie wissen.

„Ja, es ist mein Lieblingscafé in St. Ives. Obwohl es sich von den typischen englischen Kaffeehäusern abhebt", ich hielt kurz inne, „oder vielleicht gerade deshalb", fügte ich grinsend hinzu. „Die Atmosphäre ist einzigartig. In Phoenix gibt es so etwas nicht."

„Stimmt. Es ist wirklich gemütlich und die Speisekarte kann sich auch sehen lassen. Themawechsel: Hast du schon Jungs kennengelernt? Ich hörte mal, ihr Amis haltet uns Briten für unwiderstehlich sexy. Ist da etwas dran?"

Meine Wangen erröteten. Mir entging nicht, dass Amy mich erwartungsvoll anguckte und wohl darauf hoffte, dass ich ihre Vermutung bestätigen würde. „Ich denke, es ist vor allem der Akzent, der den Amerikanern so gut gefällt."

„Dir auch?"

„Nun, ich habe selbst englische Wurzeln, aber man hört es mir nicht unbedingt an. Wir wohnen schon lange nicht mehr in der Gegend ..."

„Das erklärt allerdings deine Haarfarbe. Du hast so einen auffälligen Rotstich. Fiel mir gleich ins Auge!"

„Erdbeerblond, wie es meine Granny immer nannte“, sagte ich mit dem Anflug eines Lächelns.

„Deine Granny?“ Amy tippte mit ihren perfekt manikürten Fingernägeln auf den Baumkantentisch und hob eine Augenbraue. „Lebt sie hier?“

„Lebte“, korrigierte ich.

„Dann ist sie tot?“

„Ja. Sie starb letztes Jahr.“

„Verstehe. Und? Kommst du damit klar?“

Was war denn *das* für eine dumme Frage? Ich ballte meine Hände unter dem Tisch empört zu Fäusten, sodass Amy es nicht sehen konnte.

„Natürlich“, log ich schließlich, löste meine Fäuste auf und nahm einen kräftigen Schluck vom Apfelpunsch, den mir die Kellnerin soeben serviert hatte. Die Wahrheit war, dass Granny mir unsagbar fehlte.

„Nun, erzähl mal. Hast du schon einen süßen Kerl kennengelernt? In Cornwall gibt es jede Menge heißer Typen; Künstler, aber auch attraktive Surfer und Tourguides.“

Ich dachte sofort an meine Begegnung mit Charlie, die ich an dieser Stelle lieber unerwähnt ließ. „Ich bin schon vergeben. Er heißt Jack und wohnt in Arizona.“ In meinem Kopf ratterte es. Waren wir überhaupt noch ein Paar? Jack und ich machten eine Pause. Wie ließ sich das also definieren? War ich tatsächlich in festen Händen? Eine Fremde ging es jedenfalls nichts an. Und wie sollte ich es auch verständlich umschreiben, wenn mir selbst die Worte dafür fehlten?

Amy horchte auf. „Oh, wieso kam er denn nicht mit?“

„Er muss arbeiten.“

„Du etwa nicht?“

Ich leckte mir über die Lippen. Amys Art, mir Löcher in den Bauch zu fragen, wurde langsam anstrengend. „Doch. Ich bin Personalberaterin und kann von überall aus arbeiten."

„Wie praktisch. Dann führt ihr jetzt eine richtige Fernbeziehung?"

Ich wich ihrem Blick beklommen aus. Im Moment schien unsere Partnerschaft eher auf Eis zu liegen, Zukunft ungewiss.

„Wahrscheinlich telefoniert ihr rund um die Uhr und schickt euch Videos! Ich stelle mir das alles furchtbar romantisch vor. Die Sehnsucht nach dem Partner, heiße Lovemessages mitten in der Nacht, und wenn ihr euch dann nach langer Abstinenz endlich wieder in die Arme fallt,... hach."

Meine Miene versteinerte. Es war nämlich nicht ansatzweise so, wie sie es beschrieb. Im Gegenteil. Es war wortkarg. In den letzten Wochen hatten wir nur sporadischen Kontakt. Wir wussten beide nicht so recht, was Sache war. Amys Worte hingegen stimmten mich nachdenklich. Denn vermutlich sollte es genauso sein, wie sie es darstellte. Aber bei Jack und mir herrschte seit Tagen Funkstille. Und es fühlte sich nicht so an, als könnte es je wieder anders kommen. In diesem Moment betrat ein Typ das Café, der eine gewisse Ähnlichkeit zu Jack aufwies. Groß, schlank, schwarzes Haar, markante Gesichtszüge, Schmollmund. Er winkte Amy lächelnd zu, als er sie erkannte, und sie erwiderte strahlend.

„Das ist Will", sagte sie mit glänzenden Augen. „Er ist ein guter Freund." Sie zwinkerte vielsagend.

„Ein Freund oder ein *guter Freund*?", forschte ich fei-
xend nach.

„Eine echte Lady schweigt eisern, Ashley."

Kapitel 5

Als ich am Nachmittag in mein Cottage zurückkam, nutzte ich die Zeit, um zu häkeln. Was mir anfangs schrecklich langweilig erschien, war inzwischen ein netter Zeitvertreib geworden. Rose war eine begnadete Handarbeiterin gewesen und hinterließ mir kistenweise Sortiment. Obwohl ich zuvor nichts mit Häkelarbeiten am Hut hatte, wurde ich mithilfe eines Tutorials schnell fit. Wahrscheinlich lag es mir im Blut. Bei gedimmtem Kerzenlicht saß ich in der Wohnküche am Esstisch wie Granny früher und versank regelrecht im Häkeln, das mich tiefenentspannte. Mein erstes Werk würde ein einfaches Deckchen werden. Konzentriert nahm ich die Häkelnadel und führte sie durch das hellblaue Garn. Die wiederkehrenden Schritte versetzten mich in eine Art Trance. Ich häkelte mit halben Stäbchen und hatte den Ablauf bald verinnerlicht. Ein Stäbchen, eine Luftmasche, ein Stäbchen in eine Masche häkeln, zwei der Maschen überspringen, in der dritten Masche wieder ein Stäbchen.

Ring!

Ich zuckte hektisch zusammen, als wäre ich soeben von einem Blitz getroffen worden. Murrend sah ich auf. Das Klingeln meines Handys hatte mich aus diesem Hypnose-ähnlichen Zustand geholt und ehe ich mich versah, war ich nicht mehr bei der Sache und machte Fehler. Ich hasste es zwar, mittendrin aufzuhören, doch wenn ich mein Deckchen nicht ruinieren wollte, blieb mir gar nichts anderes übrig. Genervt legte ich das Häkelzeug beiseite und schielte auf das Display. Es war meine Vorgesetzte. Trish. Auch das noch!

„Hallo? Trish?"

„Ashley! Wie schön, dass ich dich erreiche. Wie läuft es in Cornwall?", ertönte eine schrille Stimme am anderen Ende des Hörers.

Ich lehnte mich zurück. „Einwandfrei." Das war nicht gelogen. Ich genoss mein neues Dasein in England und hoffte, es würde nie zu Ende gehen.

„Wie schön. Du weißt ja, dass du trotz allem keinen Urlaub hast, weshalb ich dir heute noch eine Menge Material zukommen lasse, welches du bitte zügig abarbeitest. Die Deadline beträgt zwei Wochen. Der Chef will es so, sorry."

Ich bejahte und unterdrückte gleichzeitig ein mürrisches Stöhnen. In den nächsten Tagen würde es in Zennor ungewöhnlich warm werden. Ich hatte gehofft, die Tage entspannt am Strand zu verbringen und lange Spaziergänge zu machen. Außerdem wollte ich über eine mögliche Gartengestaltung nachdenken. Doch mit nur einem Anruf schienen sich all meine Pläne wieder in Luft aufzulösen.

„Ashley? Bist du noch dran?"

„Aber ja. Ich kümmere mich darum, schick' es einfach per Mail rüber." Ob mir mein Versuch, dabei motiviert zu klingen, von ihr abgenommen wurde?

„Super! Und nochmals: Es ist wichtig, dass der Termin eingehalten wird. Die Firma braucht dringend passende Bewerber."

Nachdem ich den Auftrag entgegengenommen und mir ein paar Notizen gemacht hatte, plauderten wir noch über Gott und die Welt, als Trish mich urplötzlich abwürgte, weil sie angeblich zu einem Meeting musste. Ich grinste. In meinen Augen lag dieser abrupte Abschied nämlich eher daran, dass Michael soeben in ihr Büro geschlichen kam und Trish die Beine für ihn breitmachte. Eine nie endende Affäre zwischen den beiden, die irgendwann gewiss auffliegen würde und ihnen den Job kosten könnte. Es verstieß nämlich gegen eine altbewährte Regel innerhalb unserer Firma – no Sex in the company!

Als ich mich wieder dem Häkeln widmen wollte, schellte es erneut. Auf dem Display leuchteten Buchstaben auf, die ich besser nicht gelesen hätte. Jack! Ich bekam sofort einen Kloß im Hals, der mir die Luft abschnürte. Wir hatten uns eigentlich darauf geeinigt, auf Abstand zu bleiben. Warum also rief er mich an? War ihm vielleicht bewusst geworden, dass er ohne mich nicht leben konnte?

„Hallo? Jack?" Stille. „Hörst du mich?", krächzte ich, gegen den Kloß in meinem Hals ankämpfend.

„Hey Ash." Er klang längst nicht so erfreut, wie ich angenommen hatte.

„Hey." Dann schwiegen wir. Ich wurde nervös. Wieso sagte er denn nichts?

„Also, warum ich dich anrufe …", er räusperte sich, als er endlich weitersprach. „Jenna und Taylor werden heiraten."

„Oh, wow. Das sind wirklich tolle Neuigkeiten." Ich war erstaunt. Jenna war Jacks kleine Schwester und Taylor ihre Freundin. Die beiden waren noch nicht sehr lange zusammen, vielleicht ein paar Monate, weshalb mich ihr großer Schritt Richtung Traualtar wunderte. Andererseits freute ich mich, dass ihnen die gleichgeschlechtliche Ehe ermöglicht wurde.

„Wie auch immer, wir sind eingeladen. Du und ich. Es wäre cool, wenn du mich begleitest."

Ich hielt die Luft an; ein Streit war nun vorprogrammiert.

„Wann ist die Hochzeit?"

„Nächstes Wochenende."

Ich raunte. „Jack, ich kann nicht einfach so nach Amerika fliegen."

„Sie ist meine Schwester", unterbrach er mich harsch.

„Ich weiß und ich mag Jenna. Sehr sogar."

„Sie will, dass du anwesend bist, egal, wie!"

Ich hielt inne. „Ich kann hier nicht weg. Es gibt einen Deal, an den ich mich halten muss."

„Es ist nur ein verdammtes Wochenende, Ashley! Das wirst du doch wohl hinkriegen."

„Jack, ich bitte dich. Ich bin nicht in Kalifornien und kann eben mal schnell nach Phoenix fliegen. So ein Flug von England nach Arizona dauert mit Umsteigen knapp 20 Stunden!"

„Ich weiß", er machte eine Pause und ich konnte regelrecht hören, wie er verzweifelt nach passenden Argumenten suchte, die mich umstimmen könnten. „Aber du warst für Jenna immer wie eine Schwester."

„Geht mir genauso. Trotzdem muss ich sie um Verständnis bitten, so leid es mir tut. Ich wäre gerne dabei gewesen."

„Du lässt sie im Stich?"

Ich wurde sauer. „Es gibt ein Abkommen! Wenn der Notar das Cottage besucht und bemerkt, dass ich abgereist bin, kann ich mein Erbe vergessen! Zudem die Information, dass die beiden heiraten werden, echt kurzfristig ist!"

„Es geht dir ständig nur um dieses blöde Cottage!" Auch er wurde fuchsteufelswild. „Du wirst hier in Phoenix gebraucht, verdammt noch mal! Was hast du dir dabei gedacht, einfach nach Cornwall zu verschwinden?"

So lief also der Hase. Jack machte mich dafür verantwortlich, dass ich einer einmaligen Chance folgte, statt für ihn alles kopflos hinzuschmeißen. Dieser Moment führte mir schmerzlich vor Augen, in welchem Verhältnis wir wirklich zueinanderstanden.

„Ich denke, wir beide haben uns diesbezüglich nichts mehr zu sagen, Jack. Ich wünsche deiner Schwester und Taylor von Herzen alles Gute und werde ihnen natürlich eine Karte schreiben ..." Kaum hatte ich den Satz beendet, legte er auf.

Ich war stinksauer. Nicht nur wegen Jacks Art und Weise, so ruppig mit mir umzugehen, sondern auch aufgrund der Umstände. Ihm hätte klar sein sollen, dass es mir unmöglich war, für *ein paar Tage* in die Staaten zu reisen. Insgeheim fragte ich mich, was er eigentlich bezwecken wollte. War es ein Versuch psychischer Manipulation? Sollte ich mich schlecht oder gar schuldig fühlen, ohne ihn in England zu sein? Benutzte er die Hochzeit als Vorwand, um mir durch die Hintertür zu sagen, dass er mein Verhalten zutiefst verabscheute? Dass er mich dafür verurteilte, weil ich in Cornwall war und meinem Herzen folgte, statt bei ihm in Phoenix rumzuhocken? Ich stöhnte und schielte auf mein Häkelzeug. Ich fragte mich, ob ich noch Lust hatte, weiterzuarbeiten, doch als die E-Mail von Trish reinkam, ließ ich es endgültig bleiben. Ich überflog ihr Schreiben und die Anhänge und vernahm im selben Moment eine fette Demotivation, die wie eine Lawine über mich hereinbrach.

Plötzlich klopfte es an die Haustür. Was war jetzt schon wieder los? Vielleicht der Notar? Es wurde mit ihm vereinbart, dass er hin- und wieder vorbeischauen würde. Ich quälte mich also auf, öffnete und schaute hinaus. Was ich dann sah, ließ mich kurzzeitig erschaudern. Ein toter Fisch baumelte an einem Haken – direkt vor meiner Nase. Dahinter erkannte ich Charlie, der meinen verdatterten Anblick zu genießen schien. Er trug wieder seine Gummistiefel, die bis zu den Knien reichten, und ein Regencape, dabei schien draußen die Sonne. Ich verzog angewidert das Gesicht, doch die Schmetterlinge in meinem Bauch waren schon unterwegs, um Erste Hilfe zu leisten, und flatterten tapfer gegen das Unbehagen an.

„Mylady!" Er grinste.

„Kann ich etwas für Sie tun, Charlie?", fragte ich verdutzt. Ich wusste, dass mein Auftreten nicht gerade höflich war, doch der Fisch gab mir den Rest. Ich hasste Fisch und meine Laune war seit dem Gespräch mit Jack sowieso im Keller; zudem hatte ich nicht mit einem Überraschungsbesuch von Charlie gerechnet, wenngleich ich mir Schlimmeres vorstellen konnte.

„Ich dachte eher, ich kann etwas für *Sie* tun", sagte er und deutete auf den ausgenommenen Fisch am Haken.

„Fangfrisch!" Mir drehte sich bei dem Anblick fast der Magen um.

„Kommen Sie rein", gab ich tapfer zurück und ging einen Schritt zur Seite. Ich war beeindruckt, als er seine Schuhe und das Cape vor der Tür auszog. Lediglich seine Bitte, den Fisch währenddessen zu halten, war zu viel des Guten, aber ich atmete tief durch und blieb cool. Endlich nahm Charlie den Fisch wieder an sich und warf mir im Vorbeigehen ein Lächeln zu, das meine Knie buttrig weich werden ließ. Dieses undefinierbare, elektrisierende Flattergefühl breitete sich in Sekundenschnelle in meinem Körper aus. Obwohl ich dieses Kribbeln im Bauch nicht zuordnen konnte, dachte ein Teil von mir, dass es dort besser nichts zu suchen hatte.

Als Charlie den Fisch vom Haken nahm und auf meiner Arbeitsfläche in der Küche ablegte, überkam mich das kalte Grauen. Was für ihn das Normalste der Welt war, trieb mich schier in den Wahnsinn. Ich mochte dieses Ding keinesfalls in meinem Haus haben.

„Hätten Sie nicht wenigstens den Kopf abnehmen können?", fragte ich und versuchte, nicht allzu vorwurfsvoll zu klingen. Angeekelt starrte ich in die toten Augen des Fischs.

„Oh, gar kein Problem, der muss sowieso weg." Beherzt griff er in seine Umhängetasche, die er lässig über der Schulter trug.

„Was haben Sie vor?", vergewisserte ich mich, als ich das Messer in seiner Hand erblickte. Er würde doch nicht etwa ...?

„Den Fisch seines Hauptes entledigen, Mylady."

Wenngleich seine Wortwahl vornehm gewählt war, war sein Vorhaben grausam. In meinem Cottage schnitt niemand irgendwelche Köpfe ab. „Vergessen Sie es, Charlie!“

„Die Küchenzeile bietet sich hierfür an, Mylady. Oder sollte ich mit dem Fisch lieber in Ihr Badezimmer gehen?“ Seine smaragdfarbenen Augen schauten schelmisch drein.

„Ihre Bemühungen, lustig auf mich zu wirken, scheitern kläglich.“

Er lachte. „Ihr Amerikaner scheint ja kein humorvolles Volk zu sein.“

„Dieser Ruhm gilt allein den Engländern“, antwortete ich schlagfertig. Vielleicht war ich in mancher Hinsicht amerikanischer, als ich bisher annahm. Mit seinem Wuschelkopf und dem Grübchen sah er jedenfalls umwerfend gut aus und das machte es erträglich.

„Ich dachte, Sie freuen sich über den Fisch.“ Er klang verwundert.

„Wie kommen Sie darauf?“

Charlie hob die Augenbrauen. „Nun, wir wohnen hier direkt am Meer. Viele von uns leben vom Fischfang und dieses Kerlchen ist sogar eine echte Delikatesse in St. Ives.“

„Also, in Arizona ...“

„Doch sind wir in Cornwall, Mylady“, fiel er mir ins Wort. „Sehen Sie es als eine Art Willkommensgeschenk. Es gibt vielfältige Arten, den Fisch schmackhaft zuzubereiten. Wenn Sie wollen, helfe ich Ihnen dabei. Möglicherweise ändern Sie Ihre Meinung, wenn Sie erst einmal vom saftigen Fleisch gekostet haben. Was denken Sie?“

Ich nickte stumm. Wie konnte ich ein Gastgeschenk ausschlagen, ohne undankbar oder gar zickig zu wirken? Charlie war bisher meine einzige Bekanntschaft und ich wollte es mir keineswegs mit ihm verscherzen. Es war ohnehin mutig von ihm gewesen, bei mir aufzutauchen, ohne dass wir verabredet waren.

„Danke", murmelte ich schließlich und beließ es dabei.

Er grinste und wechselte geschickt das Thema. Wahrscheinlich sah er mir an, dass er mit dem Fisch nicht punkten konnte. So kamen wir zügig ins Gespräch und die Stimmung heiterte sich schnell wieder auf. Wir redeten über das Wetter, die Royals, seine Hobbys Surfen und Wandern und Langstreckenflüge. Seine Gegenwart tat mir gut. So gut, dass mein Kummer bezüglich Jack rasch verflogen war. Charlie war lustig und wortgewandt. Er besaß diesen Charme, mit dem er mich federleicht um den Finger wickelte, beabsichtigt oder nicht – es funktionierte. Ich hing an seinen Lippen und lauschte, als er mir von einem Flug nach Kuba erzählte, der gleich zweimal notlanden musste. Die Art, wie er sprach, sich bewegte und artikulierte, machte ihn sehr attraktiv. Kein Wunder; als leidenschaftlicher Surfer verfügte er über eine perfekte Körperbeherrschung, die er nun gekonnt einsetzte. Er sprach voller Begeisterung von seinem Hobby und ich hörte ihm aufmerksam zu. Charlie schaffte es mit seiner Leichtigkeit und Lebensfreude, meinen Fokus wieder zu besänftigen. Jack war derweil gar kein Thema mehr. Je länger wir uns unterhielten, desto mehr fühlte es sich so an, als würden wir uns schon eine Ewigkeit kennen.

„Wie alt sind Sie eigentlich, Ashley?"

„23. Und Sie?“

„Ich bin 28. Nun, dieses Cottage ist wirklich toll. Ihre Granny zeigte Geschmack bei der Einrichtung“, stellte er fest, während er den Fisch sorgfältig entschuppte. Charlie führte sogar das notwendige Werkzeug mit sich und verwandelte meine Arbeitsfläche binnen Sekunden in eine Art Fischküche um. War es dreist von ihm oder einfach ein Wink mit dem Zaunpfahl, mich mit den Gebräuchen der kornischen Küste wieder vertraut zu machen? Es ging ihm leicht von der Hand und bei jedem Schnitt wusste er genau, was zu tun war. Seit ich denken konnte, verabscheute ich Fisch. Der Geruch und die glitschige Struktur widerten mich an. Aber Charlie schaffte es trotzdem, dass ich den Vorgang aushielt, ohne wie eine Furie an die Decke zu gehen.

Beeindruckend dachte ich im Stillen, dass er solch einen Einfluss auf mich ausübte, dabei waren wir uns doch fremd. Ich wehrte mich nicht dagegen. Eine Prise Zauber gehörte in Cornwall einfach dazu.

„Granny liebte das Häuschen sehr“, antwortete ich schließlich und ließ mich auf einen der Stühle sinken, die um den Esstisch aus Pinie platziert waren. „Sie legte großen Wert darauf, dass alles im Haus ordentlich und gepflegt ist. Selbst der Garten sah früher echt toll aus.“

„Ich erinnere mich. Rose war sehr adrett und fleißig. Mit ihrem Brot versorgte sie das ganze Dorf. Meine Eltern sind oft nach Zennor gefahren, um einen Laib zu erhaschen. Es duftete köstlich.“

Ich schmunzelte und lächelte ob dieser Erinnerung. „Wir hatten oft stundenlang zusammen gebacken, und anschließend verkaufte sie die frischen Brote mit meiner Mum nahe der Kirche. Sie bauten hierfür extra einen kleinen mobilen Marktstand." Als ich bemerkte, dass meine Augen feucht wurden, wischte ich schnell mit dem Ärmel darüber. Zum Glück hatte Charlie es nicht bemerkt.

„Es war doch dieser Stand mit der rot-weißen Markise, wenn ich mich recht erinnere."

„Ja, das stimmt. Mum und Granny sind beim Bau schier verzweifelt und es gab einige Rückschläge, aber letztendlich hatte es dann doch geklappt. Frauenpower ahoi."

Charlie kicherte. „Wie läuft das jetzt eigentlich, Ashley? Bleiben Sie für immer in Cornwall?"

„Ich …", mir verschlug es kurzzeitig die Sprache, denn eigentlich wusste ich es selbst nicht genau. Machte ich diese Entscheidung etwa von Jack abhängig? „Für ein Jahr bleibe ich auf jeden Fall in England. Alles andere wird sich dann zeigen", lautete meine wenig überraschende Antwort.

„Oh, und warum genau ein Jahr? Aus irgendwelchen tiefsinnigen Gründen oder ist das eher zufällig gewählt?"

Ich wurde ernst. „Ersteres. Meine Granny setzte voraus, dass ich ein Jahr in ihrem Cottage lebe, um es rechtmäßig zu erben. Ihr war wichtig, dass ich das Haus nicht gedankenlos verkaufe. Ich soll in diesem Jahr eine noch tiefere Verbindung zu Zennor und dem Anwesen aufbauen und mir klarmachen, dass es unverzeihlich wäre, dieses Cottage aufzugeben, nur weil viel Geld winken könnte. Das ist zumindest die inoffizielle Erklärung."

„Sie hätten vermutlich sofort einen Abnehmer und könnten ein Bietergefecht auslösen, das weit über England hinausgeht." Charlie legte das Messer beiseite. „Häuser in dieser Gegend werden wahnsinnig hoch gehandelt."

„Ich bin nicht daran interessiert, das Haus zu veräußern. Es ist mein persönlicher Sehnsuchtsort, wissen Sie? Seit ich ein Kind war, gab es nichts Schöneres für mich als hier zu sein." Charlies Augen leuchteten wie Diamanten. Bei seinem Anblick erfasste mich eine Gänsehaut, die meinen ganzen Körper erzittern ließ. Die Art, wie er mich ansah, bescherte mir weiche Knie. Ich krallte mich in die Polsterlehne, um vor Schmachten nicht vom Stuhl zu plumpsen.

„Das haben Sie sehr schön gesagt, Mylady. Ich verstehe Sie, sehr gut sogar. Cornwall ist ein ganz besonderes Fleckchen Erde und Ihr Cottage ist in der Tat bezaubernd. Solche Häuser darf man nicht unüberlegt verticken. Nein, warten Sie – man darf sie überhaupt gar nicht verticken."

Ich schmunzelte. Offenbar waren wir auf der gleichen Wellenlänge. Alles an ihm wirkte anziehend auf mich, geradezu wie ein Magnet. Ich durfte nur nicht den Kopf verlieren.

„Was haben Sie jetzt vor?"

„Wie meinen Sie das, Charlie?"

Er verschränkte lässig seine Arme, und mein Blick fiel auf die Muskeln, die sich unter seinem Hemd abzeichneten. Er war kräftig gebaut, aber keinesfalls dick, was angesichts seines sportlichen Hobbys nicht weiter verwunderlich war.

„Ich meine damit: Was machen Sie heute? Morgen? Übermorgen? In drei Wochen? In sechs Monaten? Leben Sie in den Tag hinein oder …?" Wir lachten.

„Da muss ich Sie enttäuschen. Ich arbeite im Homeoffice und glauben Sie mir, es gibt so vieles zu erledigen, dass ich kaum noch atmen kann."

„Sie haben trotz des Urwalds vor Ihrer Haustür W-Lan im Cottage? Beeindruckend!"

Er brachte mich schon wieder zum Lachen. „Und was machen Sie beruflich, Charlie?"

„Ich bin Fischer", antwortete er stolz. Als hätte ich mir das nicht denken können. „Und mein Dad betreibt einen Laden in St. Ives, manchmal helfe ich dort aus. Wenn Sie wollen, zeige ich Ihnen sein Lebenswerk beizeiten, es lohnt sich vorbeizuschauen. Und? Haben Sie schon Pläne für das Cottage?"

Ich hob die Schultern. „Interessant, dass Sie fragen. Offen gesagt, dachte ich hin und wieder darüber nach, den Garten neu zu gestalten." Ich biss mir bekümmert auf die Unterlippe und erwartete, dass ein blöder Spruch kam, so wie ich es von Jack gewohnt war. Ein paar Worte des Spotts, die mir unmissverständlich klarmachten, dass meine Idee zu hoch gegriffen sei. Aber das Gegenteil war der Fall.

„Das kann ich sehr gut verstehen. Der Garten war eine echte Augenweide, als Ihre Granny noch fit war." Er streckte sich, um aus dem Fenster zu blicken. Alles, was er sah, war vermutlich das dichte und alles einnehmende Grün der Hecken und Büsche. „Es ist allerdings ziemlich viel Arbeit, erfordert eine Menge Geschick und Durchhaltevermögen."

„Nun, ich weiß noch nicht genau, wie ich es angehe. Um ehrlich zu sein, kenne ich mich mit Pflanzen nicht wirklich aus und wenn ich dort rausschaue“, ich deutete auf das Küchenfenster, „wüsste ich auch nicht, wo ich anfangen soll. Im Grunde war es nur ein Gedanke, eine Möglichkeit, die ich kurzzeitig in Erwägung zog und ...“

„Ein ganz wunderbarer Gedanke“, unterbrach er mich. „Ich helfe Ihnen gerne, Mylady. Ich besitze einen grünen Daumen. Außerdem habe ich einen guten Freund, der sich im Gartenbau auskennt. Ich könnte ihn miteinbeziehen. Denken Sie einfach mal darüber nach, ob es für Sie grundsätzlich infrage käme, das Projekt mit mir gemeinsam anzugehen.“

Ich schluckte. Unfähig, etwas zu sagen. Solch eine Hilfsbereitschaft hatte ich im Leben nicht erwartet. Im Grunde genommen kannten wir uns nicht und doch scheute er sich nicht davor, mir erneut seine Hilfe anzubieten.

„Haben Sie Zettel und Stift parat?“, fragte er.

„Natürlich.“ Ich stand auf und öffnete die oberste Schublade der Küchenzeile, die mit allerhand Krimskrams vollgestopft war. Zwischen Klebeband, Brillenputztüchern und Reißzwecken versteckt, fand ich schließlich das benötigte Material und reichte Charlie Stift und Papier. Mein Herz machte einen Satz, als ich erkannte, dass er mir seine Handynummer notierte. Wie romantisch! Er hätte ja auch einfach das Smartphone benutzen können.

„Überlegen Sie es sich in aller Ruhe. Und wenn Sie sich entschieden haben, bin ich nur einen Anruf entfernt. Bei Tag und Nacht für Sie erreichbar, Mylady.“ Er versah die Notiz mit seinem Namen und kritzelte ein Smiley dazu. „Und den Fisch …“, er tippte sich auf die Kerbe zwischen Nase und Mund „nun, wenn ich Sie damit überrumpelt habe, tut es mir sehr leid. Ich nehme ihn natürlich wieder mit, auch die Fischabfälle.“

Ich presste die Lippen zusammen, bis sie ihre Farbe verloren. Es war mir peinlich, dass ich mit der nett gemeinten Aufmerksamkeit nichts anfangen konnte – wahrscheinlich hielt er mich nun für eine undankbare Ziege.

„Keine Sorge; ich verüble Ihnen nicht, dass Sie von meinem Gastgeschenk abgeneigt sind“, fügte er rasch hinzu, als er in mein schamrotes Gesicht schaute.

„Danke“, stammelte ich leise und konnte mein Glück kaum fassen. Nicht nur, dass er den Fisch tatsächlich wieder mitnahm – auch die Tatsache, dass Charlie derart selbstlos seine Hilfe anbot, machte mich überglücklich. Folglich hatte ich die reale Chance, dem Garten meiner Granny, die ihn einst so liebevoll anlegte, gerecht zu werden.

„An diesem Punkt finde ich, könnten wir anfangen, uns zu duzen. Einverstanden?“ Er streckte seine Hand aus und ich griff unerschrocken zu. Unsere Berührung war elektrisierend.

„Ich bin Charlie. Charlie O'Sullivan.“

„Ashley. Hopkins. Freut mich, dich kennenzulernen.“

Kapitel 6

Nachdem ich die nächsten Tage damit verbracht hatte, meinem Arbeitsauftrag nachzugehen und potenzielle Bewerber für die Firma *MeshTex* suchte – ein Subunternehmen einer großen Textilfirma mit Sitz in Florida – konzentrierte ich mich endlich auf das Projekt ‚Garten‘. Ich googelte, was das Zeug hielt, um mir ein vorzeigbares Wissen anzueignen, stöberte in Bau- und Gartenmärkten herum und malte mir verschiedene Möglichkeiten und Ideen aus. Meine Granny und ihren damaligen Garten behielt ich dabei stets im Hinterkopf. Es war mir ein Anliegen, die Grünfläche vor und hinter dem Haus in alter Pracht erblühen zu lassen. Die Kreativität sprudelte während der Planung nur so aus mir heraus und als wäre dies nicht Grund genug, mich gut zu fühlen, spürte ich auch am eigenen Leibe, wie ich endlich entschleunigte. War in Phoenix alles hektisch und overloaded gewesen, so erdete mich Cornwall und brachte mich nach und nach behutsam auf den Boden der Tatsachen zurück. Genau das brauchte ich!

Seit dem hitzigen Telefonat zwischen Jack und mir herrschte Sendepause. Er war jetzt so weit weg, dass ich darüber hinwegsehen konnte, ohne mir länger den Kopf zu zerbrechen. Gegenwärtig erschien es mir nach wie vor unvorstellbar, dass wir wieder zueinanderfinden würden. Umso glücklicher war ich, Charlie begegnet zu sein. Ich hatte lange über sein Angebot, mir zu helfen, nachgedacht, doch immer noch hegte ich Zweifel. Konnte ich seine Hilfe tatsächlich *einfach so* annehmen? Wäre es nicht dreist oder gar das Ausschlachten fremder Gefälligkeiten, wenn er mir zur Hand ginge? Aber vielleicht freute er sich auch, wenn ich auf das Angebot zurückgreifen würde und ihn kontaktierte. Immerhin hatte er den Mut, unangemeldet vor meiner Tür zu stehen. Anscheinend war er also nicht davon abgeneigt, mich näher kennenzulernen. Im Grunde hatte ich ja nichts zu verlieren, wenn ich über meinen Schatten sprang und ihn anrief. Und vielleicht konnte ich mich sogar eines Tages bei ihm revanchieren. Entschieden griff ich nach meinem Handy, das neben dem Notebook lag, und tippte mit zittriger Hand seine Nummer ein, die auf dem Notizzettel gut leserlich geschrieben stand. Mein Herz hämmerte wild, ich bekam Schweißausbrüche und war mir nun nicht mehr so sicher, ob ich überhaupt einen Ton herausbekommen würde, sobald er abhob. *Stell dich nicht so an* schimpfte ich mit mir, atmete nochmals tief durch und drückte dann todesmutig auf den grünen Hörer. Das Freizeichen ertönte. Meine Magengrube zog sich sogleich zusammen, als würde eine Konfettikanone abgefeuert und die bunten Schnipsel durch meinen ganzen Körper gewirbelt werden.

„Hallo?"

Ich vernahm eine Stimme am anderen Ende der Leitung.

„Charlie? Hier ist Ashley." Noch während ich diese Worte aussprach, fragte ich mich, ob es nicht besser gewesen wäre, mit dem Anruf länger zu warten. Immerhin waren erst ein paar Tage verstrichen, seit wir uns zuletzt gesehen hatten, und ich meinte einmal gelesen zu haben, dass man Männer ruhig zappeln lassen sollte.

„Mylady!"

Er klang erfreut mich zu hören. Ich strich mir aufgeregt über die feuchte Stirn. Wenn er dieses Wort *Mylady* mit seiner tiefen, fast melodischen Stimme wie selbstverständlich sagte, bekam ich heftiges Herzklopfen. „Hi. Ich dachte, ich ruf dich an", säuselte ich unbeholfen in den Hörer und wartete gespannt seine Antwort ab.

„Einfach so? Das finde ich super!"

„Nun, ja ...", haspelte ich nervös. „Um ehrlich zu sein, würde ich dich gerne treffen." Ich rang nach Luft. Jetzt bloß nichts Falsches sagen! Immerhin bat ich um seine Hilfe bei der Gartengestaltung und keineswegs um ein Date.

Reiß dich zusammen mahnte meine innere Stimme erneut.

„Du meinst, du willst mich daten?"

Mein Herz setzte für einen Moment aus, als er so unverblümt und schlagfertig antwortete.

Nun war meine eigene Reaktionsschnelligkeit gefragt, wenn ich dieses Dilemma noch retten wollte. „Nein", gab ich kühn zurück und kniff die Augen zusammen, als hätte ich soeben etwas furchtbar Schmerzhaftes ausgesprochen. „Ich wollte gerne auf dein Angebot zurückkommen. Du weißt schon, wegen des Gartens ..."

Charlie hielt einen Moment inne. „Ah", stieß er schließlich aus. „Wie schade. Aber natürlich halte ich mein Wort und helfe dir. Sehr gerne sogar. Was hältst du von einer Erstbegehung? Gleich heute? Vielleicht können wir schon anfangen – und wenn es nur Unkrautzupfen ist."

Ich lauschte seiner Stimme wie hypnotisiert und nickte schweigend, ehe mir klar wurde, dass Charlie mich gar nicht sehen konnte, weshalb ich ein „Fantastische Idee!" hinterherwarf.

Als wir das Gespräch beendet hatten, dachte ich noch mal darüber nach. Hatte er soeben nicht „schade" gesagt? Etwa schade, weil ich ihn *nicht* um ein Date gebeten hatte? Ich runzelte die Stirn. Entweder verrannte ich mich in etwas oder er zeigte tatsächlich Interesse.

Als ich Stunden später vor dem Haus auf ihn wartete – gekleidet in eine olivfarbene Arbeitskluft und grüne Crocs – konnte ich immer noch nicht glauben, wie sehr mich das Thema ‚Garten' inzwischen beschäftigte. Aber es war genau das, was ich wollte. Ein idyllisch bepflanztes Haus nahe am Meer – wer würde da nicht schwach werden? Ich wusste ja aus der Vergangenheit, dass es traumhaft aussehen würde! Und sollte es mir gelingen, die Idee einer blühenden Oase ansehnlich umzusetzen, vielleicht könnte ich dann eines Tages auf Charlies Vorschlag zurückgreifen und tatsächlich ein B&B eröffnen. Ich kicherte bei dem Gedanken daran. War die Lage hierfür nicht ideal? Eingebettet mitten in der Natur, innen wie außen einwandfrei gepflegt und ansehnlich gestaltet: ein Anziehungspunkt für Reisende aus aller Welt. Ich liebte ohnehin den Kontakt zu anderen Menschen, auch wenn ich anfangs schüchtern war, und konnte mir gut vorstellen, Gäste zu beherbergen. Schnell verlor ich mich in meinen Tagträumen. Die Touristen würden in Scharen buchen, um ihren Urlaub

in Zennor im *Cottage am Meer* zu verbringen. Ich
würde sie mit einem typisch englischen Frühstück verwöhnen und tolle Insider-Tipps für Tageswanderrou-
ten geben. Witzigerweise hatte ich sogar zwei unge-
nutzte Zimmer, die sich für Übernachtungsgäste perfekt anboten. Nichtsdestotrotz steckte dieser Einfall
noch in den Babyschuhen und der Garten hatte absolute Priorität. Im Moment war das Cottage so zuge-
wachsen, dass es vermutlich Tage brauchte, um von alldem Gestrüpp befreit zu werden. Es erinnerte mich ein
bisschen an das Dornröschenschloss. Hinter Dickicht
und Gehölz wartete das Traumhäuschen nur darauf,
aus seinem langen Schlaf geweckt zu werden. Plötzlich
durchbrach ein Dröhnen die Stille. Ich wirbelte herum
und erspähte in der Ferne ein Auto, in dem ich Charlie
vermutete. Ich war sofort aufgeregt wie ein kleines
Mädchen, das bald eingeschult wurde. Was war nur los
mit mir? Ich fand ihn sehr sympathisch, ja, aber warum
spürte ich schon wieder dieses Kribbeln im Bauch? War
ich etwa …? Nein! Wir kannten uns doch kaum. Ich er-
teilte den Schmetterlingen in meiner Magengrube so-
fortiges Flugverbot. Gefühle waren hier definitiv fehl
am Platz. Doch als der Pick-up vor das Cottage rollte
und Charlie mir fröhlich zuwinkte, verlor ich die Kontrolle und meine Vorsätze gerieten mächtig ins Wanken. Heimlich schmachtete ich ihn an. Meine Beine zer-
flossen wie Butter und ich spürte, wie meine Wangen
knallrot anliefen, als er sich grinsend durch das Haar
wuschelte.

„Mylady!"

Er stieg freudestrahlend aus, trug zu meiner Überraschung Jeans und ein Longsleeve, Boots sowie eine

Keine Annäherung. Keine Schmetterlingsgefühle. Nichts.

„Du kennst dich aus, nehme ich an? Einer von uns sollte wissen, was zu tun ist. Im Garten meine ich.“

„Mach dir da keine Sorgen. Wie schon erwähnt: Ich habe einen vorzeigbaren grünen Daumen.“

„Dann wärst du für meine Granny gewiss ein Segen gewesen, als sie selbst nichts mehr machen konnte“, gab ich zähneknirschend zu und Charlie hob bedrückt die Schultern. Ich dachte, er würde sofort den Spaten ansetzen, drauflos buddeln und alles Grün aus dem Boden reißen, aber weit gefehlt. Er erklärte mir seelenruhig, welche Pflanzen wir vor uns hatten, in welcher Geschwindigkeit sich diese normalerweise ausbreiteten und wann ihre Hauptblüte stattfand. Außerdem wusste er, wie man vorgehen musste, um das Unkraut langfristig loszuwerden. Nach seiner Aussage erforderte das jedoch Vorbereitung und nahm vor allem viel Zeit in Anspruch. Ich war baff. Charlies Verständnis ging weit über das allgemeine Grundwissen hinaus. Einige der Pflanzen konnte er sogar bei ihrem botanischen Namen nennen, was mich beeindruckte. Dieser Kerl machte mich ganz und gar sprachlos. Und ja – aus seinem Mund klang selbst ein Wissensschatz über Unkraut unwiderstehlich sexy.

„Du hättest sagen sollen, dass du so bewandert bist“, bemerkte ich keck.

„Nicht erwähnenswert“, gab er bescheiden zurück.

„Finde ich schon. Ich hatte ja keine Ahnung, was es über Unkraut alles zu wissen gibt. Der Stoff reicht locker für ein ganzes Studium.“

„Oh, ich vermute, das Interesse an diesem Studiengang wäre sehr begrenzt.“

Was ich an Charlie mochte, war nicht nur sein erfrischendes Auftreten; er verfügte über diesen besonderen Humor, den man den Briten allgemein nachsagte. Es mochte weit hergeholt und schnulzig klingen, aber Charlie wäre in einer anderen Zeit gewiss ein Ritter gewesen. Ein Edelmann. Entgegen meiner Erwartung machte es tatsächlich Spaß, in der Erde zu wühlen und Unkraut zu jäten, wobei das nur mit Handschuhen möglich war. Dornen und spitze Äste waren gefährliche Gegner.

So verflogen die Stunden und gegen Abend hatten wir die Fläche weitgehend unkrautfrei.

„Ich hoffe, das Zeug bleibt für die nächsten Wochen fern“, gähnte ich erschöpft und legte die Harke beiseite. Ich war von oben bis unten voll Erde und Dreck, aber überglücklich. Jeder Muskel schmerzte. Es roch markant, als würde man einen Sack Blumenerde öffnen und darin baden.

„In ein paar Tagen kommt es wieder. Um diese Jahreszeit wuchert das Zeug wie verrückt. Da hilft vorerst nur dranbleiben und fleißig entfernen. Zudem *dieses* Kraut hier schon viele Jahre alt ist und selbst die härtesten Winter überstanden hat.“ Charlie deutete lapidar auf den Haufen Grünzeug, den wir unter dem Kirschbaum angesammelt hatten. In der Tat war das meiste welk und verdorren.

„Vernichtungsmittel“, schlug ich müde vor, aber Charlie schüttelte heftig den Kopf.

„Geht ins Grundwasser über. Keine gute Idee, Mylady."

„Tja, dann weiß ich jetzt, was ich in den nächsten Monaten zu tun habe."

„Wenn wir die großen Pflanzen entfernt haben, ist der Vertikutierer dran. Don't worry, du wirst nicht nur Unkraut jäten, dafür sorge ich schon."

Es dämmerte. Der helle Schein des aufgehenden Vollmondes strahlte auf uns hinab und tauchte den Garten in ein schummriges Licht.

„Ich habe morgen frei. Wenn du willst, stelle ich dich meinem Dad vor. Ich habe ihm von dir erzählt und er würde dich wirklich gerne kennenlernen. Dass du die Enkelin von Rose bist, hat ihn sehr neugierig gemacht."

Ich weitete die Augen. Das klang aufregend und gleichzeitig machte es mich furchtbar nervös. „Ich soll deinen Dad kennenlernen? Dabei weiß ich kaum etwas von dir."

Charlie lachte. „Was willst du wissen? Du kannst mich alles fragen."

Ich rieb mir die Hände. Wirklich alles? „Du bist Fischer, wanderst gerne und weißt allerhand über Unkraut. Hast du mehr zu bieten?" Oje. Was war das für eine bescheuerte Frage?

„Ich treibe viel Sport und bin gerne am Meer. Alles Wissenswerte habe ich dir neulich schon in der Küche deines Cottages erzählt. Es ist seither nichts Neues hinzugekommen."

Er neckte mich. „Dann muss ich mich wohl damit zufriedengeben."

„Und was gibt es über dich zu wissen, Ashley? Außer, dass du einen Garten anlegen willst, ein Jahr in Cornwall lebst und für ein globales Unternehmen arbeitest?"

„Ähm... ich bin gut im Bowling, liebe es ebenfalls zu Wandern, lese gerne historische Romane und neuerdings habe ich meine Gabe fürs Häkeln entdeckt ..."

„Du häkelst?" Ihm fiel eine kringelige Locke ins Gesicht, die er vergnügt wegpustete. „So etwas gibt es heute noch?"

Ich kicherte. Wir sprachen eine gefühlte Ewigkeit miteinander über dies und das, scherzten und amüsierten uns, als gäbe es nichts anderes auf dieser Welt als ihn und mich im Garten neben dem Haus. Wann hatte ich mich das letzte Mal so gut unterhalten, so viel gelacht und mich wohlgefühlt? Die Chemie stimmte von Anfang an und vertiefte sich mit jedem gesprochenen Wort. Ob vielleicht mehr daraus werden könnte?

„Hast du eigentlich eine Freundin?", fragte ich und war selbst überrascht, als diese Frage unüberlegt aus mir heraussprudelte. Was war bloß in mich gefahren?

„Ähm, ich, nein ..." Doch in diesem Augenblick klingelte sein Handy und Charlie stand hektisch auf. „Da muss ich schnell ran gehen, entschuldige mich bitte."

Während er außer Hörweite telefonierte, sammelte ich die übrigen Werkzeuge ein, die auf dem Boden verstreut lagen. „Sorry, Mylady. Ich muss jetzt leider los. Hättest du morgen Zeit und Lust, meinen Dad zu treffen?"

„Warum nicht?"

„Soll ich dich hier abholen?"

„Ja, gerne."

„Prima. Ich ruf dich an." Er winkte mir fröhlich zu und für einen Moment wäre ich ihm am liebsten um den Hals gefallen. Aber natürlich zügelte ich mein Verlangen nach mehr.

„Gute Nacht, Mylady", hauchte er zum Abschied.

„Gute Nacht, Charlie." Ich sah ihm verträumt hinterher.

Kapitel 7

Phoenix, 2007

„Willkommen in deiner neuen Heimat, Schatz. Gefällt es dir in Phoenix?“

Mums Augen funkelten mich erwartungsvoll an, während ich in unserem Apartment im Herzen der Stadt auf- und abging und meinen Blick prüfend umherschweifen ließ. *Das hier* sollte also mein neues Zuhause sein? Der Gedanke schnürte mir regelrecht die Luft ab und ich fühlte mich klitzeklein, als wäre ich ein unbedeutender Zwerg in einem Dorf voller Riesen. Verzweifelt vergrub ich beide Hände in den Taschen meines Sweaters und sank stumm auf einen der Koffer, meinen Blick starr auf den Boden gerichtet. War meine steife Körperhaltung nicht Antwort genug? Es gefiel mir überhaupt nicht! Die Wohnung im 2. Stock einer Druckerei war so viel kleiner und schmuddeliger als das hübsche Reihenhaus, das wir in Cornwall bewohnt hatten. In unserem ehemaligen Häuschen gab es einen großen Garten, der Spielplatz war gleich um die Ecke und die Schule nur zwei Haltestellen entfernt. Es war der Ort, der mir von Geburt an vertraut war und zu dem ich eine enge Beziehung hegte. In diesem Apartment hingegen, das irgendwo mitten im Moloch Phoenix gelegen war, fühlte ich mich verloren. Schlimmer noch – ich resignierte innerlich. Die Tapeten waren fleckig, als würden Monster ihre Schatten an die Wand werfen, der Teppichboden war stark abgenutzt und als ich erneut umherging und einen Einbauschrank öffnete, kam mir ein Muff entgegen, der mich taumelnd die Nase zuhalten ließ. Wie sollte ich mich in diesem Bau jemals wohlfühlen?

„Keine Sorge", beschwichtigte mich Mum, als sie meine abwehrende Geste endlich korrekt deutete. „Diese Bleibe hier ist nur vorübergehend, bis wir etwas Schönes in der Vorstadt gefunden haben. Ich weiß, dass es hier nicht ideal ist."

Ich nickte halbherzig und blickte aus der blinden Scheibe des Fensters auf den viel befahrenen Highway, der direkt vor dem Gebäude verlief. Mit Argwohn beobachtete ich die hupenden Autos, die sich im Tross an roten Ampeln zu einer Blechlawine stauten. Menschenmassen überquerten hektisch die Straße und wirkten dabei längst nicht so entspannt wie in meinem Heimatort. Gelbe Taxis leuchteten unter der stechenden Sonne wie Textmarker und die rasch wechselnde, neonfarbene Reklame im Gebäude gegenüber, vielleicht eine Spielhölle, schmerzte in meinen Augen. Es war für ein kleines Mädchen aus einem Dorf schwierig, Gefallen an diesem emsigen Tamtam zu finden. Gewiss war ich mal in London unterwegs gewesen, aber das war eben nur ein Tagesausflug mit der Familie. Arizona und insbesondere Phoenix waren vollkommen anders als die gewohnte englische Prärie, in der ich die letzten sieben Jahre aufwachsen durfte. Es war beängstigend. Alles schien so unwirklich groß, unübersichtlich und zu allem Übel auch noch furchtbar laut zu sein – *eben typisch amerikanisch*, wie es meine Mum lässig beim Namen nannte, die einen Narren an dem Lärm der Stadt gefressen hatte. Die City pulsierte auf ihre eigene Art und das Stadtzentrum, in dem wir uns befanden, wirkte auf mich hoffnungslos umtriebig. Der Smog hing wie eine schwere Nebelschicht über den Wolkenkratzern, die eine beachtliche Skyline formten und deren Dächer im dichten Grau verschwanden. Phoenix war der lebhafte Kern einer sonst trockenen Wüste, gesäumt von großen Kakteen. Ein Landei wie ich war mit all den Eindrücken schnell überfordert. Es hatte nämlich nicht das Geringste mit dem Leben auf *meiner* Insel zu tun, auf die ich schleunigst wieder zurückwollte. Bei jedem Atemzug vermisste ich die Freiheit, das rauschende Meer, die saubere Luft, meine lieben Freunde und natürlich Granny, die dem Umzug nach Amerika von Anfang an mit Skepsis entgegenblickte. Meine Eltern behaupteten hingegen, alles genaustens abgewogen zu haben. Dad bekam eine gut bezahlte Stelle als Ingenieur in einer großen Firma angeboten, die er sich aufgrund der tollen Aufstiegschancen keinesfalls entgehen lassen wollte, und meine Mum, die schon immer von einer Karriere als Eventmanagerin träumte, setzte nun alles daran, ihrer Sehnsucht in den Staaten Leben einzuhauchen. Wir waren nie arm gewesen und führten in England ein gutes Leben, dennoch war es vor allem das deutlich höhere Gehalt, das die beiden letztendlich dazu bewog, auszuwandern und alles hinter sich zu lassen. Sie sprachen von Karrieren und Möglichkeiten, die man nur in Amerika verfolgen konnte. Nannten es das ‚Land der Wunscherfüllungen und Träume'.

Abgesehen davon waren sie schon immer Sonnenanbeter gewesen und Arizona war hierfür natürlich das Mittel der Wahl. Ein Wüstenstaat mit hohen Temperaturen, dessen Canyon weltweit bekannt war, zog Jahr für Jahr Tausende Menschen in seinen Bann. Und während die beiden ihrem neuen Leben aufgeregt entgegensahen, blieb ich vorerst misstrauisch. Nicht nur, weil ich dem ganzen Trubel nichts abgewinnen konnte oder wollte und mich völlig neu orientieren und eingliedern musste, sondern auch, weil mich schreckliches Heimweh plagte. Mit Tränen in den Augen und zitternder Unterlippe senkte ich den Blick. Es fiel mir schwer, ruhig zu atmen. Ich spürte, wie sich meine Ellenbogen tief in die Knie hineinbohrten, als ich mich darauf abstütze. Eine Leere breitete sich in mir aus, wie sie kein sieben Jahre altes Kind jemals fühlen sollte. Aber ich wollte auch nicht, dass mich meine Eltern weinen sahen, immerhin schienen sie sehr glücklich mit ihrer Entscheidung zu sein. Doch meiner Mum blieb wie immer nichts verborgen.

„Schatz, weinst du etwa?" Ich schluchzte und als sie meine Tränen erspähte, die stumm über meine Wangen rollten, nahm sie mich fest in den Arm. „Hast du Heimweh?", wollte sie wissen.

„Ja", flüsterte ich mit erstickter Stimme. „Ich finde es schrecklich hier."

„Das wird schon", versicherte sie mir mit einem sanften Lächeln und hauchte einen Kuss auf meine Stirn. „Aller Anfang ist schwer."

Ich blickte in ihr sommersprossiges Gesicht und die eisblauen Augen, die eigentlich stets die Wahrheit sagten. Ihre geschwungenen Lippen deuteten noch immer ein Lächeln an, das mich schon bald sicherer fühlen ließ. Plötzlich hörte ich ein lautes Rumpeln, dann eine Tür, die ins Schloss fiel. Dad, der eine Weile außer Haus gewesen war, kam vor Hitze hechelnd in die Wohnung gehastet und grinste vielversprechend. In seiner linken Hand hielt er einen braunen Umschlag. Was war wohl darin?

„Ratet mal, was ich hier habe.“

Mum und ich tauschten fragende Blicke aus.

„Was ist es, John?“, wollte sie nun mit Nachdruck wissen und ich konnte ihre Aufregung spüren, als sie nervös auf ihren Fingernägeln herumknabberte. Dad kam ein paar Schritte näher und erst jetzt fiel mir auf, wie durchgeschwitzt er doch war. Seine Stirn glänzte wie eine Schwarte und der Rücken seines Shirts war tropfnass. Wenigstens hatte sein Anti-Transpirant nicht versagt, denn ich konnte den Schweiß nicht riechen.

„Das ist das Exposé eines wundervollen Hauses unweit der Stadt“, flötete er gut gelaunt, als hätte er soeben die Büchse der Pandora gefunden. Mit einem breiten Lächeln öffnete er den Umschlag und holte einen gelben Schnellhefter heraus. „Seht euch das an!“

Meine Mum hielt atemlos inne und auch ich blinzelte beeindruckt. Auf dem Titelbild erkannte ich ein weißes, mit Säulen im römischen Stil gebautes Haus, das den Anschein einer gut betuchten Villa in einem anspruchsvollen Viertel machte. „Wir können es uns gleich morgen früh ansehen und wenn alles für uns passt, schon nächste Woche einziehen. Was denkt ihr?“

Mum stieß einen spitzen Schrei aus, sprang vor Freude jauchzend auf und auch ich ließ mich von ihrem Enthusiasmus anstecken und lächelte beseelt zufrieden.

Obwohl ich nach wie vor zweifelnd war, was unser neues Leben in Arizona anging, gefiel mir, was ich auf dem Foto sah. Ich war mir fast sicher, dass eine schönere Umgebung meine Stimmung wesentlich verbessern könnte. Mum nahm mich erneut in den Arm und ich drückte mich vertrauensvoll an ihre Brust.

„Alles wird gut, Ashley", versprach sie. „Du wirst Arizona noch lieben lernen. Darauf hast du mein Wort."

Vielleicht dachte ich, *wird es mir tatsächlich irgendwann gefallen.* Doch im Moment überwog mein Unmut darüber, dass ich Granny und meine Freunde künftig nur noch einmal im Jahr sehen würde. Denn wenn es nach meinem 7-Jährigen Ich ginge, so waren ein paar Wochen Cornwall angesichts eines ganzen Lebens doch viel zu wenig.

Kapitel 8

Am nächsten Morgen kreisten meine Gedanken um das anstehende Treffen mit Mr O'Sullivan. Alleine die Vorstellung, ihn kennenzulernen, machte mich unfassbar nervös. Ich versuchte, mit Atemübungen runterzukommen, was einigermaßen gut gelang, dennoch hoffte ich, Charlies Vater nicht zu vergraulen. Was, wenn ich die Erwartungen von Mr O'Sullivan nicht erfüllte? Keinesfalls sollte er von der Enkelin seiner verstorbenen Bekannten enttäuscht sein. Ich quälte mich aus den Federn, duschte heiß, frühstückte eine Kleinigkeit, putzte mir die Zähne, glättete mein Haar, schlüpfte in Jeans und zog Poloshirt und Cardigan über. Nach langem Überlegen entschied ich mich schließlich für meine strahlend weißen Sneaker, die das Outfit leger abrundeten. Es war mir wichtig, hübsch und gepflegt auszusehen. Gleichzeitig sollte es nicht übertrieben oder gar aufgesetzt wirken, weshalb ich mich beim Make-up zurückhielt. Ich warf einen Blick auf die Uhr. Charlie hatte eine halbe Stunde zuvor angerufen und würde bald hier aufkreuzen. Aufgeregt ließ ich mich in den grünen Ohrensessel fallen, wippte mit den Füßen auf- und ab, summte Lady Gagas *Highway Unicorn*, schrieb nebenbei angeregt mit Rachel und wartete gespannt. Als ich es nicht mehr aushielt, verließ ich das Cottage, um Charlie draußen zu empfangen. Er würde sicher bald auftauchen. Vielleicht brachte mich die

Frischluft runter. Eine kühle Meeresbrise wehte in mein Gesicht, als ich hinter mir die Tür zuzog. Dann schlängelte ich mich zwischen Büschen und Sträuchern hindurch, ehe ich frei stehen konnte. Gewillt, den Kopf freizubekommen, streckte ich meine Arme aus. Ich öffnete weit meinen Mund und sog die Luft ein, bis ich spürte, dass sie meine Lungenflügel vollständig füllte. Ich zählte im Kopf bis sechs und atmete sanft fokussiert wieder aus. Das tat ich ein paar Mal und mein Körper entspannte sich zunehmend. Um die restliche Wartezeit erträglicher zu machen, rief ich kurzerhand Rachel an, die prompt abhob. Wie gut es tat, ihre vertraute Stimme zu hören!

„Ist er süß?", fragte sie kichernd, nachdem wir uns ausgiebig begrüßt hatten. Wie gut, dass sie nicht sehen konnte, dass meine Wangen sofort rot anliefen.

„Er ist mir in erster Linie eine große Hilfe im Garten", bemerkte ich sachlich.

„Aber du stehst auf ihn", stellte sie besonnen fest. Ich lächelte still in mich hinein. „Und jetzt will er dich seinem Dad vorstellen? Wow! Wenn das nicht alles sagt …"

„Nur, weil Mr O'Sullivan Granny gut kannte und mich deshalb unbedingt kennenlernen will. Das ist keine Vorstellung im herkömmlichen Sinne", korrigierte ich sie.

„Verstehe, ein Vorwand." Ich lachte. „Und? Ist er vergeben?"

„Nope."

„Uuuuh …"

„Komm schon, hör auf. Auch wenn Jack und ich eine schwierige Zeit durchmachen, würde ich ihm niemals fremdgehen."

„In einer Beziehungspause kann man nicht fremdgehen, Süße", erwiderte sie.

Gewissermaßen hatte Rachel recht. Dennoch verstieß es gegen meine Prinzipien. „Wie läuft es mit dir und Jordan?", lenkte ich ein.

„Oh, super. Ich habe den besten Sex meines Lebens."

„Rachel ...", prustete ich.

„Doch, wirklich. Er hat Durchhaltevermögen und einen sehr großen Schw..."

„Verstehe", fiel ich ihr lachend ins Wort „Erspar mir bitte die Details."

Als Charlies Wagen endlich um die Ecke bog, beendeten wir unser Gespräch. Mein Herz hämmerte. Ich hatte mich den ganzen Morgen darauf gefreut, ihn wiederzusehen, dabei hatten wir uns doch erst am Vorabend voneinander verabschiedet. Was war das nur, das ihn so attraktiv machte? Er stieg aus dem Auto und ich lachte ihm freundlich entgegen. In ein Karohemd und eine beige Outdoorhose gekleidet, war er wieder mal zum Anbeißen. Sein Lächeln schien er sowieso nie abzulegen. Breitschultrig, groß, aalglatte Haut. Das Haar schimmerte rotgolden, als spiegelte sich die Sonne darin. Er war eine Augenweide.

„Da bin ich schon wieder. Guten Morgen, Mylady!" Er verbeugte sich vornehm und gab mir sogar einen Handkuss. Ich schwebte auf Wolke 7.

„Hi, Charlie", schmachtete ich.

„Nervös?", fragte er.

Ich bejahte. „Dad ist cool. Vertrau mir."

Und das tat ich, ohne Widerworte. Ich vertraute ihm. Nach so kurzer Zeit war es einerseits unvorstellbar, sich den Worten eines fast Fremden einfach hinzugeben. Andererseits fühlte ich mich zu ihm hingezogen und es gab keinen Grund, misstrauisch zu sein. Ganz offensichtlich entpuppte er sich nicht als der Killer, für den ich ihn anfangs hielt.

„Du siehst toll aus", stammelte er.

Ich strich mir verlegen eine Strähne hinters Ohr. Er hatte mir ein Kompliment gemacht! Charlie O'Sullivan fand mich gut aussehend!

„Danke", entgegnete ich zaghaft. Es tat mir und meinem Selbstwertgefühl gut, nach langer Zeit von einem Mann bestätigt zu werden. Nicht, dass ich es nötig hatte, aber Jack war mit Komplimenten äußerst sparsam umgegangen und wie jede andere Frau auch, gefiel es mir, begehrenswert zu erscheinen. Charlies Augen wanderten von mir zu dem Heckenlabyrinth, hinter dem sich mein Häuschen verbarg.

„Angst, dass die Triebe und Wurzeln nachts in dein Schlafzimmer dringen und dich an dein Bett fesseln?"

„Was?" Ich lachte. So ein Spaßkopf!

Auf dem Weg nach St. Ives führten wir angeregte Gespräche und ich war froh, dass uns die Themen nie auszugehen schienen.

„Kennst du eigentlich das Zennor Quoit?", fragte er.

„Nein. Was soll das sein?"

„Es ist eine Megalithanlage aus der Steinzeit. Gar nicht so weit weg von deinem Cottage, vielleicht ein Fußmarsch von einer knappen Stunde. Du sagtest doch, dass du Wanderungen liebst ..."

Ich spitzte die Ohren. „Du meinst, es ist eine Art Steinkreis? Klingt spannend. Warum erzählst du mir davon?"

„Ich dachte nur, es wäre interessant für dich zu wissen, was in deiner näheren Umgebung so los ist. Es gibt mehr als nur die Steilküste.“

„Was soll denn an einem *Steinkreis* schon los sein?“, gackerte ich amüsiert. „Wenn Zeitreisende wie bei *Outlander* nicht gerade in die Vergangenheit geschleudert werden, dürfte es dort ziemlich ruhig zugehen.“

„*Das* wäre dann aber eher in Schottland“, ergänzte er scherzend. „Aber mal im Ernst, es ist ein tolles Stück Geschichte.“

„Dann bist du nicht nur Unkraut-Profi, sondern auch Historiker? Oder hast du sogar ein Händchen für Mineralogie?“

„Weder noch“, versicherte er mir, „wobei die Geschichte des eigenen Heimatortes sehr interessant ist, wie ich finde.“

Ich spürte, wie mich innerlich eine Welle des Glücks erfasste. Er sprach von Zennor als *meinem* Heimatort. Und gewissermaßen hatte er recht. Ich mochte Arizona, sehr sogar. Doch der Gedanke ließ mich nicht mehr los, dass mein Platz eigentlich hier in Cornwall war. Und das schon immer.

Und Jack? Ich war mir nach wie vor nicht sicher, wie oder was ich ihm antworten sollte. Doch ihn länger hinzuhalten, schien mir keine vernünftige Option zu sein.

Wir erreichten St. Ives, dass ich seit Tagen nicht mehr aufgesucht hatte. Ich schwor mir, schon bald wieder in das *Magic Roof,* mit seiner zauberhaften Atmosphäre und dem himmlischen Gebäck einzukehren. Charlie parkte den Wagen, dann liefen wir gemeinsam ins

Zentrum. Bevor wir Mr O'Sullivan besuchten, entschieden wir uns für einen Abstecher an seinen Lieblingsstrandabschnitt. Ich nahm jeden Schritt ganz bewusst wahr und saugte die Umgebung auf wie ein Schwamm. Es war unwirklich schön, wie sich das Städtchen an die Küste schmiegte. Die historische Kirche thronte über den Dächern der Stadt und grenzte oberhalb des kleinen Hafens an den puderzuckerweißen Strandstreifen, der an die Karibik erinnerte. Das türkisblaue Farbenspiel des Wassers ähnelte einer Lagune in der Südsee. Boote dümpelten gemächlich auf dem Meer wie ein Postkartenmotiv.

„Wunderschön", flüsterte ich und beobachtete Charlie im Augenwinkel, der zustimmend nickte.

„Der Strand wird noch sehr viel größer, wenn Ebbe herrscht", erklärte er mir auf dem Weg zum Laden seines Vaters. „Es lohnt sich, das mal zu sehen."

Ich könnte Charlie wohl stundenlang zuhören und seinem Wissen lauschen. Es erweckte nie den Eindruck, als würde er angeben wollen; vielmehr war er darum bemüht, mich in seine Welt einzubeziehen, was mir schmeichelte. Vor einem Haus in einer der Gassen blieben wir schließlich stehen. Es war im Gegensatz zu den benachbarten Bauten weder renoviert noch verputzt, doch genau das machte seinen Charme aus. Zwischen den beiden obersten Fenstern war gut leserlich ein Blechschild angebracht. *Fishermen's Club* stand dort in geschwungenen Großbuchstaben. Ich schluckte. Was mich darin wohl erwartete? Ehrlich gesagt rechnete ich mit einer Art Mini-Fischmarkthalle, obwohl der Ort, zwischen Wohnhäusern und mitten in der Altstadt gelegen, zugegebenermaßen ungeeignet gewesen wäre, außerdem war es zu klein. Trotzdem ging ich von penetrantem Fischgestank aus, der durch alle Räume des Hauses wehte. Vielleicht war es eine Bar, in der sich die Fischer nach getaner Arbeit besaufen konnten? Charlie machte bis zuletzt ein großes Geheimnis daraus. Umso überraschter war ich, als er die Tür öffnete und ich mich in einem kleinen, sympathischen Laden wiederfand, der alles andere als stinkig war. Es war ein Shop, der sich auf den ersten Blick auf außergewöhnliches Sortiment spezialisiert hatte. Die Wände sowie die Decke waren mit dunklem Holz verkleidet. Flackernde LED-Kerzen in Wandhalterungen sorgten für ein angenehmes Ambiente und gedimmtes Licht. Im vorderen Teil des Ladens waren Acrylbilder von Cornwalls romantischen Küstenabschnitten ausgestellt. Ich begutachtete die verschiedenen Strandkulissen und entdeckte einige mir bekannte Orte. Mitten im Raum stand eine Theke und neben der Kasse gab es Socken und Hausschuhe aus heimischer Schafswolle. Links davon entdeckte ich vielerlei Möbel: Tische, Stühle, kleine Schränkchen, antik und handgearbeitet, wie auf Etiketten der Ausstellungsstücke zu lesen war. Auf einer Kommode lagen wohlriechende Seifenstücke in unterschiedlichen Formen angeordnet. Ich roch unter den Duftsorten Rosmarin, Thymian, Lavendel und Zitrone. In einem Körbchen daneben lagen Rosenduftsäckchen, in einem anderen mehrere Reagenzgläser, befüllt mit Räuchermischungen. Auf der anderen Seite der Theke stand ein Regal mit kleinen Staufächern. In jedem der Fächer schimmerte, funkelte und glitzerte es. Neugierig beäugte ich Muscheln, bunte Glassteine, kleine Perlen und manches Seltsames, wie

Teile eines ausrangierten Gürtels, die zu einem Armband geworden waren.

„Ist das alles upcycelt?“

„Angeschwemmtes Treibgut. So wird es weiterverwendet. Für meinen Dad ist das quasi eine Lebensaufgabe.“

„Wir Menschen produzieren so viel Müll. Da ist es nur hilfreich, kreativ dagegen vorzugehen.“

Ich drehte mich neugierig um, als eine unbekannte Stimme antwortete, und erspähte einen großen Mann mit auffällig rotem Spitzbart, der aus einem Hinterzimmer kam. Die Ähnlichkeit zu Charlie war verblüffend und ich identifizierte ihn sofort als dessen Vater. Das war er also – Mr O’Sullivan. Besonnen schenkte ich ihm mein schönstes Lächeln, um einen guten Eindruck zu hinterlassen. „Ich heiße Ashley.“ Höflich streckte ich ihm die Hand entgegen, während mich meine Nervosität innerlich schier auffraß.

Er drückte zu und gluckste. „Freut mich sehr, dich endlich kennenzulernen. Deine Granny war eine großartige Frau und du bist ihr wie aus dem Gesicht geschnitten – nur jünger.“

„Vielen Dank.“

„Und? Fühlst du dich wohl in Cornwall?“

„Sehr“, gab ich wahrheitsgemäß zurück. „Ist schließlich meine Heimat.“

„Ich erinnere mich noch gut daran, als du ein kleines Mädchen warst.“

Ich wurde rot. Leider konnte ich mich überhaupt nicht an Mr O’Sullivan erinnern.

„Sie haben einen tollen Laden“, sagte ich, um schnell von meinem Unwissen abzulenken.

„Oh, ich danke dir. Ist eine Menge Arbeit. Sieh dich gerne um, ich habe noch etwas zu erledigen. Bis gleich.“

Ehe ich ihm antworten konnte, war er schon wieder ins Hinterzimmer verschwunden. Während Charlie angeregt in sein Smartphone tippte, ging ich achtsam im Laden umher. Was es noch alles zu entdecken gab? Über meinem Kopf hing ein Kronleuchter, der gewiss an die 200 Jahre alt war. So ein wundervolles Leuchtmittel wurde heute bestimmt nicht mehr hergestellt und wenn, dann als billige Kopie. Doch der hier schien echt zu sein. Der Detailreichtum des Leuchters, prachtvoll und ästhetisch, ließ mich staunen. Tropfenförmige Kristallelemente fingen das Licht ein und schimmerten in zarten Regenbogenfarben. Ich ging weiter und entdeckte kleine Püppchen aus Stoffresten, die so niedlich hergestellt wurden und liebevoll dreinblickten, dass ich sie sofort ins Herz schloss. Kunstvoll skizzierte Landschaften schmückten eine Wand und Skulpturen aus Treibgut und Holz waren auf einer Auflagefläche am Fenster platziert. Es war hinreißend, was man aus Schwemmgut und anderem Zeug alles herstellen konnte. Mir fiel eine Kette ins Auge, die in einer Holzfassung einen grünen Stein beherbergte. Vielleicht klang das verrückt, aber die Farbe erinnerte mich doch sehr an Charlies außergewöhnliche Augenfarbe. Dieser Laden strotzte nur so vor Kreativität und nachhaltigen Schätzen.

„Dein Vater scheint ein Händchen für Wiederverwertung zu haben“, sagte ich zu Charlie, der rasch sein Handy wegsteckte. Er wirkte angespannt.

„Das kannst du laut sagen. Er lebt für diesen Laden.“

„Hilfst du ihm manchmal das Treibgut einzusammeln?“, wollte ich wissen.

„Nicht nur manchmal.“ Charlie legte ein knapp bemessenes Lächeln auf, wirkte aber längst nicht mehr so gut gelaunt wie zuvor. Seine Miene verfinsterte sich, als er erneut auf sein Handy blickte.

„So, dann wollen wir mal.“ Mr O’Sullivan klatschte in die Hände und ich zuckte erschrocken zusammen, weil er wie zuvor unvermittelt zurückkam.

„Erzähl mir alles von dir, Ashley.“ Mit großen Augen blieb er vor mir stehen, verschränkte die Arme und musterte mich neugierig.

Ich bekam einen Kloß im Hals, der sich nicht einfach herunterschlucken ließ. Jedes Bewerbungsgespräch war einfacher zu handhaben als diese seltsame Vorstellungsrunde, bei der ausgerechnet ich die Hauptperson war. „Nun, ja... also, ich ...“

„Dad, du überforderst sie“, fiel Charlie ein.

„Nein, ist schon gut“, winkte ich ab. „Ich hörte, Sie waren ein Freund meiner Granny.“

„So ist es und ich komme gleich auf den Punkt. Wie mein Sohn gestern Abend erzählte, hast du großes Interesse daran, den Garten zurück ins Leben zu rufen.“

Ich schielte zu Charlie, der sich beschämt wegdrehte. „Ja, das ist der Plan. Ob ich es letztendlich genauso hinbekomme, wie es einst aussah, steht jedoch in den Sternen“, stellte ich nüchtern fest.

„Du meinst aufgrund der zu erwartenden hohen Kosten?“

Ich horchte auf. Hatte Charlie etwa alles weitererzählt, was ich ihm am Vorabend anvertraute? „Hauptsächlich, ja.“

„Nun, dann wird es dich freuen zu hören, dass deine Granny vorgesorgt hat und zu Lebzeiten genügend Geld für anfallende Renovierungen beiseitelegte. Geld, über das du frei verfügen kannst, sofern du damit Renovierungen im und am Williams-Cottage durchführen lässt. Wie klingt das für dich?“

Mir fiel die Kinnlade herunter. Geld? Geld, von dem ich nichts wusste und das für das Cottage zur Verfügung stand? Mir wurde heiß und kalt zugleich, wie Eis mit zu vielen heißen Himbeeren garniert. Wie sollte ich jetzt noch einen klaren Kopf bewahren? Nachdem es mir endgültig die Sprache verschlagen hatte, starrte ich Mr O’Sullivan mit offenem Mund an und suchte nach den passenden Worten, die sich einfach nicht finden ließen. Woher hatte er diese Information? War es ein heimlicher Part von Grannys ‚Erb-Deal‘, der nun aus Mr O’Sullivan vorzeitig und völlig kopflos herausplatzte? Aber warum sollte er überhaupt davon wissen? Hatte der Notar etwa geplaudert?

„Ach, du brauchst nichts zu sagen, Ashley. Ich sehe ja, dass dir die Worte fehlen.“

„Hast du das gewusst?“, fragte ich Charlie verwundert, der heftig den Kopf schüttelte und verneinte. Dann wandte ich mich wieder seinem Dad zu. „Sie kennen also den Notar und die Bedingung, an welche mein Erbe geknüpft ist?“, fragte ich mit zittriger Stimme.

„Ich kenne den Notar, natürlich. Roy Baker.“

Mir wurde übel. Speiübel. Scheinbar nahm es der Beamte Baker mit seiner Schweigepflicht und dem Datenschutz nicht allzu genau.

„Dad?“, fiel Charlie ein und ich sah ihm an, dass er mindestens so verwirrt war wie ich. „Was soll das werden?“

„Wie meinst du das, Charles? Diese Nachricht ist doch durchweg positiv, oder etwa nicht?“

„Wolltest du Ashley deshalb kennenlernen? Um ihr zu sagen, dass Rose Geld für anfallende Renovierungen hinterließ?“ Charlie wirkte fast empört, als er seinen Vater zur Rede stellte.

„Keineswegs. Trotzdem möchte ich ihr die frohe Botschaft natürlich nicht vorenthalten.“

Ich hielt mich an der Theke fest, um nicht in Ohnmacht zu kippen. Mit solchen Neuigkeiten hatte ich ganz und gar nicht gerechnet. „Von wie viel Geld reden wir da, Mr O’Sullivan?“

„Genügend, um den Garten in eine paradiesische Grünanlage zu verwandeln. Wenn du möchtest, mit eingelassenem Whirlpool.“ Er zwinkerte.

Ich holte tief Luft. Schon alleine beim Gedanken an das Geld wurde mir schwummrig. Es eröffnete urplötzlich so viele neue Möglichkeiten. „Und Mr Baker? Warum hat er Sie eingeweiht? Ist das nicht verboten?“

„Ich verstehe deine Sorge, Ashley“, Mr O’Sullivan kam noch näher, sodass mir sein Parfum, das nach Zedernholz und Pfeffer roch, penetrant in die Nase stieg, „aber Baker hat rein gar nichts damit zu tun.“

„Ach nein?“, fragten Charlie und ich im Chor.

„Rose vertraute mir das Geld an. Deine Granny schien eine Menge Hoffnung in dich zu setzen, Ashley. Offenbar lag sie goldrichtig, denn es scheint, als würdest du Vergangenes wiederbeleben.“

Ich kniff die Augen zusammen. Hatte Granny tatsächlich geahnt, dass ich eines Tages ihr Gartenprojekt neu aufrollen würde? „Warum sagen Sie mir das jetzt, Mr O'Sullivan? Ich verstehe nicht ..."

„Es wäre Käse zuzusehen, wie du dich hoch verschuldest. So eine Gartengestaltung geht locker in die Tausende. Dieses Geld hat rein gar nichts mit deinem offiziellen Erbe zu tun. Es gibt weder ein notarielles Schreiben noch ein Testament. Siehe es als Bonus. Deiner Granny war es eine Herzensangelegenheit, dass das Geld eins zu eins in ihr Cottage fließt, um es zu erhalten und zu renovieren. Dazu gehört definitiv auch der Garten. Ich denke, es ist der richtige Zeitpunkt, dich einzuweihen."

Es klang irre, dass Granny ihr Erspartes einem Freund anvertraut hatte, ihm ein paar nette Worte dazu sagte, welche er eines Tages an mich weitergeben sollte und schwupps: Schon konnte ich frei darüber verfügen und das Haus nach meinem Geschmack (um)gestalten.

„Was ist, wenn ich das Cottage nicht übernehme?" Ich bemerkte im Augenwinkel, dass Charlie mich irritiert anstarrte. „Dann habe ich einen Haufen Geld verprasst..."

„Aber es wäre in das Cottage geflossen, so wie Rose es sich gewünscht hatte und das Haus hätte gewiss einen beachtlichen Mehrwert erzielt. Abgesehen davon kann ich mir beim besten Willen nicht vorstellen, dass du Cornwall je wieder verlassen wirst. Wie du schon sagtest, ist es deine Heimat."

Ich lächelte milde. Im Grunde hatte ich nicht vor, nach Amerika zurückzukehren. Und als ich die Neuigkeiten erst mal sacken ließ, wurde mir bewusst, dass das Geld ein wahrer Segen für all meine Pläne war, die seit Tagen in meinem Kopf herumgeisterten. Jetzt musste ich nur noch die Angelegenheit mit Jack aus der Welt schaffen. Aber wie?

Charlie fuhr am Wochenende zur See hinaus und verabredete sich mit den Jungs zum Surfen, weshalb wir uns nicht trafen. Ich hingegen jätete fleißig Unkraut, das schon nach wenigen Tagen wieder sichtbar wurde. Es war verdammt anstrengend, aber bitternotwendig. Nun, da ich wusste, dass ich genügend Geld zur Verfügung hatte und es kaum noch finanzielle Grenzen bei der Gestaltung gab, meldete sich mein kreativer Geist unaufhörlich und tobte sich aus. Meine Finger schmerzten, die Knie brannten und doch rupfte ich wie besessen jedes noch so dünne Hälmchen aus der Erde. Das Graben und Zupfen verlief ähnlich wie Häkeln; ich versank nach und nach in meinem eigenen Kosmos. Nichts würde mich davon abhalten, meinem Ziel, den Garten neu anzulegen, nachzukommen. Dann surrte mein Handy. Verdattert schaute ich aufs Display, hatte ich doch eben noch Rosen und Flieder im Kopf. Es war eine Nachricht von Jenna. *Die Hochzeit* keuchte ich und fasste mir mit dem dreckigen Handschuh stöhnend ins Gesicht. Vor lauter Gartenarbeit und Geld hatte ich ganz vergessen, dass Jenna und Taylor dieses Wochenende heirateten. Ich fluchte laut. Wie konnte ich es nur verpassen, den beiden eine Karte zu schreiben? Ich hatte es mir fest vorgenommen. Vermutlich wäre der Brief noch nicht einmal in Amerika angekommen, aber es ging ums Prinzip. Ich öffnete atemlos die Nachricht und sah zwei wunderschöne Bräute, die mich glücklich anstrahlten.

Wir zwei. Jetzt. Für immer stand in verschnörkelter Schönschrift unter dem Bild.

Ich zog die Handschuhe aus und pfefferte sie auf den Boden.

Meine allerherzlichsten Glückwünsche zu eurer Trauung. Ich freue mich sehr für euch und wünsche euch für eure gemeinsame Zukunft nur das Allerbeste
tippte ich mit wunden Fingern und drückte dann auf Senden. *Mist, was für ein Fauxpas*, dachte ich. Noch während ich mich über meine Vergesslichkeit ärgerte, hatte Jenna schon zurückgeschrieben. Ich öffnete neugierig die Nachricht und las:

Vielen Dank, Ash. Schade, dass du nicht hier bist. Es ist ein toller Tag und am Abend gibt es noch eine fette Party im ‚Pa'i Puku'. Anbei einige Fotos. Bis bald!

Das *Pa'i Puku* war ein südamerikanischer Club, an den auch eine Churrascaria angeschlossen war. Gewiss feierten sie dort bis tief in die Nacht hinein. Ich ging in die Hocke und schaute aufmerksam die Bilder an. Eine mehrstöckige Fondanttorte mit Schleifchen und Marzipanrosen, die beiden Bräute bei der Trauung unter freiem Himmel, blaue Strumpfbänder, die heraus spitzelten, als sie neckisch ihre Röcke lupften, lachende Gäste in einer Fotobox und... Jack!? *Was zum Teufel* wütete es in mir und mein Puls beschleunigte von 0 auf

100. Ich erkannte auf einem der Fotos eindeutig Jack. Er war wohl zufällig auf das Bild geraten und lag breit grinsend, mit einem Glas Champagner in der Hand in den Armen einer anderen Frau. Sie wirkten vertraut. Ich schnaubte angewidert. Auf einem weiteren Foto, das Jenna beim Essen der Torte zeigte, erspähte ich Jack und die Fremde erneut im Hintergrund. Diesmal küssten sie sich. Leidenschaftlich. Mir wurde schlecht. Er ging mir fremd? Ich fühlte, wie das Blut durch meinen Kopf schoss. Stopp! War es überhaupt fremdgehen? War diese Beziehung nicht längst ihrem Ende geweiht? Wie oft hatte ich mir darüber schon den Kopf zerbrochen. Verflucht noch mal! Ich versuchte, gegen meine Tränen anzukämpfen. Vielleicht tröstete er sich auf diese Art darüber hinweg, dass ich seine Entschuldigung bislang unbeantwortet ließ. Doch in diesem Moment, als eine andere Frau im Spiel war, wusste ich, dass es kein Zurück gab. Zwischen uns lagen Welten und es schien, als hielte uns nichts mehr zusammen. Wir waren so weit voneinander entfernt wie die Erde vom Saturn. Und so kam es, dass ich das ‚Kapitel Jack‘ ein für alle Mal beendete und endgültig einen Punkt dahinter setzte.

Kapitel 9

Die Wochen zogen ins Land und wenn ich nicht gerade für die Firma arbeitete und in aller Welt herumtelefonierte, um passende Bewerber aufzuspüren, war ich die meiste Zeit im Garten beschäftigt. Ich wusste nun allerhand über Pflanzen und die verschiedenen Erdschichten, was ich in erster Linie Charlie zu verdanken hatte. Gewiss war ich kein Profi, aber eben auch kein Greenhorn mehr, denn mein Wissen konnte sich inzwischen durchaus sehen lassen. Charlie half so oft im Garten, wie es seine Freizeitgestaltung erlaubte. Mit seinem Kumpel Will kam er manchmal nach Feierabend vorbei, um die Erde umzugraben und den Altbestand zu entfernen. Ich war den beiden Männern sehr dankbar für ihre selbstlose, aufopferungsvolle Hilfe und fragte mich, ob es Charlie in meiner Gegenwart ähnlich erging wie mir in seiner. Bekam er Schmetterlinge im Bauch, wenn er mich sah? Hüpfte sein Herz, wenn er an mich dachte? Andererseits wollte ich nichts überstürzen, war ich doch gerade erst wieder offizieller Single.

Mit Jack hatte ich in der Vorwoche einen Disput am Telefon erlebt, den ich am liebsten weit beiseiteschob. Wenn ich jedoch unwillkürlich daran zurückdachte, drehte es mir den Magen um. Es ging natürlich um den Kuss, den er vehement abstritt, doch ich ließ mich nicht für dumm verkaufen. Es gab eindeutige Beweise. Alles sprach gegen ihn, und als ich Jack auf die Bilder verwies, entschied er sich endlich, die Wahrheit zu sagen.

„Verzeih mir“, hatte er gebettelt, aber es gab nichts zu verzeihen. Zwischen uns war es endgültig vorbei. Eigentlich war es nicht meine Art, eine Beziehung am Telefon zu beenden. Aber erstens ging es nicht anders und zweitens war es kein Schluss machen im gewöhnlichen Sinne – ich revidierte lediglich unsere Beziehungspause, die hiermit vorbei war. Im Großen und Ganzen war ich also sehr zufrieden in meiner kleinen Welt, aber zwischendurch nahm ich mir eine Auszeit, um den Kopf freizubekommen. Wenn ich nicht im *Magic Roof* saß, zog es mich ans Meer, unweit des Cottages. An den Klippen entlangzuwandern und den Blick über den Horizont schweifen zu lassen, war mein persönliches Nonplusultra. Nirgendwo war die Luft reiner als hier oben. Und jemand wie ich, der jahrelang in einer Stadt wie Phoenix gelebt hatte, kannte sehr wohl den Unterschied zwischen sauberem Odem und schmutziger Autoabgasluft. Ich liebte diese Freiheit und Einsamkeit in Cornwall. Ich war zwar gerne unter Menschen, konnte aber auch gut für mich alleine sein. Und hier war der Ort, an dem ich mitten in der Natur ungestört verweilen und vor mich hin träumen konnte. Nur selten verirrten sich Touristen an die Klippen abseits der Wege. Ich konnte stundenlang in die Weite blicken, ohne auf mein Handy oder die Uhr zu schauen. Die Wellen waren für mich wie die Atemzüge des Meeres, das gleichmäßig und wiederkehrend seine Lebendigkeit ausdrückte. Es war wie eine Therapie für mich, in der blühenden Wiese zu liegen und der Natur zu lauschen. Den Möwen. Dem Wind. Der Brandung. Umgeben von majestätischen Felsen, die dramatisch ins Wasser ragten, fühlte ich mich zwar klitzeklein, aber niemals unbedeutend. Denn ich war ein Teil von alldem. Und bei jedem Wimpernschlag wusste ich, dass Granny bei mir war. Und das war sie immer.

Kapitel 10

„Ich würde sagen, du reichst die Rechnungen bei mir ein und ich überweise die Beträge fristgerecht. Natürlich bekommst du auch Bargeld ausgezahlt – für Pflanzen, Deko und was dir sonst noch so vorschwebt." Ich nickte zustimmend. Mr O'Sullivan und ich hatten uns für diesen Tag im *Fishermen's Club* verabredet, um über das Geld zu sprechen, das Granny für mögliche Renovierungen hinterlassen hatte. Charlie begleitete mich dorthin, was ich ihm hoch anrechnete.

„Hör zu, Ashley: Ich will nicht, dass du den Eindruck bekommst, dass ich dich bevormunde. Aber ich musste deiner Granny versprechen, dass das Geld ausschließlich für die Gestaltung des Hauses ..."

„Keine Ursache, Mr O'Sullivan", unterbrach ich ihn milde. „Ich nehme Ihnen das nicht krumm. Wissen Sie, als meine Granny und ich vor etwa sechs Jahren gemeinsam am *Crantock Beach* saßen, sagte ich zu ihr, dass ich noch zu jung wäre, um mein Leben langfristig zu planen. Meine Worte waren damals: *Gib mir heute eine Menge Geld und ich werde damit nur unvernünftiges anstellen.*" Es war, als würde ich jene Szene am Strand erneut durchleben. Ich erinnerte mich an jedes Detail des besagten Tages; die Seeluft, das Meer und Granny, die mich fragte, ob ich mir vorstellen könnte, für immer in Cornwall zu bleiben. Was ihr an jenem Tage durch den Kopf ging, wusste ich natürlich nicht, aber wahrscheinlich hatte sie mich schon vor dem Tod meiner Mutter als ihre Erbin auserkoren. Ihr war ja bekannt, dass Mum viel lieber in Amerika wohnte und nur ihr zuliebe hin und wieder nach England zurückkehrte. „Es war das allerletzte Mal, dass wir so offen miteinander sprachen. Ich denke rückblickend, dass dieses Gespräch für den ‚Erb-Deal‘, wie ich ihn gerne nenne, auch ausschlaggebend war. Granny hatte wohl Bammel, dass ich im jugendlichen Leichtsinn kopflos agieren könnte, zumal ich mehr oder weniger angedeutet hatte, noch nicht reif für eine endgültige Entscheidung zu sein."

Mr O'Sullivan schnappte nach Luft und seine Ohren liefen genauso rot an wie sein Kopf. Er krallte sich hinter die Theke und sein verblüffter Gesichtsausdruck schweifte nun hinüber zu Charlie, der wortlos die Achseln zuckte.

„Das nenne ich mal eine erstaunliche Selbstreflexion. So ähnlich hatte es Rose in der Tat beschrieben, als sie mir das Geld überreichte. Sie vertraute dir, Ashley, wusste aber auch, dass junge Leute solch ein Erbe im ersten Moment überfordern kann. Meist dreht es sich plötzlich nur noch um die hohe Summe, die solch ein Objekt erzielen könnte. Viele geerbte Häuser landen aus diesem Grund auf dem Immobilienmarkt. Dieses Schicksal wollte Rose für ihr Cottage nicht. Und genau deshalb war es ihr so wichtig, dass du für ein Jahr in Cornwall lebst, ehe das Haus an dich übergeht. Damit liegst du völlig richtig. So hast du genügend Zeit, Klarheit zu erlangen. Ihr Wunsch war stets, dass das Haus in Familienbesitz bleibt. Und da deine Eltern leider ausscheiden ..."

Während meine Finger bedächtig über die ausgestellten Seifenstücke im *Fishermen's Club* glitten und ich die unebenen Rillen unter meinen Fingerkuppen wahrnahm, wurde mir bewusst, wie ernst es Granny mit mir und dem Haus meinte. Sie ließ mich nicht für ein Jahr in Cornwall wohnen, um mich zu prüfen. Es lag ihr lediglich am Herzen, dass ich auch für mich die richtige Entscheidung traf. Ich warf Charlie einen Blick zu, der ihn lächelnd erwiderte. Das Kribbeln in meinem Bauch hatte in seiner Nähe nicht nachgelassen; im Gegenteil. Mir erschien es jetzt stärker als je zuvor.

„Ist es für dich okay, dass mein Dad das Geld weiterhin verwaltet?", fragte er vorsichtig.

„Natürlich", gab ich rasch zurück. Es machte mir tatsächlich nichts aus. Granny hatte das Geld nicht mir, sondern Mr O'Sullivan anvertraut und das respektierte ich. Dieser wiederum ließ mir freie Hand bei der Gestaltung und mischte sich auch nicht in meine Pläne ein. Er übernahm lediglich die Funktion einer Bank, was ich begrüßte.

Auf einmal öffnete sich die bimmelnde Ladentür und unsere Blicke wanderten zu einem alten Mann, der im Schneckentempo in das Geschäft schritt und mir stolz sein zahnloses Lächeln präsentierte.

„Onkel Charles! Guten Morgen, wie schön dich zu sehen!" Charlie stürmte gut gelaunt auf den Herrn zu und drückte ihn fest an sich. Ich hob neugierig eine Braue.

„Darf ich vorstellen? Das ist Charles, mein viel älterer Bruder. Ein alter Knochen, aber immer noch fit im Kopf und stets für eine Überraschung gut." Mr O'Sullivan klopfte ihm anerkennend auf die Schulter. „Sei gegrüßt, mein Guter!" Wenngleich die beiden O'Sullivan-

Männer um Charles herumschwirrten, als wäre er der neueste Verkaufsschlager des Ladens, hatte dieser nur Augen für mich.

„Meine Güte, was ist das für ein bezauberndes Geschöpf?", fragte er an mich gewandt und inspizierte meine Wenigkeit, als läge ich unter einer Lupe. „Groß und gertenschlank, schönes, volles Haar, ein berührendes Lächeln. Du musst die Enkelin von Rose sein."

Ich stockte. War das so offensichtlich? Oder wusste er es von seinen Verwandten, deren Augen nun ebenfalls auf mich gerichtet waren? „Hat Ihnen das Charlie erzählt?", vergewisserte ich mich, doch der Alte schüttelte hastig den Kopf.

„Nein, nein. Schau dich nur an, meine Gute. Du bist Rose wie aus dem Gesicht geschnitten. Sie war eine ganz entzückende Frau", murmelte er und schien kurzzeitig in Gedanken zu versinken. Er war nicht besonders groß, hatte eine Glatze und eine rundliche Figur, gespickt mit einem beachtlichen Bauchumfang.

„Kaffee?", fragte Mr O'Sullivan seinen Bruder, der dankend ablehnte. Während sich die beiden angeregt über das anstehende Fußballspiel am Abend unterhielten, zog mich Charlie liebevoll zur Seite. Ich sah ihm an, dass er mich nicht vorführen wollte.

„Wenn es dir zu viel wird, gib Bescheid, dann gehen wir", hauchte er.

„Nein, ich finde deine Familie großartig. Sag mal – wurdest du nach deinem Onkel benannt? Charles?"

Er hob fragend die Schultern. „Das wäre eine Möglichkeit. Ehrlich gesagt, habe ich noch nie darüber nachgedacht." Ich kicherte belustigt.

„Hör zu, Ashley. Dieses Wochenende kann ich dir leider nicht helfen. Ich bin mit den Jungs zum Surfen verabredet.“

„Kein Problem“, antwortete ich wahrheitsgemäß. „Ich habe so viel Arbeit für die Firma nachzuholen, dass die Gartenarbeit gerne pausieren kann.“ Es grenzte sowieso an ein Wunder, dass ich die Frist, die Trish mir gesetzt hatte, einhielt. Dabei war ich doch rund um die Uhr in Gedanken ganz woanders. Als Charlie plötzlich seinen Arm um meine Hüfte legte, wurde mir warm ums Herz. Meine Beine zitterten, meine Mundwinkel zuckten, die Hände wurden feucht und ich sehnte mich danach, ihm auf der Stelle einen Knutscher aufzudrücken.

„Mylady“, flüsterte er und mir lief ein glühender Schauer über den Rücken. „Ich muss dir dringend etwas sagen …“

Ich rückte näher an ihn heran, als unverhofft die Stimme von Mr O'Sullivan in mein Ohr dröhnte.

„Charlie! Herrgott, noch mal, hörst du nicht zu?“

„Was ist denn, Dad?“, zischte er.

„Onkel Charles schlug soeben vor, dass Ashley *Nereide* kennenlernt. Er meinte, dass Rose zu Lebzeiten ganz begeistert von ihr war.“

Charlie ließ von mir ab und runzelte die Stirn.

„Nun“, er knetete seine Hände und legte den Kopf schief. „Ich weiß ehrlich gesagt nicht, ob …“

„Papperlapapp!“, fiel ihm sein Onkel lautstark ins Wort und zog mürrisch die wuchernden Augenbrauen nach oben. Es sah nicht danach aus, als würde Charles Senior Widerworte dulden. „Das Mädchen *muss Nereide* kennenlernen, basta!“

Perplex wirbelte ich herum und mein Blick galt Mr O'Sullivan, der amüsiert die Lippen schürzte.

„Wer ist *Nereide*?", wollte ich von ihm wissen.

„Nun, das ist …"

„Meine bessere Hälfte", klärte mich Charles euphorisch auf und legte seine Hand auf meine Schulter.

„Oh! Wenn das so ist, würde ich die Lady gerne kennenlernen – warum auch nicht?", antwortete ich und zwinkerte dem besorgt dreinblickenden Charlie keck zu. Wie schlimm konnte das schon werden?

3 Tage später…

„Herrgott, ich glaub, ich kotze gleich." Ich hing wie ein Sack über dem Eimer auf Deck, den mir Charlie vor die Füße geschoben hatte. Die salzige Luft brannte in meinen ohnehin feuchten Augen und der Wind blies mir schonungslos um die Ohren, sodass mein Kopf dröhnte. Ich war in eine Decke eingemummelt und obwohl ich wetterfeste Kleidung trug, war mir eisig kalt. Aber viel schlimmer war die Lage, in der ich mich seit Stunden befand. Ich schämte mich für meinen leichten Magen, doch egal, was ich versuchte, ich konnte dem Auf und Ab des Kutters auf See nicht mehr standhalten. Charlie hielt mir die Haare aus dem Gesicht und schlug sich tapfer.

„Warum tust du mir das an?", fragte ich erschöpft, schob den Eimer beiseite und lehnte mich gegen die Reling.

„Es tut mir leid, Mylady", erwiderte er zähneknirschend. „Vielleicht solltest du runter in die Kajüte? Dort ist es wärmer."

„Nein. Ich brauche Frischluft." Ich konnte nicht fassen, dass ich mich mitten auf dem Meer befand. *Nereide* stellte sich als ein ausrangierter, blau und weiß lackierter Fischkutter heraus, der im Besitz von Onkel Charles war. Was als Abenteuer geplant war, zwang mich nun in die Knie. Da saß ich also; ein Häufchen Elend auf dem Deck, mit einem Eimer Erbrochenem in Griffweite und einem wundervollen Mann, der all das mit ansehen musste. Charlie hatte bestimmt nicht geplant, dass diese gut gemeinte Aktion so dermaßen scheiterte.

„Du hättest mir sagen müssen, dass *Nereide* für Seenymphe steht. Dann hätte ich eins und eins zusammenzählen können und abgesagt", nuschelte ich, bevor mein Magen einen weiteren Salto machte und ich mich erneut übergeben musste.

„Das wäre vermutlich klüger gewesen. Ich wusste ja, dass du Fisch nicht ausstehen kannst und ahnte, dass der Ausflug nach hinten losgehen könnte, immerhin sind wir auf einem verdammten Fischkutter unterwegs. Aber ich wollte meinem Onkel nicht die Show stehlen. Wir sollten wohl umkehren, zurück an Land …"

Ich stimmte zu. Mir war jedoch nicht entgangen, dass der Kutter längst auf hoher See herumtrieb und die Küste meilenweit entfernt lag. Und während sich der Alte an Deck sonnte, Seemannslieder zum Besten gab, die Charlie als *Shantys* betitelte und wie ein Pirat dem Wind strotzte, hatte ich mich in den hintersten Winkel des Kutters verkrochen und hielt mir den Magen. Ich beobachtete Charlie, der seinen Onkel bat, umzukehren, doch Charles Senior schüttelte zu meinem Übel energisch den Kopf und verneinte.

„Auf keinen Fall drehen wir um. Das Mädchen verpasst den Ausflug ihres Lebens."

Vor Zorn ballte ich meine Hände zu Fäusten. Der Ausflug meines Lebens? Mein ganzer Mageninhalt schwamm neben mir in einem Kübel und Charlie musste all das mitansehen – was zum Teufel war daran großartig?

„Ashley, du musst dich *mit* dem Schiff bewegen. Wenn es schaukelt, setz' dich in Richtung der Seebewegung und schau auf den Horizont. Das hilft!", rief mir Charles Senior lauthals zu.

Ich schmollte. Was sicher gut gemeint war, klappte in der Praxis leider überhaupt nicht. Der Horizont wankte und schwankte und ergab keine gerade Linie, an der ich mich hätte orientieren können. Die beiden sprachen angeregt weiter, aber ich verstand kein einziges Wort von dem, was sie zueinander sagten. Es war mir auch egal. Entkräftet schloss ich die Augen. Was Granny an diesem alten Kutter wohl gefallen hatte? Vermutlich der Besitzer, Charles O'Sullivan. Es wäre meiner Meinung nach legitim gewesen, wenn sie nach dem Tod meines Grandpas Gefühle für einen anderen Mann gehegt hätte. Oder aber es lag an der direkten Nähe zum Meer. Es machte nämlich einen beachtlichen Unterschied, ob man an oder aber auf der See verweilte. Den Kutter hatte sie in meiner Gegenwart jedenfalls nie erwähnt.

Tock. Tock. Tock.

Ich hörte Schritte und öffnete wieder die Augen. Charlie war zurückgekehrt und bei meinem bescheidenen Anblick quälte er ein Lächeln hervor, das ich träge erwiderte. Er musste mich für ein ganz schreckliches Geschöpf halten.

„Ich konnte ihn leider nicht davon überzeugen, umzukehren, aber versuch es mal hiermit." Er reichte mir eine Tablette gegen Übelkeit, die ich nach kurzer Inspektion hastig hinunterspülte.

„Hättest du mir früher geben können", bemerkte ich trotzig.

„Ich habe sie eben erst von meinem Onkel bekommen. Er zögerte es wohl so lange wie möglich hinaus, weil er dachte, du schaffst es auch ohne."

„Na super", wisperte ich. „Er muss mich für ein Weichei halten."

Charlie unterdrückte ein Grinsen. „So schlimm ist es nicht", feixte er und strich sein vom Wind zerzaustes Haar zurecht, was ihm nicht gelang, denn schon die nächste Böe verwehte es wieder.

„Er ist ein Pirat", stellte ich trocken fest, denn Charles Senior trottete rau wie ein Seebär über das Deck und pfiff weiterhin uralte Shantys. Ob er sich über mich lustig machte, weil ich nicht seefest war? Sein Neffe nahm ächzend neben mir Platz und kratzte mit seinem Zeigefinger über den blutroten Lackboden, der rostige Stellen aufwies.

„Kann man so sagen ...", murmelte er vor sich hin.

„Für dich ist das hier Alltag, nicht wahr?" Ich sah ihn mit großen Augen an.

„Für mich ist das hier wie Urlaub."

„Urlaub?", hakte ich nach. „Weil du heute nichts machen musst?"

„Genau. Weißt du Mylady, man kann sich an alles gewöhnen. Mein Job ist nicht sehr ertragreich, dafür bin ich immer an der frischen Luft. Abgesehen davon ist es körperlich anstrengend. Siehst du diese Muskeln hier?" Er spannte seinen Bizeps an, den ich im Stillen bewunderte. „Meine Körperform kommt nicht von ungefähr. Umso mehr genieße ich es an Tagen wie heute, keinen einzigen Finger zu rühren."

„Verstehe ich, aber... gewöhnen? An das wilde Schaukeln, den üblen Fischgestank und das viele Blut, durch das deine Gummistiefel an Deck waten, während du über deinen ausgenommenen Fang hinwegsteigst? Danke, aber nein danke!" Schon alleine beim Gedanken daran schüttelte es mich. Nachdem Charlie mich kurzzeitig entgeistert angesehen hatte, brach er in schallendes Gelächter aus. Ich lief rot an wie ein gekochter Hummer. Warum färbten sich meine Wangen bei jeder Gelegenheit rot?

„Mylady, deine Vorstellungen vom Fischen und der Verarbeitung an Deck sind grausam und überholt! Du solltest mich einmal begleiten und dich vom Gegenteil überzeugen."

„Ich denke nicht daran", erwiderte ich trocken. Er leckte sich prächtig amüsiert die Lippen.

„Und dein Onkel hat die Erlaubnis, einfach so auf dem Meer herumzuschippern?" Ich kannte mich mit der Seefahrt und den Regeln nicht im Geringsten aus. Das Letzte, was ich wollte, war Teil eines illegalen Geschehens auf hoher See zu sein. Zum Schluss hisste

Charles womöglich noch eine Piratenflagge und entpuppte sich als Schrecken der Sieben Meere. Vielleicht wie ein zweiter Benjamin Hornigold oder noch schlimmer, Captain Blackbeard, der gefürchtetste Pirat aller Zeiten. Wobei – wenn ich so darüber nachdachte, würde Charlie mich gewiss nicht freiwillig in eine solch brisante Lage bringen.

„Mein Onkel war Jahrzehnte lang Hafenmeister, also keine Bange, Charles bekommt alles abgesegnet."

„Ach herrje ..." Ich fragte mich insgeheim, ob der alte Kutter, auf dem wir uns befanden, überhaupt zugelassen war. Das, was ziemlich schwarz aus dem Kamin stieg, stank jedenfalls zum Himmel! Ich hatte weder in den letzten Tagen noch an diesem Morgen eine Ahnung davon gehabt, was mich erwartete. Der klangvolle Name *Nereide* machte auf mich nicht den geringsten Anschein, sich als eine schaukelnde Kotzmühle zu entpuppen. Ich dachte, Charles bessere Hälfte sei seine Lebensabschnittsgefährtin!

Als wir morgens am Hafen ankamen, hegte ich allerdings erste Zweifel. Und dann dümpelte sie vor mir. *Nereide.* Keine nette, übergewichtige Granny, die mit mir gemeinsam kochen und mir ihre selbst gebackenen Scones schmackhaft machen würde. Nein. Es war ein verdammter alter Fischkutter in Blau und Weiß, auf dessen Seiten in fetten Großbuchstaben *NEREIDE* stand. Und so sehr ich mich innerlich auch dagegen wehrte, an Bord des Kutters zu gehen – ich wollte vor den beiden O'Sullivans keine Schwäche zeigen. Was Charlie bis dato allerdings nämlich nicht wusste: Ich mochte weder Fisch noch Ausflüge auf dem Meer! Inzwischen wurde er ja eines Besseren belehrt!

„Geht es dir besser?“

„Wird schon“, gab ich plump zurück. Es war mir furchtbar unangenehm, dass er mich in diesem Zustand sehen musste.

„Auf dem Wasser kommt mir dein Onkel anders vor. Von Gebrechen keine Spur“, stellte ich fest und stopfte mir ein Kaugummi in den Mund, um den schlechten Geschmack loszuwerden.

„Onkel Charles ist ein Seebär. Auf dem Land scheint er einzugehen, weshalb er sich jedes Mal freut, wenn es einen Grund gibt, in See zu stechen. Im heutigen Falle bist *du* der Anlass.“

Ich hob die Schultern. „Er wollte mir das weite Meer auf seiner *Nereide* zeigen und nun sitze ich in einer Ecke und komme nicht mehr auf die Füße. Wahrscheinlich verachtet er mich. Das ist so peinlich.“ Charlie blickte verständnisvoll drein. „Vertrau mir, er verachtet dich nicht. Das Highlight ist übrigens noch ausstehend!“

„Wie bitte? Na, wenn du das sagst. War er mal Kapitän?“

„Er war sogar bei der Marine.“

„Das erklärt alles. Muss schwer für ihn sein, das Steuer abzugeben?“

„Nein, ich denke, er ist zufrieden, wie es ist. In seinem Alter sieht man die Dinge gelassener. Da ist keine Zeit mehr für Groll und Unbehagen, weil jeder Tag der Letzte sein könnte. Und Fred, der Skipper von *Nereide*, ist ein erfahrener Kapitän, dem mein Onkel sein Leben anvertraut.“

„Und mein Leben“, fügte ich grinsend hinzu.

Charlie strahlte. „Na, siehst du, kannst wieder lachen."

Als sich seine Hand meinem Gesicht näherte, zuckte ich zusammen. Er strich mir behutsam über die Wange und es war, als würde mich eine Welle der Hitze erfassen, die sich rasant in meinem Körper ausbreitete und in jede einzelne Zelle kroch. In diesem Moment hätte ich am liebsten all meinen Mumm zusammengefasst und ihn einfach geküsst – wäre da nicht der Eimer mit meinem Erbrochenem gestanden. Etwa eine Stunde, nachdem ich die Tablette genommen hatte, fühlte ich mich endlich besser. Weder war mir übel noch schwindelig. Manchmal wagte ich sogar einen Blick hinaus aufs Meer, sah in der Ferne die Landzunge und wurde ehrfürchtig. Es war schön, jetzt, da ich mich besser fühlte und die Aussicht endlich genießen konnte.

„Ashley! Wir sind da!", rief Charlie plötzlich wild gestikulierend in meine Richtung.

Ich spitzte die Ohren. Wovon redete er? Wir waren doch immer noch mitten auf dem Meer.

„Komm schon, Ashley!", johlte nun auch Charles Senior und deutete auf die Meeresoberfläche. Ich wankte auf die beiden zu und meine Augen folgten dem fleischigen Finger von Charles, der zittrig auf den Ozean zeigte.

Atemlos hielt ich mir die Hand vor den Mund und quiekte vor Freude. „Delfine!" Vor meinen Augen tauchte tatsächlich eine ganze Schule der Meeressäuger auf, die fröhlich um *Nereide* herum schwammen, vielleicht einen Reigen tanzten. Ihre glänzenden, grauen Körper schmiegten sich neugierig an den Kutter und ihr quietschender Gesang beflügelte mich.

„Zum Anfassen nah …“, ergänzte Charles Senior, der mir urplötzlich einen Eimer mit toten Fischen unter die Nase hielt. Ich würgte. Hatte er denn nicht dazugelernt? Schon der Anblick war kaum auszuhalten, aber der Gestank brachte mich fast um.

„Also *das* ist jetzt wirklich fies“, stellte auch Charlie fest, wobei er bemüht war, sein freches Grinsen zu unterbinden.

Ich warf ihm einen wütenden Blick zu, den er schmunzelnd zur Kenntnis nahm. Glücklicherweise hielt die Tablette, was sie versprach und mein Magen blieb stark.

Charles griff beherzt in den Eimer und warf eine Handvoll Fisch ins Meer. Die Delfine schnappten wie ein Rudel Wölfe nach ihrer kostenlosen Mahlzeit, nur sehr viel friedlicher.

„Du erträgst den Anblick und den Geruch von Fisch, Ashley. Du bist geheilt!“ Charles’ Augen blinzelten zufrieden, als er seine für mich abwegige These aufstellte. „Charlie sagte mir schon, dass du Fisch verabscheust. Das kann ich als leidenschaftlicher Seefahrer nicht so stehen lassen.“

Ich gab ihm keine Widerworte, wohl wissend, dass ich nach wie vor keinen Fisch mögen würde, aber diese Enttäuschung ersparte ich meinem Tourguide. Immerhin zeigte er mir Delfine (wohlgemerkt Säugetiere!) in freier Wildbahn und das rechnete ich ihm hoch an. Würde vielleicht auch erklären, warum Granny die Fahrten auf der *Nereide* so gerne mochte. Möglicherweise schlummerte in dem alten Kauz ein echter Romantiker?

„Ist anfüttern nicht verboten?“, fragte ich.

„Diese Fische sind vom Fang heute Morgen übrig geblieben und wurden seither kühl gelagert. Nicht alle Fische können auf dem Markt verkauft werden. Meistens, weil sie zu klein und leicht sind. Man kann sie wegwerfen oder aber anderen Meeresbewohnern hin und wieder etwas Gutes tun, was ich bevorzuge. Charles macht das selten, aber wenn, dann mit einer echten Wonne."

„Ich weiß, wo sich die Delfine aufhalten. Sie sind wie meine Freunde", ergänzte dieser kichernd.

Die Sonne glitzerte auf der Meeresoberfläche und machte den Anblick perfekt. Ich betrachtete ergriffen den Ozean, dankbar, dass er seine Schönheit mit mir teilte und mich die wilde Fahrt auf dem Atlantik – zumindest für einen kleinen Augenblick – vergessen ließ. Die Begegnung mit den Delfinen war etwas ganz Besonderes; traumhaft schön wie auf einem hochwertigen Hochglanzfoto verewigt, mit dem Unterschied, dass ich mittendrin war.

Kapitel 11

Charlie begleitete mich nach dem Ausflug nach Hause. Ich ging duschen und putzte mir die Zähne, während er im Wohnzimmer wartete.

„Fühlst du dich schon besser?", fragte er, als ich nur in meinem Bademantel bekleidet durch den Raum huschte.

Ich stockte. Ob ihm gefiel, was er sah? Seine kräuselnde Lippen sprachen jedenfalls für sich... aber natürlich war ich nicht bereit, mich auf ein schnelles Abenteuer einzulassen, wenngleich Charlie unendlich attraktiv war.

„Sehr viel besser", gab ich zurück.

Er saß auf der Couch, die Beine lässig überschlagen, den Kopf im Nacken liegend. Ganz offensichtlich fühlte er sich sehr wohl. „Möchtest du dich zu mir gesellen?" Er deutete auf den leeren Platz neben sich.

„In diesem Aufzug?" Ich resignierte. War das eine plumpe Anmache in der Hoffnung, ich würde für ihn die Beine spreizen?

„Du kannst dir natürlich erst etwas überziehen. Keine Bange, Mylady. Ich habe nicht vor, mich wie ein wildes Tier auf dich zu stürzen."

Das beantwortete meine Frage. „Das dachte ich auch nicht", gab ich gezwungen kühn zurück, wobei es nicht ganz der Wahrheit entsprach. Ich hatte schon so lange keine körperliche Nähe mehr erfahren, dass ich diesbezüglich vielleicht etwas verklemmt war. Und bei Männern, egal, wer sie waren oder von wo sie herkamen, konnte man sowieso nie wissen, welche Absichten sie tatsächlich hatten. Darauf achtend, dass mein Bademantel seine Funktion tadellos erfüllte und meinen Körper bedeckte, ließ ich mich verkrampft zu Charlie auf die Couch sinken. „Vielen Dank für den heutigen Ausflug. Es war wirklich ein wunderschönes Erlebnis, die Delfine zu sehen."

„Freut mich, dass es dir gefallen hat."

Er rückte näher und mein Herz pochte unaufhaltsam gegen den Rippenbogen. Ob er mehr wollte? Einerseits war ich mehr als gewillt, ihn endlich zu küssen, denn mein Herz sehnte sich schon eine ganze Weile danach. Andererseits war ich darauf bedacht, nichts zu überstürzen und es langsam anzugehen. „Ist dir kalt?", fragte er.

„Nein. Ich hatte eine heiße Dusche", stammelte ich. Die Wahrheit war, dass Charlie O'Sullivan mich tierisch nervös machte und meinen Körper sowieso erhitzte – aber das musste er ja nicht wissen.

„Weißt du, Ashley. Mir ist klar geworden, dass ich sehr gerne Zeit mit dir verbringe."

„Ach ja?" Sofern es anatomisch möglich war, dass mein Herz *noch* schneller schlug, passierte dies in jenem Moment, als ich ihm tief in die Augen schaute. Ich bekam feuchte Hände und es verlangte mir alles ab, meine Aufregung vor ihm zu verbergen.

„Du hast dieses gewisse Etwas an dir, das mich wie magisch anzieht."

Ich wusste genau, was er damit meine, denn mir ging es in seiner Gegenwart genauso. Diese Worte nun von ihm zu hören, war himmlisch. „Du bist wunderschön und klug, aber das hörst du bestimmt nicht zum ersten Mal. Ich mag deine Art und bewundere deinen Mut bei einfach allem, was du tust. Bei dir schwingt stets Leichtigkeit, Neugierde und Begeisterung mit. Das gefällt mir.“

Ich lechzte nach weiteren Worten, die aus seinem Mund kamen. Noch nie hatte jemand so anmutig über mich philosophiert. Für Charlie war ich kein gut aussehendes Objekt der Begierde, mit dem man sich gerne schmückte. Vielmehr ergründete er mein Wesen und gab mir das Gefühl, außergewöhnlich zu sein. Aber warum sagte er all dies? Hatte er sich etwa in mich verliebt?

„Dann magst du mich?“, fragte ich leise und kam mir dabei fast schon etwas blöd vor. Er nickte verwegen. Seine smaragdfarbenen Augen ruhten treu auf mir und ich konnte die Glaubwürdigkeit in seinem Antlitz erkennen. Es war eine Mischung aus glühender Leidenschaft, die sich allmählich hinter einem Schleier hervortraute und tiefen Gefühlen, die ich so nicht kannte.

„Ich …“ Er hielt plötzlich inne und runzelte die Stirn. Was wohl in seinem hübschen Kopf vor sich ging? Ich betrachtete sein volles, gewelltes Haar, das seit der Fahrt auf dem Kutter keine Bürste mehr gesehen hatte und wild verwuschelt war, was ihn für mich nur noch attraktiver machte. Charlie seufzte. „Nun, lassen wir das. Ich will einfach, dass du weißt, dass du eine wundervolle Frau bist.“

„Danke, Charlie." Er griff nach meiner Hand und legte sie sanft auf seinen Schoß. Ich bebte. Was hatte all dies zu bedeuten? Was wollte er mir ursprünglich sagen, bevor er ins Stocken geriet? Dass er Gefühle für mich hegte? Oder war es ein rein freundschaftliches Kompliment gewesen, wobei es hierfür viel zu ausschweifend vorgetragen wurde, wie ich fand. Er zog seine Hand zurück. „Bist du zufrieden mit dem Verlauf der Gartenarbeiten?"

„Oh, ja. Langsam lichtet sich das Kraut. Du und Will, ihr leistet ganze Arbeit."

Die beiden Jungs waren zuletzt immer öfter gemeinsam in Zennor aufgetaucht und hatten sich im Garten ausgetobt und mich dabei miteinbezogen. Ihr Wissen und Fleiß war herausragend gewesen. Mir fiel aber auch auf, dass zwischen Charlie und seinem Kumpel Will etwas in der Luft lag, wenngleich beide versuchten, es vor mir zu verdrängen – so etwas klappte nie. Ich war eine Frau und besaß geschärfte Sinne für allerhand Seltsames, das sich in meiner Gegenwart zutrug. So wurden die beiden von Mal zu Mal wortkarger, bis sie sich kaum noch beachteten. Warum, wusste ich nicht, aber es machte den Eindruck, als hätte wenigstens einer von ihnen etwas vor dem anderen zu verbergen. Wir hatten nicht nur das Unkraut entfernt, sondern inzwischen auch damit angefangen, die Büsche und Sträucher vor dem Cottage zu stutzen. Aufgrund möglicher Brutstellen musste man dabei jedoch sehr behutsam vorgehen, weshalb die meiste Arbeit aufgeschoben und erst im Herbst aufgenommen würde. Dennoch war eine Verbesserung deutlich erkennbar und die Sicht auf das Cottage war nun wieder uneingeschränkt möglich. Hier und da noch ein paar Feinheiten und Grannys Reich erstrahlte bald im alten Glanz, was mich sehr glücklich machte.

„Deine Granny wäre stolz auf dich", merkte Charlie besonnen an.

„Und auf dich", gab ich lächelnd zurück. „Wobei wir natürlich nicht vergessen dürfen, dass auch Will fleißig mithalf." An diesem Tag war er gar nicht erst aufgetaucht. Charlies Miene verfinstere sich kurzzeitig.

„Habe ich etwas Falsches gesagt?"

„Nein, es ist nur so, dass es zwischen Will und mir im Moment nicht so einfach ist. Lange Geschichte."

Das war mir in der Tat aufgefallen, aber ich behielt es für mich. „Ach ja?", ich setzte mich aufrecht hin und sah ihn neugierig an, als hegte ich nicht einen Hauch Verdacht. „Ich dachte, so etwas passiert nur bei uns Mädchen."

Er grinste. „Nein, auch bei Jungs gibt es hin und wieder Dinge, die zu Streitigkeiten führen können."

Aha. So war das also. Leider hatte ich nach wie vor überhaupt keinen Schimmer, worum es da ging, aber es machte auch nicht den Eindruck, dass Charlie irgendetwas davon rauslassen wollte. Seltsam. Dabei war ich davon überzeugt, dass Will ein echt netter Kerl war. Ich fragte anstandshalber nicht weiter nach, obwohl es mir sehr unter den Fingernägeln brannte. Vielleicht konnte ich Charlie die ein oder andere Antwort doch noch entlocken. „Ihr seid schon lange befreundet, oder?"

„Schon unser ganzes Leben lang, ja."

„Wow. Das deutet auf unermessliches Vertrauen hin."

„Sollte man eigentlich meinen", Charlie schürzte die Lippen. Auweia! Klang das nicht nach einem immensen *Vertrauensbruch*? Das war natürlich nur reine Spekulation, aber so, wie er reagierte und Will sich in seiner Gegenwart verhielt, nährte es meinen Verdacht.

„Versuchst du etwas aus mir herauszukitzeln?"

Ich vernahm an seiner Aussprache und dem kecken Zwinkern, dass er mein Verhalten mit Humor nahm.

„Nun ja", ich hob die Schultern. „Um ehrlich zu sein, würde es mich schon interessieren. Aber es geht mich nichts an, da hast du wohl recht."

„Das meine ich nicht böse, Ashley, denn es geht um eine Sache, mit der ich eigentlich abschließen möchte. Ich will im Moment einfach nicht darüber reden."

„Verstehe." Auch wenn ich diese Geheimnistuerei ganz und gar nicht verstand, respektierte ich seinen Willen. Vielleicht sollte ich das Thema wechseln? „Wie lange arbeitest du eigentlich schon als Fischer?"

„Ich fuhr schon als kleiner Junge mit Onkel Charles zur See hinaus. Aber beruflich fische ich seit meinem 15. Lebensjahr, bin also schon ein altes Eisen."

„Und was gefällt dir daran?" Ich konnte immer noch nicht verstehen, wie Fischen etwas sein konnte, dass man gerne machte. Nicht nur, weil man ein Tier tötete; auch der Gestank und das viele Blut ließen mich erschaudern.

„Nun, die frische Luft, die Nähe zum Meer, das Arbeiten mit Menschen, die ich schon mein ganzes Leben lang kenne. Es sind viele Gründe, die mich motivieren und ganz abgesehen davon gibt es die Fischerei schon Jahrtausende. Es ist nichts Ungewöhnliches, Mylady."

Obwohl ich seinen Schilderungen nichts abgewinnen konnte, stimmte es natürlich, dass die Menschheit schon immer vom Fischen lebte und nichts daran seltsam war, außer vielleicht meiner eigenen Haltung dazu.

Entgegen meiner Erwartung küssten wir uns an diesem Abend nicht. Charlie wusste natürlich von Jack und vielleicht wollte er mir Zeit geben, dass ich meine Gefühle neu sortieren könnte. Oder aber ich deutete sein Verhalten vollkommen falsch und er war überhaupt nicht daran interessiert, sich auf etwas Ernstes mit mir einzulassen. Vielleicht wollte er mich nur als eine ‚ganz normale Freundin‘ an seiner Seite wissen. Die Situation war schwammig und undurchsichtig, aber ich sprach ihn nicht darauf an. Nicht, weil ich kein Interesse daran hatte, sondern weil ich mich zugegebenermaßen nicht traute. Keinesfalls wollte ich aufdringlich wirken.

Kapitel 12

Die Wochen verstrichen wie im Flug. Zwischenzeitig besuchte mich der Notar im Cottage, um zu prüfen, ob ich Wort hielt. Was er vorfand, war eine eifrige und zufriedene Amerikanerin, die ihr Dasein in vollen Zügen genoss und ihrem künftigen Erbe in Cornwall gewiss gerecht werden würde. Natürlich war es eine Art Beamtenkontrollgang, aber ich fühlte mich deshalb nicht beobachtet – es war von Anfang an Teil des Deals gewesen, dass der Notar mich hin und wieder aufsuchen würde. Außerdem konnte ich ihn über die Gartenplanung aufklären, was er sehr begrüßte. Was sonst noch geschah? Nun, mein Alltag war mit Arbeit vollgestopft. Ich hatte Unmengen an E-Mails und Telefonaten abzuarbeiten und das beklemmende Gefühl, dass Trish stetig mehr Aufträge sandte, sodass ich zuletzt kaum noch Luft zum Atmen hatte. Wenn Charlie nicht gerade auf hoher See beim Fischen war, stand er auf dem Surfbrett. Wir sahen uns weniger, blieben aber über WhatsApp in Kontakt. Und als ich Tage später endlich den Stapel abgearbeitet hatte, nahm ich mir kurzerhand frei, um im Garten weiter voranzukommen. Keine Ausreden mehr! Ich war äußerst dankbar, dass auch Charlie weiterhin bereit war, zu helfen. Will hingegen blieb endgültig fern.

Nach Absprache mit mir beauftragte er eine kleine Firma aus dem Nachbarort, die uns tatkräftig unterstützte. Es folgte ein Wochenende mit körperlicher Arbeit und dem Ausschöpfen kreativer Ideen, die mir, ähnlich wie meiner Granny, nie auszugehen schienen. Es war ein großartiges Gefühl, ein Konzept auf die Beine zu stellen und ein noch besseres Feeling, als der Garten endlich vollständig von Unkraut, Gebüsch und Schutt befreit war. Die Arbeiter vom Gartenbau (nicht der, in dem Will tätig war), Charlie und meine Wenigkeit hatten es mit Fleiß und Schweiß vollbracht. Vor uns erstreckte sich eine riesige, begradigte Erdfläche, die nur darauf wartete, wiederbelebt zu werden. Anerkennend schüttelten wir uns die Hände, denn jeder wusste, was er hier geleistet hatte. Ich seufzte erleichtert. All der Aufwand zahlte sich nun endlich aus. Lediglich der kleine Baumbestand und der alte Zaun erinnerten noch an den ursprünglichen Garten. Da Granny die Bäume zu Lebzeiten nicht fällen ließ, weil sie das Haus vor Witterungseinflüssen schützten, entschied ich mich, es zu belassen – immerhin gehörten sie zum Bestand.

„Nicht zu fassen, dass das Schlimmste endlich hinter uns liegt", japste Charlie und stützte sich auf seinen Spaten ab, der tief in der Erde steckte.

Lässig sah er aus mit seinem Fischerhut und der Arbeitskleidung. Sein rotbraunes Haar kringelte frech unter der Hutkrempe hervor und unterstrich seinen spitzbübischen Charakter.

„Die Rosen werde ich im Herbst einsetzen. Wenn alles gut geht, blüht es nächstes Jahr in allen Farben und meine Granny macht oben im Himmel Luftsprünge", kündigte ich happy an. Wir waren von oben bis unten mit Dreck und Erde übersät, aber ich sah Charlie an, dass er zufrieden war.

„Ohne die Herrschaften vom Gartenbau hätten wir hier noch Ewigkeiten herumhantiert", bemerkte er wahrheitsgemäß.

Auf den Rollrasen folgte ein Kiesweg mit Schiefertrittplatten, der rundgangartig durch den Garten führte. Im Herzen der Grünfläche entstand eine idyllische Feuerstelle, die gemütliche Abende unter freiem Himmel versprach. Vor meinem inneren Auge sah ich uns bereits beim Marshmallow grillen. Der hauchzarte Duft der Schaumzuckerware würde in die Nacht empor steigen und die Luft mit himmlischer Süße erfüllen, während das Feuer knisterte und züngelnde Flammen ihre Funken tanzen ließen. Hier und da plante ich Stauden und Bäumchen ein, den hochgewachsenen Flieder am Zaun hatte ich als Andenken an Granny unangetastet gelassen. Letzterer würde in den folgenden Tagen endlich erneuert und mit weiß lackierten Latten ersetzt werden. Beete für Rosen und allerlei Blühendes warteten darauf, bepflanzt zu werden. Wir besorgten zudem zwei Waldsofas, die ich mit Meerblick platzieren ließ. Es war traumhaft und es würde noch schöner werden, wenn erst einmal alles fertig war. Ich konnte bereits einen Garten Eden sehen, der dem Cottage wunderbar schmeichelte. Und für den Whirlpool, den Mr O'Sullivan im *Fishermen's Club* so beiläufig erwähnt hatte, wäre im Prinzip sogar noch Platz, was mich grinsen ließ.

„Granny würde vor Rührung weinen, wenn sie all das sehen könnte“, stellte ich ergriffen fest. „Sie war zuletzt so krank, dass ihr Garten ins Hintertreffen geriet.“

„Deine Granny würde vor Stolz platzen. Wir haben wirklich alles gegeben.“ Charlie bot mir seine Hand zum High-Five an und ich schlug fröhlich ein. „Spätestens jetzt kommt es für dich nicht mehr infrage, Cornwall zu verlassen, oder?“ Er sah mich aufrichtig an. Als seine Lippen ein zaghaftes Lächeln andeuteten, hatte ich kurzzeitig das Gefühl, dass er mich unbedingt in seiner Nähe wissen wollte.

„Diese Frage“, ich holte tief Luft, „ist für mich eigentlich hinfällig. Ich bin hier aufgewachsen und Cornwall war immer ein Teil von mir. Aber dann wanderten wir aus und so kam es, dass sich meine Prioritäten änderten. Allerdings... kam ich immer sehr gerne zurück und es tat mir jedes Mal im Herzen weh, Cornwall wieder zu verlassen. Ich brauchte wohl erst einen Grund wie das Cottage, um meinen Lebensplan neu auszurichten.“

Charlie trat auf der Stelle, die Hände in den Hosentaschen, den Fischerhut lässig ins Gesicht gezogen. Seine Wangen röteten sich und seine Augen blinzelten aufmerksam, als würde er jedes meiner gesprochenen Wörter aufsaugen. „Und das hast du getan, weil du eine waschechte Engländerin bist.“

„Ich denke, ich finde langsam zu meinen Wurzeln zurück, die ich nie verleugnet habe. Als ich Ende März hierherkam, wusste ich nicht, ob ich in der Lage sein würde, das Erbe meiner Granny anzutreten. Ich bin noch jung und ein Haus bedeutet viel Verantwortung. Aber von Anfang an herrschte diese Euphorie in mir, weil ich Zennor und vor allem das Haus schon immer zutiefst liebte. Ich erinnerte mich an all die schönen Dinge zurück, die meine Kindheit und Jugend in Cornwall prägten. Das war Motivation pur. Aber es gab auch Momente in meinem Leben, die sehr schmerzlich waren. Und je länger ich hier verweile, desto mehr werde ich von diesen Erinnerungen eingeholt. Weißt du, ich war bisher eine Meisterin im Verdrängen von Gefühlen. Aber es macht den Anschein, als würde plötzlich alles in mir hochkommen, weil ich selbst endlich zur Ruhe komme." Es tat gut, darüber zu reden und zu wissen, dass jemand zuhörte. Dass *er* zuhörte, der meine Geschichte aus Erzählungen kannte, ohne dass ich sie ihm je mitgeteilt hatte.

Als sich die Männer des Gartenbaus verabschiedeten, gingen Charlie und ich zu einem der Waldsofas und ließen uns dort nieder. Wir waren beide fix und fertig. Es war nicht nur die Aussicht, die mich in ihren Bann zog, sondern auch er, Charlie, dessen Körper sich an meine Seite schmiegte. Ich spürte die wallende Wärme zwischen uns aufsteigen und atmete den Geruch von Erde und Gras ein, der von seiner Kleidung ausging. Das Tolle an einem Waldsofa war, dass man sich dort zwangsläufig sehr nahekam, ohne weiteres Zutun. Die gewellte Liegefläche machte das Fläzen herrlich angenehm. Der Duft des frisch verarbeiteten Kieferholzes der Liege vermischte sich mit den Aromen des Gartens, der nach der Umgrabung waldige und erdige Noten verströmte und sich mit der stets präsenten Seebrise mischte.

„Möchtest du weiterreden?", fragte er behutsam.

Ich nickte, wollte alles rauslassen. „Manchmal weiß ich nicht, wohin mit all dem Schmerz und Kummer, der sich in mir über all die Jahre aufgestaut hat. Es scheint, als würde plötzlich meine Vergangenheit über mich hineinbrechen. Ich kann nicht dagegen ankämpfen, aber das wäre wahrscheinlich auch der falsche Weg. Ich glaube, dass ich es schaffen kann, damit umzugehen... muss nur noch lernen, wie."

„Du kannst *es* schaffen! Hör zu – ich verstehe dich, Mylady. Sehr gut sogar." Charlie senkte die Stimme. „Und ich gebe dir den Rat, unterdrückte Gefühle anzunehmen, so wie du selbst sagst. Alles andere hilft nicht. Erinnerungen, auch die schmerzhaften, sind ein Teil von dir und Verdrängen ist niemals die Lösung. Früher oder später holt dich die Vergangenheit ein. Das tut sie immer."

„Du sprichst aus Erfahrung?", fragte ich leise, den Blick auf die Möwen gerichtet, die schreiend über den Klippen kreisten.

„Ja. Ich habe bis heute das Gefühl, von einer Schuld erdrückt zu werden. Dabei war es ein Unfall und ich konnte absolut nichts dagegen tun."

Ich schluckte schwer. Dieses verfluchte Wort *Unfall* triggerte jede Einzelne meiner Gehirnzellen. Ich war dankbar, als er weitersprach.

„Vor vielen Jahren geschah dieser besagte Autounfall, der meine Sicht auf die Dinge für immer veränderte. Wir saßen zu viert im Auto, kamen von einer Party zurück, ich war Beifahrer. Der Wagen kam wegen überhöhter Geschwindigkeit in einer Kurve von der Straße ab. Will und John saßen auf der Rückbank. Sie konnten sich nach dem Aufprall eigenständig aus dem Wrack befreien, schlugen das Fenster der Beifahrerseite ein, schnitten meinen Gurt durch und zogen mich schließlich raus. Ich war blutüberströmt und kaum ansprechbar." Charlie runzelte die Stirn. „Das ist zumindest die offizielle Version, ich kann mich kaum an den Abend erinnern. Ich erlitt sämtliche Knochenbrüche und tiefe Schnittwunden", er krempelte sein Shirt hoch und zeigte mir längliche Narben auf seinem Unterarm. „Ich hatte ein Schädel-Hirn-Trauma davon getragen, konnte nicht klar denken. Aber ich erinnere mich noch sehr gut an das Bild des Unfallwagens. Er lag unterhalb einer Böschung, völlig zerbeult. Und dann… war da noch Hunter. Er saß hinterm Steuer." Charlie presste die Lippen aufeinander. „Will setzte den Notruf ab. Er und George versuchten, Hunter irgendwie aus dem Wrack zu befreien. Er war nicht mehr ansprechbar. Und dann fing der Schrotthaufen auf Rädern plötzlich Feuer und die Jungs schafften es gerade noch so, ihren Arsch zu retten." Charlie verstummte. Ich konnte seinen Schmerz regelrecht fühlen. Es musste wie ein Film vor seinen Augen ablaufen.

„Oh Gott, Charlie. Es war nicht deine Schuld", flüsterte ich mitgenommen.

„Nein, war es nicht. Aber es hat mich traumatisiert. Es ist verstörend – und das ist es bis heute. Ich kann mich kaum an das Geschehene erinnern und doch haben sich die Bilder in mein Unterbewusstsein eingebrannt."

Ich schielte unauffällig zu der Feuerstelle, die wir im Garten errichtet hatten. Ob ihn jede Flamme, die er in seinem weiteren Lebensverlauf sah, an das tragische Unglück erinnerte?

„Hunter… verbrannte er in dem Wrack bei lebendigem Leib?" Ich bekam die Worte kaum über die Lippen.

Es schüttelte mich bei der grausamen Vorstellung daran.

„Nein. Es stellte sich heraus, dass er einen Genickbruch erlitten hatte und nach dem Impact sofort tot war. Das Feuer hatte seinen Leichnam lediglich eingeäschert." Charlies Augen blitzten auf. „Ich frage mich oft, warum ich an diesem Tag verschont blieb, während Hunter ums Leben kam. Er war ein guter Junge, hatte vor, Humanmedizin zu studieren. Gott hätte einen weiteren Arzt auf Erden haben können, der den Menschen hilft, doch er wählte den Fischer. Das tut er immer."

„Wow, das grenzt an Blasphemie", murmelte ich.

„Galgenhumor. Anders wäre es nicht auszuhalten." Er lächelte milde. „Und nun denke ich, dass es an der Zeit ist, über deine Vergangenheit zu sprechen, Mylady."

Ich ballte meine Hände zu Fäusten und spürte meine Halsschlagader pulsieren. Ich hatte nur einmal darüber gesprochen. Mit Granny. Und dann nie wieder. Nicht einmal mit Jack. Und jetzt sollte ich einfach so mein Herz ausschütten? Aber vielleicht hatte Charlie ja recht. Irgendwann musste ich mich der Vergangenheit stellen, um zu heilen.

„Okay", quälte ich schließlich hervor. „Aber ich kann dir nicht versprechen, dass meine Augen trocken bleiben."

Kapitel 13

Phoenix, 2018

Es geschah an einem ganz normalen Donnerstag. Ich war mit meiner Freundin Rachel unterwegs, die wie ich vor Kurzem die High-School erfolgreich abgeschlossen hatte. Wir schlenderten durch die Innenstadt von Phoenix, den Blick auf die großartige Skyline gerichtet, hinter der sich der imposante Canyon befand. Die markanten Felsformationen, bekannt für ihre tiefen Schluchten, schufen ein atemberaubendes Panorama, das fast schon unwirklich zu sein schien. Ich wusste, dass sich ausschließlich entlang der Flussbetten manchmal Sand ansammelte, denn das Gestein des Canyons war entgegen der Annahme vieler nicht sandig, sondern glatt und fest. Die kontrastreichen Farben von roten Felsen über das Grün der Bäume bis hin zu grauem Stein erweckten die Wüstenlandschaft zum Leben. Es war ein ganz normaler Donnerstag; die Temperaturen hatten um die 109,4 Fahrenheit erreicht und trieben mir das Wasser aus sämtlichen Poren. Wir lebten nun seit elf Jahren in Arizona und dennoch konnte ich der stetigen Hitze wenig abgewinnen. Nicht nur, weil ich als typisch britischer, heller Hauttyp schnell zum Sonnenbrand neigte – die flirrende Luft, dazu die Abgase der Stadt, machten mich anfällig für Atemwegsinfekte. An das umtriebige Leben hatte ich mich hingegen gewöhnt und fand mittlerweile sogar Gefallen daran. Ich mochte die zahlreichen Einkehrmöglichkeiten, Shops und kulturellen Angebote der City wie den japanischen Garten oder die vielen Museen, aber auch die Botanik und Wildnis, wie die gigantischen Kakteen oder den bezaubernden Wüstenmohn, die sich so sehr von England unterschied. Dennoch verspürte ich Heimweh, denn im Herzen war ich ganz und gar ein Insulaner.

„Was hast du am Wochenende vor?" Rachel, die neben mir lief, sah mich empört an und rümpfte die Nase, als ich unwissend die Schultern hob. „Echt jetzt? Du hast noch keine Idee?"

„Nicht so wirklich", gab ich zurück. „Meine Eltern wollen tagsüber wandern gehen. Eigentlich hatte ich vor, sie zu begleiten und dann ..."

„Wandern?", fiel sie mir prustend ins Wort, als wir an einer roten Ampel zum Stehen kamen. Rachel schüttelte grinsend den Kopf und sprach angeregt weiter, aber ich konnte sie nicht verstehen, denn der vorbeirauschende Verkehr verschluckte ihre Worte, sodass ich nur noch ihre hastigen Lippenbewegungen vernahm. Trotz allem war ich mir fast sicher, dass sie mich als altmodisch und langweilig betitelte. Wandern war für die Partymaus Rachel, die auch den Tag liebend gern zur Nacht machte, nicht mehr als öder Zeitvertreib. Ich hingegen liebte es, die Natur auszukundschaften, mich körperlich zu verausgaben und dabei auch noch in der Mitte meiner Eltern zu sein. Die beiden mochten es schon immer, so oft wie nur möglich ihre

Trekkingschuhe anzuziehen und abenteuerlustig loszugehen. Zumindest *eine* Leidenschaft, die sie an mich weitergegeben hatten, denn ihrer Vorliebe für Motorradfahren konnte ich definitiv nichts abgewinnen. Obwohl Arizona sehr viele spektakuläre Wanderwege bot, die durch tiefe Schluchten und an gewaltigen Felskratern vorbei führten, war es keineswegs mit Cornwall zu vergleichen, dessen Steinformationen unmittelbar mit der See verschmolzen. Arizona lag nicht am Meer und konnte somit weder meine andauernde Sehnsucht nach Frischluft noch dem Salz auf meiner Haut stillen. Ja, das einzige Salz auf meiner Haut, das ich in Phoenix regelmäßig verspürte, war der Schweiß, der von meiner Stirn rann und über Nase und Lippen perlte.

„Das wird bestimmt eine fette Party! Also, was denkst du?"

Ich zuckte fragend die Achseln, als ich ein paar Wortfetzen aufschnappte, sobald wir in eine Seitenstraße abgebogen waren und den lärmenden Verkehr weitgehend hinter uns ließen.

„Ehrlich gesagt bin ich nicht so in Partystimmung", gab ich zu, während wir ein mexikanisches Restaurant anvisierten.

„Warum das?" Rachel, eine von der Sonne gebräunte Blondine mit Modelmaßen, Extensions bis zum Po und braunen Augen, klimperte bettelnd mit den Wimpern. „Ach komm schon, Ash. Wir beide haben den Abschluss in der Tasche – wenn das kein Grund zum Feiern ist?"

„Nun... es ist nur so, dass Jack mich um ein Date bat."

„Warte ..." Ihre Finger glitten über die roten Geranien, die dekorativ vor dem Restaurant in Kübeln gepflanzt waren. „*Der* Jack?", fragte sie grinsend und öffnete die

Tür des Restaurants *Burrito*. Ich nickte stumm und lächelte geheimnisvoll in mich hinein. „Na schön, aber ihr werdet bestimmt nicht das ganze Wochenende miteinander verbringen."

„Zumindest Samstagvormittag nicht, denn da bin ich mit meinen Eltern wandern", feixte ich und betrat hinter ihr das Gebäude unweit der Innenstadt. Ein hippes mexikanisches Restaurant, dessen Küche nicht nur einen außergewöhnlich guten Ruf hatte, sondern auch ganz meinem Gusto entsprach. Kühle Luft und der Duft von scharfen Tacos, Chilis in Walnusssoße und mit Käse gefüllten Maistortillas schlugen uns entgegen. Mir lief das Wasser im Mund zusammen. Und obwohl Rachel und ich von Grund auf verschieden waren, teilten wir diese Liebe für mexikanisches Essen. Und für Partys. Wobei ich weniger dazu neigte, mit Alkohol über die Stränge zu schlagen, was nicht bedeutete, dass ich keine Nacht durchtanzen konnte. Das war vielleicht die konservative Engländerin in mir, die mich davon abhielt, zu übertreiben. In diesem Punkt war ich doch eher der ruhige Typ, vielleicht eine Art Träumerin. Ein gut aussehender Kellner, auf dessen Namensschild ‚Don' geschrieben stand, brachte uns gut gelaunt an unseren Tisch. Ich liebte die in Ocker und Taupe lackierten Fliesen, die perfekt mit den bunt bemalten, einfachen Holzmöbel harmonierten und in dem Lokal für ein stimmiges Gesamtbild sorgten. Das *Burrito* bot den lockeren Stil einer Beachbar: eine Theke aus Bambus, deren dort angebrachten Strandbilder für Fernweh sorgten, bunte Sombreros an den Holzwänden, die sofort die Stimmung aufhellten und natürlich mexikanische Klänge, die aus den Boxen spielend unsere Ohren verwöhnten. Wir setzten uns an einen charmanten Zweierplatz, Don reichte uns breit lächelnd die Karten und ich rieb mir die Oberarme, um meinen Blutfluss zu aktivieren. War es draußen noch brütend heiß gewesen, so hatte ich hier das Gefühl, dass die Klimaanlage Eiswürfel ausspuckte.

„Nun erzähl schon", hakte Rachel neugierig nach, die mit der plötzlichen Kälte bestens zurechtzukommen schien. Sie war eine Hübsche und das wusste sie auch, weshalb es nicht wunderlich war, dass sie ihre Lover wechselte wie manch anderer seine Unterwäsche. ‚Solange ich jung bin, will ich nichts verpassen', rechtfertigte sie ihren ausschweifenden Lebensstil, der sie unter bösen Zungen längst in Verruf gebracht hatte, was sie jedoch nicht weiter interessierte.

„Nun, er hat mich angesprochen, neulich, als wir uns zufällig im botanischen Garten begegnet sind."

„Zufällig?"

„In der Tat. Ich war joggen und er spielte dort Fußball mit ein paar seiner Jungs. Der Ball rollte in meine Richtung, ich schoss zurück und dann kam er auf mich zu, bedankte sich und …"

„Mach es nicht so spannend!" Ihre Augen fielen schier aus den Höhlen. „Was hat er gesagt?"

„Dich kenne ich doch."

Rachel blickte nun beinahe etwas enttäuscht drein und spitzte entrüstet die Lippen. „Was? Das war es? ‚Dich kenn ich doch' und fertig?"

Ich schüttelte vehement den Kopf. „Wenn du mich nicht ständig unterbrechen würdest, kann ich das Geschehene an einem Stück wiedergeben." Sie nickte, deutete mit ihren Fingern einen imaginären Reißverschluss an und fuhr sich ruckartig über die Lippen. „Ich sagte ihm, dass ich regelmäßig an der Tankstelle bin, an der er kassiert …“

„Weil du ihn stalkst?“

Ich schnaubte amüsiert. Sie hielt es keine Minute aus, nicht zu plappern. „Natürlich nicht. Ich fahre zur Tankstelle, weil mein Wagen Sprit braucht.“

„Und weil du den Kassierer süß findest. Jack.“

Ihre weißen Zähne blitzten hervor und ich gab kichernd klein bei. Es stimmte schon, dass ich die Phoe-Oil-Tankstelle bevorzugt anfuhr, weil ich ein Auge auf den Sohn des Inhabers, Jack, geworfen hatte.

„Dass er dich wiedererkannt hat, zeigt, dass er ebenfalls interessiert ist.“

„Vielen Dank“, sagten wir im Chor, als unsere Getränke serviert wurden.

„Soso… Ashley und Jack“, witzelte Rachel, ehe sie andächtig an ihrer Rum-Cola nippte.

Ich rührte grinsend in meinem Caipirinha herum und spielte mit dem Cocktailstäbchen, an dessen Griff ein bunter, von Hand bemalter Ara aus Holz saß. Die grüne Limette in meinem Drink sah so frisch aus, als wäre sie gerade erst geerntet worden. Ich konnte den Zucker am Boden des Glases knistern hören, als ich mit dem Stäbchen die Eiswürfel hinunter drückte. Der fruchtig-süße Geruch des Caipirinhas, vermischt mit einem ordentlichen Schuss Cachaca, weckte meine müden Lebensgeister, ohne dass ich davon getrunken hatte. Und kaum hatte ich das kalte Glas erhoben und langsam die Lippen angesetzt, spürte ich, wie die Limettenschalen meine Zunge streiften und das prickelnde

Aroma von Zitrusnoten in meinem Mund eine Geschmacksexplosion auslösten.

„Das du beim Mexikaner immer Caipi bestellen musst. Dabei kommt das Getränk doch ursprünglich aus Brasilien und hat rein gar nichts mit Viva la Mexiko zu tun.“

„Und Cuba Libre kommt, wie der Name schon sagt, aus Kuba“, konterte ich besserwisserisch.

„Da es auf der Karte als Rum-Cola angepriesen wird, ist dies ja nicht auf Anhieb ersichtlich. 1:0 für mich.“

Wir lachten. Ich mochte Rachels sonniges Gemüt, das stets mitschwang und meistens auch ihre Redseligkeit. Nur hin und wieder musste man sie bremsen, damit sie sich nicht um Kopf und Kragen schwätzte.

„Nun, kommen wir endlich zum Thema zurück! Wie ist das mit Jack und dir? Wo habt ihr euch verabredet? Was werdet ihr machen.“

„Er hat mich Freitag Abend ganz klassisch ins Kino eingeladen und am Samstag schmeißt er eine Poolparty... Ich wollte sowieso noch fragen, ob du mitkommen würdest.“

Rachel kräuselte die Lippen und legte die Stirn in Falten. „Ein Doppeldate? Na schön... aber ausgerechnet am Samstagabend? Ich treffe mich mit Jordan im Club. Wäre blöd, abzusagen.“

Ich zog eine Augenbraue hoch. „Mit Jordan? Davon hast du mir nichts erzählt.“

„Doch natürlich, als wir vorhin durch die Innenstadt liefen.“ Ich nickte verhalten. Wahrscheinlich hatte sie es in genau dem Moment gesagt, als ich nichts mehr hörte als dröhnenden Straßenlärm.

„Muy bien, mis damas: Qué les gustaria ordenar?“

Rachel und ich sahen uns fragend an. Obwohl wir öfter im *Burritos* zu Gast waren, beherrschten wir kein Wort Mexikanisch, aber ich vermutete zumindest, dass Don uns fragte, was wir essen wollten. Ich gab meine Bestellung auf: leckere, mit Käse überbackene und Hühnerfleisch gefüllte Enchiladas. Rachel hingegen wagte sich an einen mexikanischen Grillteller, der damit warb, sündhaft scharf zu sein. Genau ihr Ding. Wir wollten gerade auf unseren erfolgreichen Abschluss anstoßen, als mein Handy surrte.

„Ist das Jack?", fragte Rachel neugierig, aber ich wusste es selbst nicht, da ich die Nummer auf meinem Display nie zuvor gesehen hatte.

„Vielleicht ist es sein Zweithandy. Na los, geh schon ran!", ermutigte sie mich. *Hoffentlich sagt er unsere Dates nicht ab,* dachte ich. Immerhin freute ich mich tierisch, ihn näher kennenzulernen. Ich holte tief Luft, nahm den Anruf entgegen und war mehr als überrascht, als ich meine Nachbarin Mrs Dawson am anderen Ende der Leitung erkannte. Woher hatte sie meine Nummer?

„Ashley Hopkins?" Sie klang fürchterlich aufgeregt. „Hier ist Claudia Dawson. Die Polizei steht vor eurer Haustür! Du solltest dringend nach Hause kommen."

Ich stutzte. „Die Polizei?", stammelte ich und ein ungutes Gefühl breitete sich in meinem Körper aus. „Aber was sollten die wollen? Und von wem?"

„Komm bitte rasch nach Hause, ja? Die Beamten warten dort." Ehe ich antworten konnte, hörte ich ein lautes Rauschen in der Leitung und dann war die Verbindung tot. Ich blickte entgeistert auf das Display. Was war hier los?

„Stimmt etwas nicht?", fragte Rachel und musterte mein erstarrtes Gesicht. „Was ist passiert?"

„Ich... ich weiß es nicht. Es war meine Nachbarin, Mrs Dawson. Sie meinte, die Polizei stünde vor unserer Haustür."

„Die Polizei?!"

„Sorry, Rachel. Ich muss sofort los!"

„Natürlich... aber erzähl es mir später, ja?"

„Versprochen." Ich gab ihr ein flüchtiges Küsschen auf die Wange, legte ein paar Dollars auf den Tisch und stürmte dann wie von einer Tarantel gestochen aus dem Laden.

„Ich lasse dein Essen einpacken", hörte ich sie hinterherrufen. Ich musste so schnell wie nur möglich nach Hause, hechtete zurück in die Innenstadt und suchte auf der chaotisch befahrenen Straße vergeblich nach einem Taxi, das noch nicht besetzt war. Zwischen all dem Lärm – den Hupen, Motorengeräusche und Bremsklötzen, die ihre besten Tage längst hinter sich hatten und über die Straße schleiften, wie Fingernägel über eine Schultafel – bemühte ich mich, nicht verrückt zu werden. Die stinkenden Abgase der Blechlawine drängten in meine Nase. *Cool bleiben*! Die Bushaltestelle lag über 15 Minuten Fußweg von unserem Haus entfernt – angesichts der dringlichen Lage viel zu lange. Allein die Fahrt dorthin würde über 20 Minuten dauern, Haltestellen und Verkehr nicht einkalkuliert. Als ich endlich ein leer stehendes Taxi am Straßenrand fand, atmete ich erleichtert auf und eilte auf den Wagen zu. Der Fahrer lehnte an der im Sonnenlicht glänzenden Motorhaube und stopfte sich gierig eine Pizzaschnitte rein. Es kostete mich immense Überzeugungskraft und noch mehr Redegewandtheit, bis er sich endlich erbarmte, mich in die Siedlung zu fahren. Das Taxameter mit den unverschämt hohen Zahlen, die es bereits nach wenigen Meilen Fahrt anzeigte, versuchte ich zu ignorieren. Ich würde jeden Preis zahlen, um schnellstmöglich herauszufinden, was los war.

Alles in meinem Kopf drehte sich nur noch um diese eine Frage: Was zum Teufel war vorgefallen? Die Polizei kam nicht einfach so vorbei. Vielleicht war ein Einbrecher im Haus. Oder jemand hatte uns angezeigt, aber ich wüsste nicht, wieso. Oder aber es war Schlimmeres geschehen, was ich mir gar nicht erst ausmalen wollte. Ich nahm mein Handy und rief Mum an. Sie hob nicht ab. Dann probierte ich es bei Dad, dessen Telefon ausgeschalten war.

„Kommt schon", flüsterte ich und versuchte es noch mal. Nichts. Mir wurde mulmig zumute und mein Magen zog sich zusammen wie eine verschrumpelte Pflaume. Ich konnte nur noch beten, dass es nichts mit dieser Ahnung zu tun hatte, die sich plötzlich in mir ausdehnte …

Als das Taxi 18 Minuten später endlich in die ‚Paradise Avenue' bog und ich schon von Weitem den Polizeiwagen in der Einfahrt erkannte, rang ich nach Luft. Mir wurde schlecht. So schlecht, dass ich kurz davor war, mich zu übergeben.

„Dass Sie mir nicht in den Wagen kotzen", ließ mich der Taxifahrer harsch wissen, als er mein bleiches Gesicht im Rückspiegel musterte.

Ich nickte kaum vernehmlich. Sein Gestank nach Knoblauch und kaltem Zigarettenrauch machte es mir jedenfalls nicht einfacher, meinen empfindlichen Magen zu kontrollieren.

„Liegt wohl an der Polizei in Ihrer Einfahrt, dass Sie plötzlich so weiß anlaufen, was? Haben Sie etwas angestellt?", wollte der kleine, fettleibige Mittfünfziger von mir wissen und zeigte dabei teuflisch grinsend sein Gebiss, dass wohl nie in die Vorzüge einer Zahnspange gekommen war.

Ich schwieg eisern und wollte schon aus dem Auto stürmen, als er mich forsch zurückpfiff. „Junge Lady, da vorn steht die Polizei. Was meinen Sie, werden die tun, wenn Sie aus dem Wagen abhauen, ohne zu bezahlen?"

Ich entschuldigte mich kleinlaut. Vor lauter Aufregung und Sorge konnte ich keinen klaren Gedanken mehr fassen. Ich zog ein paar Scheine hervor, die in der Summe ein großzügiges Trinkgeld ergaben, drückte es dem Fahrer durch das Fenster in die Hand und lief dann schnurstracks auf die Beamten zu. Das Herz schlug mir bis zum Hals. Was erwartete mich? Ich hörte das Taxi, das langsam davonrollte, die Poolpumpe eines angrenzenden Nachbarhauses und den spitzen Schrei von Mrs Dawson, den sie ausstieß, als sie mich auf dem Gehsteig entdeckte. Noch ehe ich etwas sagen konnte, fiel sie mir um den Hals. Das überforderte mich, denn wir kannten uns nur flüchtig und sofort hatte ich wieder das beklemmende Gefühl, in eine aussichtslose Lage hineingeraten zu sein. Einer der Beamten, groß, schwarzhaarig und gut aussehend, kam auf mich zu.

„Sind Sie Ashley Hopkins?", fragte er mit leiser Stimme.

Ich nickte stumm.

„Ja. Ja, das ist sie“, übernahm Mrs Dawson die Antwort für mich und sah mich mit wässrigen Augen an.

„Wir wollten Sie schon suchen, aber Ihre Nachbarin meinte, Sie seien gleich da.“

Ich schluckte. Mich suchen? Ich hatte doch nichts verbrochen. Der Polizist winkte seinen Kollegen herbei, der Sekunden später vor mir stand.

„Habe ich etwas angestellt?“, fragte ich wissend, dass dem nicht so war.

„Wollen Sie sich setzen?“, fragte der andere und deutete auf die Bank auf unserer Veranda.

Ich schüttelte den Kopf. Der weiche Rasen unseres Vorgartens, auf dem wir alle standen, gab mir genügend Halt. „Dürfte ich bitte endlich erfahren, was hier eigentlich los ist?“

„Oh Gott, das arme Kind“, wisperte Mrs Dawson mit erstickter Stimme und ihre Unterlippe bebte.

Es war, als würde sich ein Loch unter mir auftun, das mich allmählich in sich aufsog, als sie diese Worte von sich gab. Armes Kind? Ich? Die Beamten tauschten Blicke aus, nahmen dann ihre Mützen ab und ich meinte mich daran zu erinnern, dass sie dies nur taten, wenn …

Nein! Das konnte nicht möglich sein! Nie und nimmer.

Ich versteifte. Und als einer von ihnen zu sprechen begann, zersprang mein Herz in tausend Teile, noch bevor er den Satz beendet hatte.

„Ms Hopkins, es tut uns furchtbar leid, Ihnen mitteilen zu müssen, dass Ihre Eltern heute Vormittag bei einem Motorradunfall nahe des Canyons ums Leben kamen. Sie waren sofort tot.“

Stille. Ich starrte in ihre Gesichter, die mitfühlend zurückblickten, und kämpfte gegen die Dunkelheit an, die wie ein Schatten über mich hereinbrach. Es fühlte sich an, als würde ein randvolles Tintenfass umgestoßen werden, das sich entsetzlich schnell auf dem Papier ausbreitete und alles Weiß in vollkommene Schwärze tränkte. Meine Knie schlotterten, mein Herz drohte mir aus der Brust zu springen, und meine Augen füllten sich unweigerlich mit Tränen. Dann sackte ich zu Boden, noch bevor ich reagieren konnte. Das weiche Gras schmiegte sich an meinen Körper, als wollte es Trost spenden, stattdessen krallte ich meine Hände tief in die Erde hinein, umfasste die Büschel mit all meiner Kraft, ehe ich sie ruckartig nach oben riss und schreiend um mich warf, nur um meinen Emotionen gerecht zu werden, die mich von einer Sekunde auf die andere übermannten.

„Nein!", brüllte ich aus Leibeskräften. „Nein!" Es durfte nicht wahr sein. Es konnte nicht wahr sein. Heute Morgen war meine kleine heile Welt doch noch in Ordnung gewesen. Tausende Fragen kamen in mir hoch und irrten rastlos durch die Wirrungen meines Gehirns.

Was war geschehen? Warum sind sie gestorben? Wo passierte es? Und obwohl ich es so dringend wollte, konnte ich nicht eine einzige Frage stellen, denn es schien, als hätte ich von hier auf jetzt meine Stimme verloren. Dann vernahm ich ein Gefühl der Ohnmacht, als würde mir jemand den Boden unter meinen Füßen wegziehen. Ich ließ mich rücklings ins Gras fallen. Mein Herz überschlug sich. Fühlte es sich etwa *so* an, wenn der eigene Heimathafen zusammenstürzte und lichterloh in Flammen und Rauch aufging? Falls ja, dann wollte ich es nicht fühlen. Ich wollte es nicht! Es war ein Gefühl, als würde die Erde aufhören, sich zu drehen, dabei wusste ich, dass sie das eben nicht tat. Die anderen Menschen auf diesem Planeten würden weiterhin ihren Tätigkeiten nachgingen. Rachel vielleicht noch immer beim Mexikaner sitzen und heftig mit dem Kellner flirten. Granny, die noch nichts von dieser Tragödie wusste, machte möglicherweise einen Spaziergang an den Klippen und genoss die Aussicht. Aber ich zerbrach innerlich an den Worten, die meine schlimmsten Befürchtungen wahrwerden ließen. Die alles in meinem Leben veränderten. Ich war jetzt Vollwaise. Von einem Augenblick auf den anderen stand ich ohne elterliche Liebe und ihren Schutz da. Wie sollte ich das verkraften können? Überleben? Damit umgehen? Mrs Simpson und der Polizist sagten irgendwas, aber ich war nicht mehr aufnahmefähig. Mein ganzer Fokus war verschwommen. Ich wünschte mich just in eine andere Welt, die mich von meinem Schmerz erlöste – eine Welt ohne Angst, ohne Kummer, ohne Leid. Und dann war da nur noch Dunkelheit.

Kapitel 14

Die Zeit, die ich mit Charlie verbrachte, wurde intensiver, auch wenn es zwischen uns nach wie vor nicht zu der von mir erhofften körperlichen Nähe kam. Als er abends zu Besuch war, zogen wir uns auf unseren Lieblingsplatz im Garten zurück. Das Waldsofa brachte uns näher zusammen, ohne dass es uns drängte, irgendetwas zu überstürzen. Aber ich war mir beinahe sicher, dass sich diese Nähe positiv auf unsere Vertrauensbasis auswirkte, die noch in der Entwicklung war. Er erzählte mir an diesem Abend, dass seine Ex von mir erfahren hatte. Obwohl ich mich über diese Offenheit sehr wunderte, ließ ich ihn einfach reden, denn scheinbar war es für ihn ein präsentes Thema. Laut seinem Kumpel George war die besagte Ex keinesfalls damit einverstanden, dass es eine Frau an seiner Seite gab, mit der er abhing und Zeit verbrachte. Mich. Ich schätzte es hingegen sehr, dass Charlie mit mir darüber sprach, denn zum ersten Mal, seit wir uns kannten, bekam ich tiefere Einblicke in sein Liebesleben.

„Es war eine nervenaufreibende On-off Beziehung, ähnlich wie bei dir und Jack", erklärte er mir und neigte seinen Kopf seitwärts, um mir in die Augen sehen zu können. Wie er da so lag; wohlduftend nach Parfum, das warme, holzige Noten verströmte und mit seinem wuscheligen Haar und dem frechen Lächeln schmolz ich regelrecht dahin. Ganz abgesehen von seinen smaragdfarbenen Augen, die in der Dämmerung funkelten, als stammten sie nicht von dieser Welt. „Aber wenn ich ehrlich bin, war es in den letzten Monaten nur noch eine Bettgeschichte."

Ich presste die Lippen zusammen. Wollte ich das wirklich hören?

„Also ist sie eifersüchtig? Dafür gibt es doch gar keinen Grund."

„Ich denke, sie kommt mit dem endgültigen Schlussstrich nicht klar. Wahrscheinlich ist sie eifersüchtig, ja. Aber für mich gibt es kein Zurück mehr. Und weil du fragst, ob es dafür einen Grund gibt, nun ..." Er richtete sich auf und ich versank in seinem Blick, der so sanftmütig auf mir ruhte, dass ich wie benommen die Luft anhielt. „Vielleicht gibt es ja einen Grund", fügte er flüsternd hinzu.

Das konnte alles oder nichts bedeuten, aber es reichte aus, um mir Höhenflüge zu bescheren.

„Warum hat es zwischen euch nicht geklappt?", wollte ich schließlich wissen.

Er sah angespannt in die Ferne, gar so, als würde die Antwort direkt am Horizont auftauchen. „Sie ging fremd", antwortete er trocken. „Mehrfach. Das veränderte alles."

Ich konnte überhaupt nicht fassen, wie man so einen tollen Mann wie Charlie es war, freiwillig hinterging. Und doch gab es eine plausible Erklärung, dass ihre Beziehung kläglich scheiterte. Sobald eine dritte Person in eine Partnerschaft stolperte, näherte sich das unvermeidliche Ende.

„Sie wusste wohl nicht, was sie an dir hatte", säuselte ich. Ob er meine Antwort als *aber ich weiß, was ich an dir habe und ich habe mich bis über beide Ohren in dich verliebt* deutete oder anders abwandelte, konnte ich nicht mit Sicherheit sagen. Jedenfalls heftete er seinen Blick wieder auf mich. Als er nach meiner Hand griff, japste ich unwillkürlich nach Luft, da ich vor lauter Aufregung vergaß, zu atmen.

Er schmunzelte, rückte noch näher an mich heran, und als sich unsere Gesichter fast berührten, schlug mir das Herz bis zum Hals. *Küss ihn,* tobte es laut in mir *küss ihn*! Aber ich küsste ihn nicht. Viel mehr deutete ich ein zaghaftes Lächeln an, das er ebenso vorsichtig erwiderte. Sollte ich es tun und meinen Mund einfach auf seine Lippen drücken, oder sollte ich ihm den Vortritt lassen …? Ich blinzelte vielsagend – dachte ich zumindest. Für ihn schien es nämlich nichtssagend zu sein, denn als er urplötzlich ein „ich muss jetzt leider los" von sich gab, kam ich mir vor wie im falschen Film. Wie bitte? Seine Aussage kam mehr als unerwartet und verdarb prompt die Romantik, in der ich mich zuvor ausgiebig gebadet hatte. Angehalten, nicht beleidigt auf ihn zu wirken, nickte ich verhalten, aber meine hängenden Mundwinkel sprachen wahrscheinlich für sich. Ich hätte es auch nicht abgelehnt, Charlie an diesem Abend in mein Schlafzimmer zu bitten. Denn je mehr Zeit wir miteinander verbrachten, desto bereiter war ich, mich auf eine Liaison einzulassen, wenngleich diese – zumindest meinerseits – von unleugbaren Gefühlen geprägt wäre.

„Ich treffe mich mit Will", erklärte er rasch, als er meine enttäuschte Miene bemerkte.

„Dann habt ihr euch wieder vertragen?" Er verneinte. Scheinbar wies Charlie O'Sullivan doch eine unterschiedlichere Gefühlspalette auf als nur Freude und gute Laune, wie ich anfangs annahm.

„Ich werde ihn auf etwas ansprechen und bin sehr gespannt, was er dazu sagen wird."

„Du hegst einen Verdacht gegen ihn?" Das ahnte ich schon länger. Bestätigte sich nun meine Hypothese? Würde ich endlich die Wahrheit erfahren?

„So was in der Art, ja. Mal sehen, ob er ein guter Freund ist und mir in die Augen schauen kann, wenn er es abstreitet."

Ich biss mir auf die Unterlippe. Das hörte sich so an, als würde er nicht damit rechnen, heute Abend die Wahrheit zu erfahren. Wieso konfrontierte er Will dann damit?

„Aber warum so plötzlich?", wollte ich von ihm wissen. Will hin oder her. Er hatte nicht einmal angedeutet, an diesem Abend so schnell zu verschwinden.

„Du hast recht. Sorry, dass ich es nicht eher erwähnt habe. Hattest du denn noch irgendetwas vorgehabt?"

Ich schüttelte heftig den Kopf. Dass ich insgeheim darauf hoffte, die Nacht mit ihm zu verbringen, behielt ich schön brav für mich.

„Okay, Mylady. Ich weiß, dass es sich nicht gehört, aber ..." Er hielt inne und ehe ich mich versah, hauchte mir Charlie O'Sullivan einen Kuss auf die Wange. Es war das erste Mal, dass seine weichen Lippen meine Haut berührten. Sein Atem roch nach Karamell, einer Prise Meersalz und vielleicht etwas Whisky. Ich bekam eine Gänsehaut. Er verführte mich dazu, sofort mehr zu wollen, aber noch bevor ich meine Arme um seinen

Hals schlingen und ihn abknutschen konnte, stand er
auf und machte auf dem Absatz kehrt. Ich sah ihm
atemlos hinterher. Die Duftknospen des hohen Flieder-
strauchs entfalteten ihre Aromen, als sein Körper die
Rispen streifte, und stiegen mir betörend in die Nase,
während er im Dämmerlicht verschwand. Ich seufzte.
Ob Charlie wusste, dass ich mich in ihn verliebt hatte?
Wie auf Wolken liegend ließ ich mich rücklings auf das
Waldsofa fallen und schloss die Augen. „Ich habe mich
verliebt", murmelte ich bestätigend. Zum ersten Mal
hatte ich das ausgesprochen, was ich schon die ganze
Zeit über vermutete. Mein Herz sehnte sich nicht nur
nach der Nähe von Charlie und seinen Küssen, die ich
mir traumhaft und wahrhaftig vorstellte. Es wollte
mehr. Seine Gefühlswelt erobern. Seine starken Arme
um meinen Körper geschlungen spüren. Seinen Herzschlag hören. „Grundgütiger!" Ich strich mit dem Zeigefinger zärtlich über meine Wange, an der Stelle, wo ich
seinen Kuss wusste und konnte nicht anders, als glücklich in mich hineinzulächeln. Und obwohl ich auf
Wolke 7 schwelgte und noch nicht einmal mit Gewissheit sagen konnte, dass meine Gefühle für ihn erwidert
wurden, musste ich mich auf das Wesentliche konzentrieren.

Der Rückstau meiner E-Mails hatte einen beachtlichen Umfang angenommen. So saß ich in den nächsten
Tagen von früh bis spät vor Rechner und Telefon und
ging den Aufträgen nach, die ich sorgfältig nach Ein-
gangsdatum abarbeitete. Das *Magic Roof* in St. Ives
hatte ich lange nicht mehr besucht – umso mehr freute

ich mich an diesem Tag, nach Feierabend meinen Gaumen mit Scones und Tee zu verwöhnen. Anschließend wollte ich bei

Mr O'Sullivan vorbeischauen, um die Rechnungen des Gartenbauunternehmens wie mit ihm vereinbart einzureichen.

Als ich das Café betrat, fühlte ich mich sofort pudelwohl. Ich hatte es vermisst, hier zu sein. Es duftete nach Shortbread, Orangenmarmelade und Mokkabohnen, die einen Hauch orientalischer Aromen ausdünsteten. Um diese Uhrzeit war sehr wenig los und ich konnte mich getrost in die hinterste Ecke verkrümeln, um zu lesen. In eine Zeitschrift vertieft, bemerkte ich erst nicht, dass ich mich unlängst in Gesellschaft befand. Erst als sich jemand laut räusperte, blickte ich auf und sah in ein Gesicht, das ich so nicht erwartet hatte. Es war Amy! Ausgerechnet *die* Amy, die ich als ziemlich aufdringlich und forsch in Erinnerung hatte.

„Ashley aus Arizona? Erinnerst du dich an mich?", quiekte sie und nahm ungefragt an meinem Tisch Platz.

Ich legte meine Zeitschrift beiseite. „Aber ja", gab ich bittersüß zurück. „Amy, oder?"

„Du bist also immer noch hier, Phoenix?", fragte sie spitzzüngig.

Phoenix? Ich runzelte die Stirn. War das etwa ihr Kosenamen für mich? „Sieht ganz so aus", gab ich harsch zurück.

„Wie geht es deinem Freund? Wartet er immer noch auf dich?" Ich biss mir auf die Zunge. Na, die hatte aber ein gutes Gedächtnis dafür, dass unserer Zusammenkunft nur ein flüchtiges Treffen in der Vergangenheit vorausging.

„Nein, wir haben uns inzwischen getrennt."

„Oh", bedauerte sie, „war wohl nichts mit der Fernbeziehung." Ich zuckte teilnahmslos die Achseln. „Ist schon okay. Wir kommen beide darüber hinweg."

„Verstehe. Und? Schon einen neuen Typ am Start?"

Ich lief knallrot an, wie immer, wenn ein Gespräch eine unangenehme Wendung nahm. Was wollte diese Person von mir? „Es gibt da tatsächlich jemanden. Aber mehr möchte ich dazu sagen." Ging sie ja auch nichts an. Und abgesehen davon lief nichts zwischen Charlie und mir.

„Überrascht mich nicht. Bist eine hübsche Frau. Es hätte mich gewundert, wenn du lange Single geblieben wärst."

Ich lächelte etwas unbeholfen und griff dann nervös nach meiner Zeitschrift, in der Hoffnung, dass Amy ohne Worte kapierte, dass mir nicht nach einem Schwätzchen zumute war. Leider ging mein Plan nach hinten los und sie quatschte unbeirrt weiter.

„Wie ist der Typ so? Kommt er aus der Gegend?"

„Ja. Er wohnt in St. Ives ..."

„In St. Ives, ja?" Ihre Augen flammten gefährlich auf. „Weißt du, mein Freund hat mich erst vor ein paar Wochen verlassen."

„Oh." Ich wollte nicht herzlos erscheinen und legte das Heft wieder weg. „Das tut mir leid für dich."

„Ja, aber was will man machen. Ich war ihm wohl nicht gut genug." Sie reckte das Kinn und ich erkannte einen fetten Knutschfleck an ihrem Hals. Anscheinend amüsierte sie sich trotz der Trennung prächtig; so schwer konnte die Trennung also nicht wiegen.

„Glücklicherweise gibt es viele tolle Männer auf dieser Welt. Ich kann mir gut vorstellen, dass die Herren der Schöpfung dir zahlreich zu Füßen liegen." Ob das tröstende Worte waren? Amy war eine Hübsche, keine Frage.

„Es ist nicht so, als bekäme ich keine unmoralischen Angebote."

Ich hob die Brauen. Ihre rehbraunen Augen hafteten wie Pfeile auf mir. Hatte sie ein Problem? „Es ist nur so, dass ich keinen anderen Mann haben will. Ich will meinen Ex zurück."

„Verstehe. Das macht die Situation kompliziert." Obwohl ich es mir in diesem Moment nicht erklären konnte, fühlte ich mich in ihrer Gegenwart plötzlich unwohl. Sie strahlte etwas aus, das in mir tiefe Abneigung erzeugte. Vielleicht lag es an der Kälte in ihrem Blick. Oder aber an meinen Vorurteilen, die ich ihr gegenüber hegte. Oder beides.

„Hast du eine Idee, was ich tun könnte?"

„Vielleicht suchst du nochmals das Gespräch mit ihm? Ich kenne euch beide leider nicht und kann da kaum weiterhelfen."

„Mhm ..." Sie faltete die Hände, stützte ihren Kopf auf den Fingerspitzen ab und visierte mich, als müsste ich sofort eliminiert werden. „Weißt du, ich erwarte sein Baby und er hat noch keine Ahnung davon."

Ich schluckte. „Das verändert alles. Immens."

„Allerdings. Ein Vater sollte nämlich für sein Kind da sein. Was denkst du?" Ihre Stimme klang zwar ruhig und gefasst, doch gleichzeitig jagte sie mir einen Schauer über den Rücken.

„Ich stimme dir zu. Hoffentlich ist der junge Mann bereit, Verantwortung zu übernehmen. Vielleicht freut er sich sogar?" Sie lachte hämisch auf. „Freuen? Vielleicht könnte es sogar perfekt sein. Wenn da nur die Neue nicht wäre …" Ihre Fingernägel kratzten wie abgenutzte Kreide auf einer Tafel über den lasierten Holztisch. Das Geräusch trug dazu bei, dass sich mein ganzer Körper verkrampfte. „Ich hasse Frauen, die mir im Weg stehen. In diesem Fall führt es sogar dahin, dass eine ganze Familie zerstört wird."

Wollte Amy mir irgendetwas sagen? Ich wollte ihre Aussage analysieren, näher darauf eingehen, doch da sprach sie schon weiter und brachte mich aus meinem Konzept.

„Das Würmchen ist jetzt 12 Wochen alt. Willst du es mal sehen?"

Ich wollte es nicht sehen, aber um nicht unverschämt zu wirken, nickte ich. Sie kramte ein Ultraschallbild aus ihrem Portemonnaie und legte es vor mir auf den Tisch. Ich erkannte einen Embryo, der einer Erdnuss gar nicht so unähnlich war. Es sah ganz nett aus, ich verspürte aber keine heimlichen Sehnsüchte in mir aufkeimen. „Herzlichen Glückwunsch", murmelte ich.

„Es gibt erst etwas zu feiern, wenn der Kindsvater und ich wieder vereint sind. Glückwünsche sind deshalb fehl am Platz. Ich befinde mich in einer jämmerlichen Situation und kann nur hoffen, dass sich alles wieder zum Guten wendet." Sie steckte das Bild hastig weg.

„Wann sagst du es?"

„Bald", antwortete sie kurz angebunden und warf sogleich einen Blick auf ihr Handydisplay. Plötzlich klingelte ihr Handy. Sie sprang hastig auf und nahm das Gespräch unwirsch entgegen. „Will? Ja, ich bin schon unterwegs. Ja, ich weiß, wie dringend der Termin ist und was davon abhängt. Ich musste nur noch etwas erledigen ..."

Mir entging nicht, dass ihr Blick bissig auf mir heftete, als sie diese Worte aussprach. Etwas erledigen? Indem sie mir steckte, dass sie schwanger sei? Sie beendete das Gespräch und blinzelte zum Abschied aufgesetzt freundlich.

„Ich muss schon wieder los, die... äh... die Maniküre wartet. Meine French Nails benötigen nämlich dringend eine Auffrischung."

Ich warf einen Blick auf ihre manikürten Nägel und konnte diese Aussage keinesfalls bestätigen. Sie sahen aus wie aus dem Ei gepellt.

„Ich wünsche dir einen angenehmen Abend, Phoenix. Bestimmt sehen wir uns schon bald wieder."

Dieser unterschwellige Ton, *wie* sie es sagte, machte mir unmissverständlich klar, dass es zwischen ihr und mir unausgesprochene Differenzen gab. Und erst als sie das Café verlassen hatte, konnte ich mich auf meine Gedanken konzentrieren. Alles an dieser Situation war merkwürdig. Ich massierte nachdenklich meine Schläfen. Warum war Amy so plötzlich verschwunden? Weil ihr Nageldesigner Will aufgrund eines dringenden Termins bei ihr anrief? Augenblick mal... natürlich! Amy und *der Will* kannten sich. Ich erinnerte mich aufgeregt an diesen einen Tag im *Magic Roof*, als ich Amy kennenlernte. Charlies Kumpel Will, den ich damals noch nicht kannte, betrat den Laden. Mir war seine Ähnlichkeit zu Jack sofort aufgefallen. Sie sagten „Hi!" Zueinander. Ich dachte mir nichts dabei, aber es war kein gewöhnliches ‚Hi!', sondern wirkte vertraut. Und jetzt zog ich etwas in Erwägung, das mich frösteln ließ. Was, wenn die Maniküre nur ein Vorwand war und all das irgendwie mit Charlie zusammenhing? Das schien zwar auf den ersten Blick weit bei den Haaren herbeigezogen, aber irgendein Gefühl in mir schöpfte ersten Verdacht. Denn das Streitthema handelte sich laut Charlie um etwas, mit dem er abgeschlossen hatte. Aber das würde ja auch bedeuten... Ich leckte mir hastig die Lippen. War es denn möglich, dass Amy die Ex von Charlie war? Aber was hatte sein angeblich bester Freund damit zu tun? Ich holte tief Luft und ließ mir den Gedanken noch mal durch den Kopf gehen. Charlie und Amy? Oh Gott! Dann war er vielleicht der Vater von Erdnuss! *Quatsch* tadelte ich mich und hielt kopfschüttelnd die Stirn. Aber Will und Amy? Das könnte passen... halt, nein. Er datete keine Frau. Oder? So genau wusste ich das nicht. Aber warum sollte er denn nicht Daten? Das Aussehen dazu hatte er allemal. Würde zumindest erklären, warum er sich zuletzt nicht mehr blicken ließ. Ich schnaufte. Was ergab Sinn? So viele Zufälle würden sich wohl kaum aneinanderreihen. Und warum sollte Amy all das mit einer Maniküre betiteln? Was, wenn sie sich wirklich nur die Nägel erneuern ließ? Ich zahlte und machte mich auf den Weg zu Mr O'Sullivan, um die Rechnungen wie vereinbart vorbeizubringen. Und obwohl ich mir fast sicher war, dass er mir sagen könnte, ob Amy nun die Ex-Freundin von Charlie war oder nicht, entschied ich mich, seinen Dad außen vor zu lassen. Von dieser grotesken Idee musste ich schnellstmöglich wieder abrücken. Am liebsten wäre ich sofort mit der Tür ins Haus gefallen und hätte Charlie bei unserem nächsten Treffen von der dubiosen Begegnung mit ihr erzählt, aber war es nicht völlig irre, anzunehmen, dass ausgerechnet diese Frau seine Ex war? Vermutlich gab es in Cornwall Hunderte Beziehungen, die wegen einer anderen Frau gescheitert waren. Warum also sollte Charlie der Vater des Ungeborenen sein? Eine andere Möglichkeit wäre vielleicht, dass Amy von Will schwanger war, Charlie bereits davon wusste und es missbilligte, dass sein Freund der Verantwortung nicht nachkam und sich aus dem Staub machte. Das könnte wenigstens ihren Streit erklären, kam mir aber mindestens genauso unrealistisch vor. Ich steigerte mich in etwas hinein und meine Spekulationen woben ein wirres Labyrinth aus Möglichkeiten und Verdächtigen, die irgendwie involviert sein könnten. Aber was, wenn am Ende alles ganz anders kam?

Kapitel 15

Charlie und ich liefen Seite an Seite durch den neu angelegten Garten, den ich in den letzten Tagen mit einigen Pflanzen aufgefrischt hatte, und bestaunten unser gemeinsames Werk. Er kam überraschend bei mir vorbei, nachdem er eine Wanderung unternommen hatte, die ihn *zufällig* zu mir nach Zennor führte. Ich freute mich sehr über meinen unerwarteten Gast. Es roch wie im Paradies und ich konnte noch immer nicht glauben, dass all die Mühe der letzten Wochen endlich Früchte trug. Am Staudenreich vorbeigehend machte ich mir den tollen Farbkontrast zwischen den bunt blühenden Blumen und dem Blau des Horizonts bewusst. An diesem Tag war der Himmel nämlich wolkenfrei, so machte es den Anschein, als würden Meer und Atmosphäre nahtlos miteinander verschmelzen und die Blüten im Vordergrund atemberaubende Farbkleckse darstellen. Ich sog die Luft ein. War das ein Hauch Thymian, den soeben eine Brise in meine Nase wehte? Die Kräuter, die ich in Spiralen am Zaun entlang platziert hatte, wogen sich sanft im Wind. Rosen rankten sich an einem Bogen hinauf, Buschmalven umrahmten den Ausblick mit rosafarbenen Blüten und es würde nicht mehr lange dauern, bis die Löwenmäulchen in die Höhe ragten. Die positiven Vibes meines Gartens ließen mich sogar kurzzeitig die Sache mit Amy vergessen.

„Was hast du die letzten Tage so gemacht, Charlie?"

„Oh, ich war die meiste Zeit auf See. Entweder beim Fischen oder Surfen. Nächstes Wochenende fahre ich nach Glasgow und besuche meinen Cousin Ed. Sein Vater, Charles, besitzt eine Destillerie bei Stirling ..."

„Heißt in deiner Familie eigentlich jeder Charles?" Ich kicherte.

„Nicht jeder. Mein Dad heißt Gilbert."

Ich sah ihn verdutzt an. Aber ja. Das musste *der* Gilbert sein, von dem Granny mir früher immer erzählte. Warum kam ich da nicht schon eher drauf? Sie wollte, dass ich ihn kennenlernte, beschrieb ihn als guten und zuverlässigen Freund. Leider hatte es sich nie ergeben, aber es machte den Anschein, als hätte uns das Schicksal Jahre später dennoch zusammengeführt. Ich hatte nie auf dem Schirm, dass Mr O'Sullivan ebendieser Gilbert war – bis jetzt. Das erklärte letztendlich auch Grannys Vertrauen, was ihr Geld für die Renovierungen betraf. Sie hatte Gilbert als zuverlässigen Verantwortlichen auserkoren.

Wir schlenderten nun an den Beeten vorbei, die noch nicht bepflanzt waren. Schon bald würde ich dort die ersten Samen ausstreuen.

„Du warst sehr fleißig in den letzten Tagen", bemerkte Charlie stolz und zeigte auf die Rosen, die sich wildromantisch um einen Teil des Gartentürchens rankten, das sich endlich problemlos öffnen ließ.

„Ach, Charlie. Dieser Garten ist so wunderschön geworden, dass ich es manchmal selbst nicht glauben kann." Wo es vorher noch naturbelassen wucherte, war der Himmel auf Erden entstanden. All die Farben, Formen und Gerüche sprachen meine Sinne an. Es war ein reiner Augenschmaus, egal, aus welchem Winkel betrachtet; das Cottage in Zennor war das El Dorado der Nordküste. Ich begutachtete zufrieden den insektenfreundlichen Wildblumenbereich, der um den Kirschbaum herum wucherte. Das geschäftige Summen der Flügeltiere untermalte die Lebendigkeit dieses Blütenstreifens und zauberte mir ein Lächeln ins Gesicht. „Ich glaube, es ist der schönste Ort der Welt“, flüsterte ich ehrfürchtig.

„Da gebe ich dir vollkommen recht.“ Charlie legte liebevoll seinen Arm um meine Hüfte. Ich zuckte zusammen. Dass er mich so vertraut berührte, bescherte mir Glücksgefühle. „Meine Wohnung in St. Ives kann da keineswegs mithalten. Die schönste Stadtvilla in Cornwall könnte es nicht. Hierin stecken so viel Liebe und Fantasie …“

Charlie bewohnte ein kleines Apartment im Herzen der Stadt, wie er beiläufig erwähnte. Es hatte etwas über 40 Quadratmeter, aber bei den horrenden Preisen im Ort der Künstler und Maler konnte er froh sein, eine ansprechende *und* bezahlbare Bleibe gefunden zu haben. Ganz abgesehen davon, dass er sich mit seinem Bentley ein wahres Prestigeobjekt gegönnt hatte, das ihn monatlich gewiss einiges kostete.

„Weißt du noch, was du einmal zu mir gesagt hast?“

„Oh, ich habe schon eine ganze Menge zu dir gesagt, Mylady. Bitte werde etwas konkreter.“

„Du sprachst von einem B&B – in diesem Cottage.“ Charlies Augen leuchteten auf und ich hatte den Eindruck, als würde er die Hufe scharen, was wohl als Nächstes aus meinem Mund kam.

„Natürlich erinnere ich mich. Dieser Spot wäre der absolute Knaller. Sieh dich doch nur mal um.“

Ich schmunzelte. Das letzte Mal, als ich diesen Gedanken hegte, schob ich ihn wieder beiseite. Doch an diesem Tag konnte ich mir bildlich vorstellen, ein B&B zu eröffnen. Cornwall zog Touristen aus aller Welt magnetisch an und ich vermutete, dass diese nach romantischen Orten wie diesem hier lechzten. Ich hatte nicht nur ein wundervolles Cottage und zwei Gästezimmer, sondern auch einen traumhaften Garten, der nahe der Klippen gelegen war und unverbauten Meeresblick bot. Dieser Standort war einmalig! Das bedeutete neben Romantik auch Witterung und Abstinenz gegenüber dem Stadtleben, aber genau das erträumten sich die meist sehr gestressten Menschen, die hierherkamen; Ruhe – abseits des umtriebigen Massentourismus und dennoch ein Gefühl der Behaglichkeit. Mein Cottage konnte den Gästen zweifelsohne all das bieten!

„Du denkst also ernsthaft darüber nach?“

„Ja. Ja, das werde ich.“ Wir spazierten gemütlich weiter. Doch da war er plötzlich wieder! Dieser abscheuliche Gedanke, dass Charlie etwas mit dem ungeborenen Kind zu tun haben könnte. Ich zupfte an meinem Shirt herum, zog es in die Länge, rieb den Baumwollstoff zwischen den Fingern, spürte das weich-kratzige Material und ließ dann fix wieder los, so dass mein Shirt schnell in die ursprüngliche Form zurücksprang. Wenn ich in aller Ruhe von meiner möglichen Zukunft als Betreiberin eines B&B träumen wollte, musste ich zuerst diese grauenvolle Spekulation loswerden, die mich quälte. Aber wie? Denn im Endeffekt ging es mich rein gar nichts an. Ich stöhnte.

„Hat sich deine Ex noch mal gemeldet?", schoss es plötzlich aus mir heraus und ich sah zu Boden, als Charlie mich überrascht musterte. Was war bloß in mich gefahren?

„Sie schrieb hin und wieder mal Nachrichten, ja, aber dann habe ich sie irgendwann blockiert. Es ging mir tierisch auf die Nerven."

„Was schrieb sie denn so?"

„Oh, sie... bat mich um ein Treffen. Oder mehrere, so genau hatte ich es nicht gelesen. Aber warum willst du das wissen?"

„Also... ich... weiß nicht, wie ich es sagen soll."

„Amy und ich... das ist Geschichte. Mach dir deshalb bitte keine Gedanken."

Oh. Mein. Gott. Er hatte es ausgesprochen! AMY! Mein Herz pumpte wild und mir war, als würde ich an Ort und Stelle ohnmächtig werden. Will hatte also nichts mit der Schwangerschaft zu tun, es ging tatsächlich um Charlie! Oder? Konnte das denn wahr sein? Ich zupfte wieder an meinem Shirt, nur um nicht auszuflippen. Eigentlich sollte ich mich freuen, dass er nicht mehr an ihr interessiert war, aber... mir fehlten die Worte.

„Alles okay?"

Nein! Natürlich nicht! Nichts war o.k.! So viele Zufälle, die im Gesamtbild ein Ganzes ergaben, nämlich das Abbild des Grauens, waren wohl kaum möglich! *Ruhig bleiben, Ash* sagte ich zu mir, *bleib ganz ruhig.*

„Mhm", ächzte ich und lief schnurstracks weiter.

Charlie holte schnell auf. „Was war das eben?", fragte er. „Willst du mir irgendetwas sagen?"

Ja! Ich wollte ihm zu gerne sagen, dass ich wahrscheinlich mehr wusste als er. Und dass ich mich hoffnungslos in ihn verliebt hatte, weil es nicht die geringste Chance für uns beide gab, wenn er und seine Ex ein Kind erwarteten. Mir wurde bei dem bloßen Gedanken daran ganz anders.

„Ashley? Würdest du mir sagen, was los ist?"

Ich schüttelte den Kopf. Vielleicht war es ja doch nur ein Missverständnis und eine Spinnerei meines Gehirns, die nichtssagend war. ‚Amys' gab es in Cornwall bestimmt wie Sand am Meer. Dieser Name hatte in Großbritannien jedenfalls keinen Seltenheitswert. Vielleicht handelte es sich hierbei um eine völlig andere Amy und weder war sie von ihm schwanger, noch würde ich meine Gefühle länger zurückhalten müssen. Andererseits hatte Charlie vor Kurzem erwähnt, dass seine Ex eifersüchtig auf mich sei. Oh, Hilfe! Aber Moment mal... war ich überhaupt schon bereit, mich neu zu verlieben?

Mädchen dachte ich, *du bist doch schon verknallt. Über beide Ohren!*

„Mylady?"

„Es ist nichts. Wirklich." Ich grinste schief, darum bemüht, es nicht so aufgesetzt wirken zu lassen, wie es mir über die Lippen kam. Im Grunde meines Herzens war mir dennoch nicht zum Lachen zumute. Und selbst wenn ich mich in etwas verrannte – diese Amy-Geschichte hatte einen ganz faden Beigeschmack.

„In Ordnung. Ich hatte kurzzeitig den Eindruck, dass dich etwas beschäftigt."

Wie aufmerksam er doch war. „Es ist alles gut. Mach dir um mich keine Gedanken." Ich war eine verdammt schlechte Lügnerin; dabei war es gerade das gegenseitige Vertrauen, auf dem ich aufbauen wollte.

Nachdem wir später am Abend mit Mojitos in der Hand ein weiteres Mal auf dem Waldsofa lagen, war ich fest entschlossen, *es* an diesem Abend zu tun. Ich würde ihn endlich küssen. Es machte keinen Sinn, weiter gegen Gefühle anzukämpfen, die präsent waren. Natürlich wusste ich nicht, ob Charlie meine Zuneigung erwiderte. Wir mussten ja auch nicht sofort heiraten. Wenn er tatsächlich fühlte wie ich, so legte ich großen Wert darauf, dass wir es langsam angingen. Sofern das aufgrund der möglichen Vaterschaft überhaupt machbar war. *Das* würde nämlich alles verändern. Aber noch hatte ich diesbezüglich keine Gewissheit und somit gab es Hoffnung.

„Charlie?“

„Mhm?“

„Was sind eigentlich deine Träume?“, fing ich das Gespräch an, mit dem ich ihn noch besser kennenlernen wollte. Er blickte fasziniert drein, gar so, als hätte ihm nie zuvor jemand diese Frage gestellt.

„Mein Traum ist ein Leben im Einklang mit der Natur. Eigentlich lebe ich meinen Traum jedes Mal, wenn ich auf dem Surfbrett stehe. Das Gefühl der Freiheit ist nicht in Worte zu fassen. Wenn ich über die Wellen gleite, vergesse ich alles um mich herum. Es gibt nur das Brett, die See und mich. Die Konzentration fördert meine mentale Stärke, die ich wiederum im Alltag gut gebrauchen kann.“

„Wolltest du jemals Profi werden? So, wie du sprichst, klingt es nach einer echten Leidenschaft.“

Seine Augen leuchteten. „Diesen Wunsch hatte ich in meiner Jugend tatsächlich gehegt, aber dafür ist es leider zu spät. Ich werde im Winter 29 Jahre alt." Er grinste verschmitzt. „Im Nachhinein hätte ich mich mehr reinhängen müssen, aber ich wollte mein Privatleben nicht zurückstellen. Als Profi wäre ich immer unterwegs gewesen. Hawaii, Portugal, Florida... Ich bin sehr heimatverbunden, weißt du? Ich reise gerne, aber nur unter der Bedingung, immer wieder hierher zurückzukehren. Nach Cornwall."

Ich schmachtete ihn sprachlos an. Ich hatte eine Gemeinsamkeit entdeckt, die wir beide tief im Herzen verankert trugen. Es war die Liebe zu unserer gemeinsamen Heimat.

„Und wer weiß. Vielleicht eröffne ich eines Tages eine kleine Surfschule in Cornwall."

Ich klatschte in die Hände und meine Augen weiteten sich begeistert. „Großartige Idee!"

Er lehnte sich zurück und strich sich neckisch eine Strähne hinters Ohr. Mein Körper vibrierte, als er mich mit Glanz in den Augen betrachtete.

„Und dein Traum?"

„Der Garten", gab ich wortgewandt zurück und strahlte über beide Ohren. „Und vielleicht das B&B", fügte ich glucksend hinzu. „Ich lebe hier, an diesem Ort, jeden Tag meinen Traum. Um nichts in der Welt würde ich tauschen wollen." Das Waldsofa knackte, als Charlie sich nach vorn beugte und sachte über meine Hand streichelte. Ich bekam Herzklopfen. War es normal, dass mir immer heißer wurde, je näher er mir kam? Sein warmer Atem hüllte mich in eine betörende Glocke, die sich unsichtbar um meinen Körper formte.

„Hast du noch einen anderen Traum, Mylady?",
hauchte er und ich brach endgültig in Schweiß aus.
Diese Augen, dieser Körper, dieses Antlitz. Ich musste
ihn haben! Ich musste ihm sagen, wie es um meine Gefühle stand. Aber bevor ich all das tun würde, musste
ich ihn zuallererst küssen. Er schloss die Augen, als sich
sein Gesicht meinem unaufhaltsam näherte, und ich
tat es ihm gleich. Überall im Körper vernahm ich das
Rauschen meines Blutes, das vor Aufregung durch
meine Venen schoss. Aber dann hielt ich ein und
schnellte zurück, denn vor meinem inneren Auge
tauchte plötzlich Amy auf, die mir samt Babykugel den
Mittelfinger zeigte. Ich schluckte ein paar Mal, um zur
Besinnung zu kommen. Charlie sah mich fragend an.

„Sorry, Mylady. Ich wollte dich nicht in Verlegenheit
bringen."

Verdammt! Ich hatte meine Chance, ihn zu küssen,
verschenkt… „Hast du nicht", flüsterte ich und vielleicht wäre es der perfekte Zeitpunkt gewesen, ihm
endlich zu erzählen, was ich erfahren hatte. Aber ich
brachte es nicht übers Herz. Läge ich mit meiner Annahme falsch, hielt er mich vielleicht für eine übervor-
sichtige Verrückte. Doch nach allem, was ich durchgemacht hatte, musste ich zu 100 Prozent sicher sein, dass
alles mit rechten Dingen zuging, ehe ich mein Herz für
jemanden öffnete. Enttäuscht zu werden war das
Letzte, was ich wollte. Und so musste ich überrascht
feststellen, dass ich entgegen meiner Annahme noch
nicht dazu bereit war, Charlie an mich heranzulassen.
Es lag nicht an ihm. Es lag an mir.

„Komm her." Er legte liebevoll seinen Arm um mich
und drückte mich fest an sich heran. Es tat so gut, das

Heben und Senken seiner Brust zu fühlen, während wir einfach nur dalagen und dabei zusahen, wie der Mond am Himmel aufstieg und sich schummrig im ruhigen Meer spiegelte.

Kapitel 16

Ich rüttelte Charlie unsanft am Arm. „Hey!", rief ich. „Wach auf. Da drüben ist jemand!" Wir waren beide eng aneinander gekuschelt auf dem Waldsofa eingeschlafen und trotzdem – ohne Decke war es hier draußen ziemlich frisch.

„Hm?" Er richtete sich verschlafen auf. „Wer kann das wohl sein?"

Ich hatte absolut keine Ahnung. Die Umrisse des Wagens, der fast bis zur Haustür rollte, hatte ich nie zuvor gesehen. Es schien ein roter Peugeot zu sein. „Vielleicht ein Einbrecher?", flüsterte ich besorgt.

„Lass uns lieber mal nachsehen!" Charlie streckte sich, griff in seine Umhängetasche, die er stets bei sich trug, und holte eine Taschenlampe hervor. Was wohl sonst noch alles in der Tasche drin war? Für jede Situation das passende Gadget?

Ich folgte ihm in gebückter Haltung, als er fast lautlos das Waldsofa verließ und Richtung Gartentürchen schlich. Ich blieb ihm dicht auf den Fersen und hielt den Peugeot durch eine breite Lücke im Fliederstrauch achtsam im Blick. Das Auto kam zum Stehen und die Scheinwerfer gingen aus. Dunkelheit. Als Nächstes öffnete sich die Fahrertür und eine Gestalt stieg aus dem Wagen. Schritte näherten sich unaufhaltsam meinem Cottage. Es knirschte und knarzte unter den Schuhen der Gestalt, die ich in etwa so groß wie Charlie schätzte.

„Bleib dicht hinter mir."

„Das wird jetzt echt unheimlich", flüsterte ich hinter vorgehaltener Hand und duckte mich weg, als Charlie ruckartig aufsprang. Er knipste die Taschenlampe an und leuchtete dem Fremden todesmutig ins Gesicht. Vor Schreck stieß ich einen Schrei aus.

„Was willst du hier?", fragte Charlie mit energischer Stimme. Ich wusste zwar, dass er furchtlos und noch dazu muskelbepackt war; aber was, wenn der Typ eine Waffe bei sich trug?

„Ist... ist das hier das Williams-Cottage?", war die klägliche Antwort des Angreifers, der seinen Kopf hinter den Händen versteckt hielt, um nicht geblendet zu werden.

Ich runzelte die Stirn und traute mich aus meinem Versteck hervor. Verdammt, diese Stimme kannte ich doch.

„Wer bist du?", fragte Charlie harsch.

In mir rumorte es. Ich hatte da so eine Ahnung, aber das Allerletzte, was ich wollte, war, dass sich ebendiese bewahrheitete.

„Entschuldige, buddy. Mein Name ist ..."

„Sag's nicht!", rief ich dazwischen und tauchte wie eine Furie hinter Charlie in der Dunkelheit auf.

„Ashley?"

„Ihr kennt euch?" Charlie ließ die Taschenlampe sinken und schürzte die Lippen. „Macht der Typ Witze?"

„Was willst du denn hier?", fragte ich tonlos an den Kerl vor meiner Tür gerichtet, dessen Blick von Charlie zu mir wanderte.

„Hi Ash. Trish erzählte mir, dass ..."

Ich brachte ihn mit einer Geste zum Schweigen und kniff die Augen fest zusammen.

„Was auch immer sie dir erzählt hat, beantwortet nicht meine Frage. WAS willst du mitten in der Nacht vor meinem Cottage, Jack?"

„Jack?" Charlie, der aufgeregt am On-off-Schalter der Taschenlampe herumfuchtelte, bekam plötzlich große Augen, die mich an diese niedlichen Koboldmakis aus Südostasien erinnerten. „Etwa *der* Jack aus den Staaten?"

„Ja", antworteten Jack und ich im Chor und warfen uns einen flüchtigen Blick zu.

„Wir beide", Charlie zeigte auf mich, „sind im Garten eingepennt. Wir dachten schon, du wärst ein Krimineller." Er stützte sich lässig am Zaun ab und musterte meinen Verflossenen neugierig, während Jack es sich auf der Motorhaube seines Leihwagens bequem machte und Charlies Blick mit ernster Miene erwiderte.

„Das darf doch einfach nicht wahr sein", nuschelte ich. Im Leben hätte ich nicht gedacht, dass Jack seinen Arsch jemals nach England bewegte. Schon gar nicht nach Zennor. Ob Rachel Bescheid wusste? Aber dann hätte sie es mir gesagt... was wollte er in Cornwall? Und vor allem – wie sollte ich mit ihm umgehen? Der letzte Kontakt lag Wochen zurück. Wir hatten uns am Telefon gestritten. Es ging um diesen Kuss, der letztendlich dazu führte, dass ich mich endgültig von ihm trennte. Und jetzt stand Jack urplötzlich vor mir und zeigte stolz sein gebleachtes Lächeln, das selbst im Dunkeln noch leuchtete wie eine Straßenmarkierung. Ich suchte erfolglos nach den richtigen Worten, während Charlie unser ungeplantes Zusammentreffen mehr und mehr zu amüsieren schien.

„Also, für Ashley und mich zum Mitschreiben: Du kommst aus Arizona, nimmst den weiten Weg auf dich und stehst nun mitten in der Nacht vor ihrer Tür, weil… ja, warum eigentlich?"

„Trish sagte mir, du triffst dich mit einem anderen." Jack schielte argwöhnisch zu Charlie, der augenblicklich seine Muskeln anspannte.

„So, hat sie das gesagt?", entgegnete ich spitz. „Und deshalb bist du gleich hier aufgekreuzt? Weil meine Kollegin unser Telefonat wiedergegeben hat?" In mir brodelte es. Warum um alles in der Welt sprang Trish nach unserem Gespräch zu Jack und erzählte ihm brühwarm von Charlie und mir? Ich hatte ihr nur am Rande erzählt, dass es da jemanden gab, den ich sehr mochte und dass ich mir insgeheim vorstellen konnte, dass mehr daraus werden könnte.

„Ich würde gerne unter vier Augen mit dir reden." Jack warf Charlie einen abtrünnigen Blick zu, der ihn unbeeindruckt zur Kenntnis nahm.

„Damit habe ich kein Problem", erwiderte Charlie locker. „Aber wäre es tagsüber nicht angemessener?"

„Ich habe dieses Cottage Ewigkeiten gesucht. Es ist stockdunkel! Du weißt, dass ich kein begnadeter Autofahrer bin, Ash. Zumal man hier auf der verdammten linken Seite fährt!"

Während Charlie gleichgültig gähnte, war mir sehr wohl bewusst, dass Jack die Wahrheit sagte. Er war definitiv ein grottenschlechter Fahrer, der ein Händchen für Verkehrsverstöße jeglicher Art hatte. Dass er sich nur meinetwegen nachts in den Linksverkehr wagte, war in der Tat beeindruckend, wenn auch fahrlässig.

„Na schön", gab ich schließlich klein bei, obwohl sich alles in mir dagegen sträubte, „wenn es für dich in Ordnung ist", fügte ich rasch hinzu und blickte zu Charlie, denn immerhin war *er* in dieser Nacht mein Gast, wenn auch überraschend. Vermutlich hatte Charlie nicht geplant, bei mir in Zennor zu bleiben, doch nachdem wir beide auf dem Waldsofa eingeschlafen waren, fanden wir uns in dieser – zugegebenermaßen – etwas seltsamen Situation wieder. Doch wer wäre ich gewesen, ihn um diese Uhrzeit und zu Fuß zurück nach St. Ives zu schicken?

„Natürlich. Außer du möchtest, dass ich heimgehe?" Selbstverständlich wollte ich, dass er blieb!

„Auf gar keinen Fall", erwiderte ich blitzschnell. „Ich fände es schön, wenn du dableibst."

„Danke", antwortete er leise, so dass es nur ich hören konnte. „Ich bin sowas von hundemüde, dass ich vermutlich nicht mal mehr den Weg nach Hause antreten kann." Er lächelte beseelt, nickte Jack kurz zu, ehe er mir die Taschenlampe reichte und gemächlich ins Cottage schlenderte.

„Er ist nicht eifersüchtig?", wollte Jack wissen, der ihm verdutzt hinterher sah.

„Er hat keinen Grund."

„Du hast dich ja schnell getröstet." Jack verschränkte beleidigt die Arme und setzte seinen berüchtigten Röntgenblick auf, den er bisher immer dann anwendete, wenn er beabsichtigte, mich zu verunsichern. Ich hingegen hielt stand und ließ mich diesmal davon nicht einschüchtern. Dass Charlie und ich kein Paar waren, verschwieg ich indes. Vielleicht war es gar nicht schlecht, wenn Jack davon ausging, dass wir verliebt waren.

„Erzähl mir nichts. Ich weiß, dass du durch die Clubs streifst und dich mit anderen Frauen vergnügst, sie mit in unsere Wohnung schleppst und dort …"

„Okay, okay", unterbrach er mich barsch und hob die Hand. „Aber ich schulde dir keine Rechenschaft, Ashley. *Du* hast schließlich *mit mir* Schluss gemacht!"

„Ich würde eher sagen, ich habe unsere Beziehungspause beendet. Das war doch keine Partnerschaft mehr, Jack." Während ich in der Gegenwart von Charlie stets Schmetterlinge verspürte, die wie Sturzbäche durch meinen Körper rauschten, ließ mich die unerwartete Begegnung mit Jack fast kalt. Fast, weil ich ihn in- und auswendig kannte und eine gewisse Basis zwischen uns vorhanden war, die jedoch in den letzten Monaten einen Totalschaden erlitten hatte und nun einem Trümmerfeld glich. Dass er mit anderen Frauen schlief, machte die Lage nicht besser. Im Gegenteil. „Und auch ich bin dir keine Rechenschaft schuldig. Warum also bist du hier?" Ich fühlte mich von ihm herausgefordert. Außerdem ergab es nach wie vor keinen Sinn, dass er mitten in der Nacht vor meinem Haus aufkreuzte.

„Können wir ins Haus gehen? Hier draußen ist es nicht gerade gemütlich." Er schlang die Arme um seinen fröstelnden Körper. Ich zuckte verhalten die Achseln. „Von mir aus." Ich war nicht gerade begeistert davon, meinen Ex im Haus zu haben, schon gar nicht, wenn der Prinz meines Herzens unverhofft die Nacht bei mir verbringen würde. Aber sei's drum. Und obwohl ich Jack nichts zu sagen hatte, schien es mir unfair, ihn vor der Tür frieren zu lassen. Ich kam langsam auf ihn zu und öffnete die Haustür. Nun, da er direkt vor mir stand, erkannte ich, dass Jack echt fertig aussah. Er hatte gerötete Augen und seinen Schlafzimmerblick aufgesetzt, der ihn zerstreut und wirr wirken ließ. Das schwarze Haar stand in allen Richtungen ab und seiner Kleidung zufolge hatte er nicht gegoogelt, mit welchen Temperaturen er in England rechnen musste.

„Wenig geschlafen", murmelte er, als könnte er meine Gedanken lesen, als ich ihn von oben bis unten abwertend scannte. „Und der Jetlag kommt auch noch dazu. Aber das kennst du ja als Vielreisende."

Ich nickte halbherzig und ging einen Schritt zur Seite, sodass er eintreten konnte. Jack roch bei jeder Bewegung penetrant nach einem Männerdeo, das mir unangenehm in die Nase stieg. Ich beobachtete ihn. Er schaute sich interessiert in meinem Cottage um, studierte die Bilder und Malereien meiner Granny und lief auf und ab, gar so, als würde er nichts verpassen wollen. Ob er nun endlich verstand, warum ich hier sein wollte? Als sein Blick auf die Leiter fiel, verkrampften sich seine Mundwinkel.

„Wartet er dort oben auf dich?"

Das hoffte ich zumindest und nickte zaghaft. Ob es sich Charlie tatsächlich in meinem Bett bequem gemacht hatte? Oder wählte er eines der Gästezimmer, die derzeit nicht mehr als Abstellkammern waren und lag nun zwischen Koffern, dem Nähzeug meiner Granny und anderem Gerümpel auf dem Boden? Was für ein befremdliches Gedankenspiel …

„Na dann. Beeindruckende Unterkunft“, säuselte er mit Unbehagen im Blick, das wohl Charlie galt.

So wie ich Letzteren einschätzte, ließ er mir genügend Freiraum, um die Sache eigenständig zu klären. Er würde vielleicht eingreifen, wenn ich ihn darum bitten würde oder in Gefahr wäre. Aber keinesfalls dachte ich, dass er sich *einfach so* aufdrängen würde, das war nicht sein Stil. Denn Charlie war nicht nur hoffnungslos romantisch – er besaß auch einen gewissen Freiheitsdrang, den ich bestens nachvollziehen konnte. Weder er noch ich waren Klammeräffchen, die den anderen mit Liebe erstickten, wobei... so weit waren wir ja noch gar nicht.

Erschöpft und ungefragt ließ sich Jack auf das Sofa plumpsen und legte anstandslos die Füße hoch. Er trug zerrissene Jeansshorts, ein weißes Shirt mit dem Aufdruck seines Lieblingsfootballteams und abgewetzte Chucks, die wir einst zusammen gekauft hatten. Dreckige Schuhe auf der eleganten Couch meiner Granny? Ich wurde ungehalten und räusperte mich laut, er grinste schief und zog dann die Schuhe umständlich mit seinen Füßen aus. Ich verzog angeekelt das Gesicht. Würden seine Füße nach der langen Reise nicht fürchterlich stinken?

„Du hast den gleichen, peniblen Putzfimmel wie immer, Ash.“

„Und du bist der gleiche Chaot wie immer!“

„Entspann dich, Baby.“

Ich schnaubte. „Deshalb bist du extra nach Cornwall geflogen? Um mir zu sagen, dass ich mich entspannen soll? Ich war entspannt, bis du hier plötzlich aufgetaucht bist!“

„Ich bin hier, weil ich um uns kämpfen werde. Morgen – wenn ich ausgeschlafen habe.“

„Das ist doch nicht dein Ernst!“ Ich heftete meinen Blick angewidert auf seine Schuhe, die nun achtlos auf dem Fußboden lagen. „Als wäre diese Beziehung noch zu retten! Ich bin doch nicht dein Spielball.“ Was erlaubte sich dieser Kerl eigentlich? Er machte keineswegs den Anschein, mich zurückerobern zu wollen. Oder hatte ich von solchen Absichten völlig falsche Vorstellungen wie Rosen und Klagelieder? Ganz abgesehen davon, dass mir seine Bemühungen vermutlich am Allerwertesten vorbeigehen würden. Ich war fertig mit Jack!

„Hör zu! Ich will ja nicht unhöflich sein, aber wäre es nicht besser, du gehst in ein Hotel?“ Aber Jack antwortete nicht – er war bereits auf meinem Sofa eingeschlafen.

„Du Mistkerl“, fluchte ich leise und verschwand wutentbrannt ins Obergeschoss. Doch mein Zorn verwandelte sich augenblicklich in Herzklopfen, als ich Charlie O’Sullivan in meinem Bett erspähte. Friedlich schlummernd lag er in meinen Laken, den Kopf tief in die Kissen gedrückt. Ich hielt die Luft an. Was sollte ich jetzt bloß tun? Mich zu ihm legen? In eines der Gästezimmer ausweichen und zwischen all dem aussortierten Kram ruhen? Nein! Ich würde doch nicht in der Rumpelkammer pennen, während Adonis mit seinem muskelbepackten Stahlkörper in meinem Bett lag. Also huschte ich ins Badezimmer, zog mich dort um und legte mich anschließend leise zu ihm ins Bett. Als ich sanft über seine Hand strich, reagierte er nicht. Offenbar schlief er tief und fest wie ein Murmeltier. Beim

Blick auf seine weichen, wohlgeformten Lippen wurde ich schwach. Warum hatte ich mich von ihm abgewendet, als er mich küssen wollte? Es war doch das, was ich die ganze Zeit über ersehnte... vielleicht musste ich die Vergangenheit endlich ruhen lassen und mich auf neue Möglichkeiten fokussieren. Ich nahm all meinen Mut zusammen und hauchte ihm schließlich einen flüchtigen Kuss auf die Lippen.

„Mylady", murmelte er kaum verständlich und drehte sich seitwärts, ohne die Augen zu öffnen. Als seine Hand nach mir langte, meinen Arm umfasste und mich zärtlich an seinen Körper zog, ließ ich mich zufrieden neben ihm nieder. In dieser Nacht würde ich ganz wunderbar schlafen.

Am nächsten Morgen war meine Laune jedoch rasch auf dem Tiefpunkt angelangt. Nicht nur, weil ich alleine im Cottage aufwachte und beide Männer spurlos verschwunden waren, sondern auch, weil ich mich von einer gewissen Person namens Trish hintergangen fühlte. Charlie hatte mir eine Nachricht auf dem Küchentisch hinterlassen, die ich mit fröhlichen Herzsprüngen las.

Guten Morgen, Mylady. Gut geschlafen? Danke, dass ich bleiben durfte. Ich hoffe, dass es dir keine Umstände gemacht hat? Musste früh aufstehen, um zur See hinauszufahren. Charlie.

Doch ehe ich mich meinen himmlischen Gefühlen für ihn hingeben konnte, las ich den anderen Zettel,

der direkt daneben lag, aber längst nicht so gut leserlich geschrieben war und dessen Worte mein Innerstes
in keiner Weise berührten.

*Triff mich vor dem Sea-Inn. Um 11. Ich warte auf dich.
Jack.*

Zennor, 2018

Das Freizeichen ertönte, als ich mich unter Tränen in den Sessel krallte und abwartete, dass Granny endlich den Hörer abhob. Wie sollte ich es ihr nur beibringen? Ihr einziges Kind war bei einem Unfall gestorben. Ich weinte bittere Tränen, war kaum noch in der Lage, aufrecht zu sitzen. Meine Schläfen pulsierten vor Stress und Panik, meine Knie zitterten wie Espenlaub, während ich mein Gewicht in den Hochlehner drückte. Es war vielleicht der schwerste Moment meines Lebens, über das zu sprechen, was mich Stunden zuvor völlig aus der Bahn geworfen hatte. Ich war froh, dass Rachel nun bei mir war, die sich liebevoll kümmerte und mich einfach festhielt.

„Williams?"

Als Granny abhob, stockte ich und sah Rachel mit weit aufgerissenen Augen an, die mir Mut machend zunickte.

„Granny? Ich bin es, Ashley", bekam ich gerade noch so raus, ehe meine Stimme in einem lauten Schluchzer erstickte. Ich verbarg mein Gesicht in meiner Hand, die sich rasch mit Tränen füllte. Rachel strich mir behutsam über den Rücken.

„Du schaffst das", flüsterte sie.

„Ashley? Kind, was ist denn los mit dir?" Natürlich
hatte Granny sofort bemerkt, dass etwas ganz und gar
nicht stimmte. Wir telefonierten regelmäßig, aber noch
nie hatte ich sie in solch einem Zustand angerufen. Ich
rang nach Luft. Immer und immer wieder, bis ich mich
einigermaßen gefasst hatte.

„Ashley?", versicherte sich Granny erneut. Sie machte
sich zweifelsohne Sorgen, aber ich war mir sicher, dass
sie nicht mit dem Schlimmsten rechnete. Und meine
Nachricht war das Schlimmste.

„Granny, ich …" Mein Blick wanderte zu einem ge-
rahmten Bild meiner Eltern, das in der Schrankwand
im Wohnzimmer stand. Wie glücklich sie mich anstrahlten! Ich konnte es kaum ertragen und sah sofort
wieder weg, ehe mir erneut Tränen in die Augen schossen.

„Sie sind tot", wisperte ich schließlich mit letzter
Kraft. „Mum und Dad sind tot." Stille. Dann hörte ich
am anderen Ende der Leitung einen Schrei, der mich in
Mark und Bein erschütterte. Mein Ohr dröhnte.

„Was redest du denn da?" Granny war aufgewühlt,
natürlich war sie das, und auch wenn ich sie nicht sehen konnte, wusste ich, dass sie in jenem Moment krei-
debleich anlief. „Tot", wiederholte sie schockiert.

„Es war ein Unfall. Heute Vormittag." Ich konnte inzwischen kaum noch reden und drückte mich an Rachel, die liebevoll ihren Arm um mich legte und tröstend über meinen Scheitel strich. Ich fühlte mich verloren wie ein untergehendes Schiff.

„Aber… aber was ist denn passiert?" Grannys Stimme
zitterte. Vielleicht musste sie sich irgendwo festhalten,
um nicht in Ohnmacht zu kippen.

„Ein Motorradunfall …", quälte ich kraftlos hervor. Wieder Stille. Die Verzweiflung, die meine Granny soeben übermannte, konnte ich in jeder Zelle nachfühlen. Weinend vergrub ich mich in Rachels Schoß. Warum war das Schicksal nur so gnadenlos?

„Bitte komm nach Phoenix. Ich schaffe es nicht ohne dich."

Granny atmete schwer und strengte sich hörbar an, gefasst zu wirken, als sie nach einer gefühlten Ewigkeit antwortete.

„Natürlich, Kind. Ich komme so schnell wie möglich zu dir nach Phoenix."

Kapitel 18

„Trish! Was zum Teufel hast du ihm erzählt?" Ich stand mit meinem Coffee-to-Go Becher vor dem Eingangsbereich des *Magic Roofs* und versuchte, einen kühlen Kopf zu bewahren, was mir angesichts der Lage sehr schwerfiel. „Jack stand einfach vor meiner Haustür – und das mitten in der Nacht!" Der einzige Grund, warum ich ihm deshalb dankbar sein konnte, war die Tatsache, dass Charlie und ich die Nacht anschließend im warmen Bett statt auf dem Waldsofa verbrachten.

„Es tut mir wahnsinnig leid, Ashley. Ich hatte mich wohl verplappert", ertönte es am anderen Ende der Leitung.

„Ich habe dir das im Vertrauen erzählt", erwiderte ich mit Nachdruck. Im Leben dachte ich nicht daran, dass sie mit der Info, dass ich für einen anderen schwärmte, sogleich zu meinem Ex eilen würde.

„Klar, du kannst mir auch weiterhin vertrauen. Ich hatte nicht damit gerechnet, dass Jack deshalb gleich nach England reisen würde... Wahrscheinlich wurde ihm klar, dass er dich verliert, wenn er nichts dagegen unternimmt."

„Warte – du wusstest davon?" Mir fiel vor Zorn beinahe der Becher aus der Hand. Wieso hatte sie mich nicht vorgewarnt? Was war das für ein Spiel, bei dem jeder nach seinen eigenen Regeln vorging?

„Er bat mich es dir nicht zu sagen. Jack wollte dich überraschen."

„Na, wenigstens schweigst du, wenn dich mein Ex darum bittet! Und richte ihm aus: Überraschung geglückt! Im negativen Sinne." Ich atmete tief ein und aus, um nicht gänzlich die Kontrolle über mein erhitztes Gemüt zu verlieren. In mir tobte ein Sturm! „Warum kam er überhaupt nach Cornwall?"

„Hat er dir das nicht gesagt?"

„Das er um mich kämpfen will? Als ich heute Morgen aufwachte, waren er und sein Auto verschwunden! Ich hatte nicht mitbekommen, dass sich mein ungebetener Gast frühmorgens wieder aus dem Staub machte."

„Hör zu, Ashley. Ihm ist klar geworden, dass er dich nicht an jemand anderen verlieren möchte. Du und deine Bekanntschaft in Cornwall, ihr seid noch nicht zusammen, richtig? Vielleicht erwägst du ja, Jack eine zweite Chance zu geben, wenn er sich so richtig reinhängt. Dass du dich ernsthaft für einen anderen Mann interessierst, stimmte ihn nachdenklich." Ich rümpfte die Nase. „Sag mal, spinnst du komplett? Hat er dich für diesen Schwachsinn bezahlt?"

„Ashley, ich weiß ja, dass es dumm gelaufen ist, aber ... oh...ich... ich muss jetzt leider auflegen, ein Meeting..."

„Schon klar. Es ist Michael, der dich auf deinem Schreibtisch vögeln will!" Ohne ein Wort des Abschieds beendete ich das Gespräch. Es dauerte eine ganze Weile, bis ich mich wieder beruhigt hatte. Seit wann steckten Trish und Jack unter einer Decke? Ich stöhnte genervt. Das konnte ja noch heiter werden. Als ich wenig später am von ihm vorgeschlagenen Treffpunkt erschien, fand ich mich schon bald in einer hitzigen Diskussion wieder.

„Ich bleibe in Cornwall, Jack, und zwar für immer! Ich weiß nicht, was du dir dabei gedacht hast, hier aufzutauchen!" Dass meine Szene vor einem kleinen Hotel in St. Ives stehend neugierige Mithörer wie magisch anzog, juckte mich nicht im Geringsten. Von mir aus durfte jeder hören, was ich zu sagen hatte. Jack sah peinlich berührt zu Boden, während ich ihm lautstark meine Meinung geigte. Da stand er also – in der gleichen Kleidung wie am Vorabend mit dem Unterschied, dass er diesmal frisch geduscht war. Mein Blick heftete sich auf seine Tattoos an Hals und Kopf, die mir sofort ins Auge stachen.

„Geht es etwas leiser, Ash?", zischte er.

„Oh, du willst es also leiser haben, ja? Ich sag dir jetzt mal was: Hier aufzukreuzen und so zu tun, als wäre alles in Ordnung ..."

„Das habe ich nicht eine Sekunde lang getan!", fiel Jack mir ins Wort und bewegte die lauschende Menge mit einer deutlichen Geste dazu, endlich weiterzuziehen. „Es ist überhaupt nichts in Ordnung, sonst wärst du nicht allein nach England gereist. Wir beide steckten schon länger in dieser verdammten Zwickmühle fest!" Ich schaute schweigend den Leuten nach, die davontrotteten und ließ mich auf einer Sitzbank nieder.

„Eine Zwickmühle? Wohl eher eine anhaltende Krise!"

„Ich habe über mein Verhalten nachgedacht. Wie ich mit dir umgegangen bin, war ziemlich beschissen."

Ich ächzte. Es gab keinen Grund, Jack eine Bühne zu bieten, immerhin hätte ihm all das schon viel früher einfallen können. „Wo warst du heute Morgen? Mein Cottage ist kein Motel, verstanden? Du kannst nicht einfach kommen und gehen, wann du willst!"

„Ich wollte weiteren Stress vermeiden. Und deinen Lover! Ich hatte schließlich nicht geplant, bei dir zu übernachten, bin wohl eingeschlafen."

„Charlie ist nicht mein Lover", fauchte ich wie eine Katze, der man absichtlich auf den Schwanz trat.

„Ich will nicht mit dem Briten konkurrieren, Ash. Aber vergiss bitte nicht, was uns beide verbindet. Du und ich, wir waren jahrelang ein Paar!"

„Erstens: Der Brite hat einen Namen. Er heißt Charlie." Ich rollte die Augen. „Und zweitens: Wieso jetzt, Jack? Es erschließt sich mir einfach nicht."

„Trish erzählte mir, dass du dich womöglich neu verliebt hast. Ich meine, Spaß haben, okay. Aber sich verlieben? Das geht gar nicht. Wir beide gehören zusammen."

„Das bezweifle ich doch sehr stark." Ob er sie noch alle beisammen hatte? Herumvögeln war also in Ordnung, aber sich zu verlieben blieb ausgeschlossen? Ich konnte mich nicht daran erinnern, dass wir diesbezüglich einen Pakt geschlossen hatten. Er schritt auf mich zu, wollte mich vielleicht umarmen, aber ich dachte nicht daran, ihn an mich heranzulassen und wich sofort aus.

„Sei vernünftig! Du kennst diesen Typ doch gar nicht."

„Natürlich tu ich das! Er kannte sogar meine Granny. Charlie half mir, den Garten des Cottages auf Vordermann zu bringen. Und im Gegensatz zu dir stellt er nichts von dem infrage, was ich tue oder plane!“

„Mag sein, dass er mir in dieser Hinsicht überlegen ist. Aber er kennt dich nicht so, wie ich es tue.“

Ich wollte kontern, biss mir jedoch auf die Zunge. Jack kannte mich wortwörtlich in jeder Situation meines Lebens, das war ein unleugbarer Fakt. Dennoch hielt ich mir vor Augen, dass unsere beste Zeit längst hinter uns lag.

„Nun... du bist hierhergekommen, weil du mir *was* sagen möchtest?“ Mit dem Fuß zog ich große Kreise auf dem Bordstein. Diese fruchtlose Diskussion war ermüdend.

„Ashley Hopkins. Mir ist klar geworden, dass ich dich liebe. Mehr als alles andere. Mein Verhalten bitte ich zu entschuldigen. Dass du dich jetzt von mir abwendest, kann ich durchaus verstehen. Aber wir alle machen Fehler in unserem Leben.“

„Der eine mehr, der andere weniger“, fügte ich gehässig hinzu.

„Der Kuss auf der Hochzeit geschah aus reinem Frust. Ich wollte mich in den Armen einer anderen trösten, ich geb’s ja zu.“

„Und im Club?“

„Hat Trish dir das etwa erzählt?“

„Ja, das hat sie!“

„Verstehe. Nun, das waren wohl meine Triebe, die ich nicht kontrollieren konnte. Aber das ist jetzt vorbei, ich schwöre es. Ich will dich nie wieder verletzen.“

„Du kannst tun und lassen, was du willst, Jack. Bist ein freier Mann! Zwischen uns beiden ist es …“

„Sagst du es mir ins Gesicht?“, unterbrach er mich. „Du stammelst es immer nur vor dich hin!“ Ich hob den Blick und schaute in die Augen, die mir bei unserer ersten Begegnung noch Gänsehaut bescherten. Jetzt war da nichts mehr, außer viel Groll und Vorhaltungen, wer wohl die Schuld am Ende unserer Beziehung trug.

„Ich sage es dir gerne ins Gesicht. Es ist aus. Ein für alle Mal.“

Er wirkte überrascht. „Das kannst du einfach so, ohne mit der Wimper zu zucken?“

„Siehst du ja!“

„Darf ich?“, fragte er, trat zu mir, ohne meine Antwort abzuwarten, und als ich ein Stück wegrutschen wollte, langte er nach meiner Hand und führte sie zu seinem Herzen.

„Fühlst du das, Ash? Du bringst mein Herz noch immer dazu, aus dem Takt zu geraten.“

„Wenn du unter Herzstolpern leidest, solltest du dringend einen Arzt aufsuchen.“

„Oh, Ash. Dein Sinn für Humor ist unersetzlich, weißt du das?“ Seine Finger glitten über mein Gesicht. Wäre ich ein Hund gewesen, hätte ich wohl zugebissen. „Hör auf damit“, raunte ich.

„Ich weiß aber, dass es dir gefällt, wenn ich über deine Wangen streichle. Und du weißt, dass ich meine Methoden habe, dich glücklich zu machen. Ich wette, Charlie beherrscht das längst nicht so gut wie ich.“

„Jack, es reicht jetzt!“ Ich packte grob seine Hand und hielt sie drohend fest. „Das geht zu weit.“

„Was kann ich tun, um dich zu überzeugen? Sag es mir."

„Weißt du was? Ich werde gehen. Lass mich bitte in Frieden!"

„Wie du meinst. Dann gib mir noch einen allerletzten Kuss und wir beenden das Ganze! Hier und jetzt."

„Nein!" Ich sprang empört auf. „Was ist denn in dich gefahren?" Jack griente, als wäre er ein ganz unwiderstehlicher Hecht, der sich alles nehmen konnte, was sein Herz begehrte. Einschließlich mir. Er war fast zwei Köpfe größer als ich und es war ihm ein Leichtes gewesen, mich herrschsüchtig an seinen Körper zu drängen.

„Küss mich, Ash." Er blickte mir tief in die Augen, als er mich aufforderte, meine Prinzipien über Bord zu werfen. Aber selbst die schöne Kulisse von St. Ives konnte diese Situation nicht romantisieren. Ich wollte ihn nicht küssen!

„Das werde ich garantiert nicht tun!"

„Schön! Dann werde ich es tun. Wirst du den Kuss wenigstens erwidern?"

War er verrückt geworden? „Lass mich sofort los oder ich schreie! Ich zähle bis 3." Meine Wut ließ den Mistkerl gänzlich unbeeindruckt. Er drückte meinen Körper noch stärker an sich heran, sodass ich mich nicht mehr wehren konnte. Meine Arme und Beine hielt er derweil in einer Art Klammergriff fest, als sich sein Gesicht bedrohlich näherte.

„Ein Kuss und du bist mich los. Du hast mein Wort."

Ich wollte schreien, aber im gleichen Moment drückte er seinen Mund auf meine Lippen. Jacks Zunge forderte Einlass, doch ich blockierte, indem ich meine Zähne zusammenpresste und eine Sperre bildete. Das

Gefühl der Abneigung, das er in mir auslöste, als er mich gegen meinen Willen küsste, überschattete alles. Fast alles. Denn obwohl mein Körper in einer Art Starre verharrte, hörten meine Ohren immer noch sehr gut.

„Ashley?"

Jack ließ von mir ab, ich riss mich los und schaute in das entgeisterte Gesicht von Mr O'Sullivan, dessen Backen glutrot anliefen. „Oh! Ein neuer Mann an deiner Seite? Ich dachte schon, du und Charlie… habe mich wohl geirrt?"

Ich schluckte schwer.

„Mr O'Sullivan. Es… bei meinem Leben, es ist nicht so, wie es aussieht." Auch mein Kopf lief hochrot an. Wie konnte ich mich aus dieser Situation bloß herausreden? Es musste so ausgesehen haben, als würde ich ihn freiwillig küssen. Und auf Jack war wie immer Verlass.

„Im Gegenteil. Es ist genauso, wie es ausgesehen hat, Sir. Mein Name ist Jack, ich komme wie Ashley aus Phoenix, Arizona und wir beide kennen uns schon seit mehreren Jahren. In diesem Sinne. Schön, Sie kennenzulernen." Er reichte Mr O'Sullivan die Hand, der müde lächelte und ein kaum hörbares „freut mich" entgegnete. Den Handschlag hingegen ignorierte er.

„Was redest du da, Jack?" Ich versuchte, die Situation zu retten „Sir, bitte glauben Sie mir, ich wollte ihn nicht küssen."

„Du musst dich vor mich nicht rechtfertigen, Ashley. Ich denke, das solltest du mit Charlie klären."

Ich fühlte mich hilflos, als würde er mir kein einziges Wort glauben. Aber konnte ich ihm das verübeln? Der Kuss hatte für sich gesprochen! Jack machte derweil keinerlei Anstalten, die Sache aufzuklären. „Oh, wenn ich dich schon sehe, Ashley. Deine Rechnungen habe ich bezahlt."

„Vielen Dank, Sir."

„Du lässt dir von ihm die Rechnungen bezahlen?" Jack kratzte sich kurz am Kopf und grinste dann hämisch. „Und ich dachte schon, ich sei dreist."

„Es ist nicht dreist", wurde er von Mr O'Sullivan wissend korrigiert. „Es geht alles mit rechten Dingen zu, keine Sorge, junger Mann."

Es war mittlerweile Mittag geworden und der geschäftige Trubel der Innenstadt hielt Einzug. Ich sah angespannt die Straße hoch in der Hoffnung, einen Ausweg aus dieser beklemmenden Lage zu finden. Mr O'Sullivan musste mich für den größten Trottel aller Zeiten halten! Für eine Betrügerin, die eiskalt mit dem Herzen seines Sohnes spielte. Und als hätte es nicht viel schlimmer kommen können, sah ich plötzlich Amy, die aus einem Shop herausstolperte und eifrig winkte, als sie mich erspähte. *Auch das noch* wütete es in meinem Kopf.

„Hey! Wie geht's denn so? Lange nicht mehr gesehen!" Ich stutzte. Genaugenommen sahen wir uns zuletzt am Vortag. Um nicht unhöflich aufzufallen, setzte ich ein künstliches Lächeln auf und winkte zurück. Doch diese Rechnung hatte ich diesmal ohne den Wirt gemacht. Meine Gesichtszüge entgleisten, als sie ungeachtet an mir vorbeistürmte und Mr O'Sullivan freudig um den Hals fiel. Ich stockte. Na, die beiden waren sich aber vertraut.

„Was zum ...", flüsterte ich, sodass es niemand außer mir hörte. Nicht einmal Jack, der seinen Arm um meine Schulter legte. Ich schubste ihn unsanft beiseite.

„Amy! Wie schön dich wieder mal zu sehen. Geht es dir gut?" Mein Herz hämmerte Schlag auf Schlag. Sie kannten sich? War das nur ein Zufall oder bedeutete es endgültig, dass …? Mir wurde vor Panik ganz schwummrig und ich hielt mich an Jack fest, um nicht den Boden unter den Füßen zu verlieren. Er beäugte mich zufrieden, als würde es ihm gefallen, dass ich auf einmal Halt bei ihm suchte.

„Vielen Dank der Nachfrage, Mr O'Sullivan. Mir geht es blendend und Ihnen auch, wie ich sehe."

Er gluckste fröhlich, eher er sich mir erneut zuwendete. „Oh, darf ich dir Ashley vorstellen? Sie ist Amerikanerin und lebt momentan in Zennor. Sie ist die Erbin des Williams-Cottage."

Ich lächelte nervös. Amy drehte sich hastig zu mir und ihr Blick ähnelte dem eines Wolfes, der jederzeit bereit war, sein Opfer in Stücke zu reißen.

„Das Williams-Cottage? Ach, tatsächlich?", wiederholte sie schnippisch. Sie trug ein schwarzes, eng anliegendes Kleid und ich suchte vergeblich ihren Babybauch. Wahrscheinlich war es noch zu früh, um etwas zu erkennen. Oder es war eine *Lüge.*

„Sie kennen Amy?", fragte ich unbeholfen, dabei war es offensichtlich, das dem so war.

„Aber ja. Amy und Charlie waren vor geraumer Zeit ein Paar." *Ratsch!* Das saß wie eine Ohrfeige! Die Bestätigung meiner Albträume präsentierte sich auf einem ausrangierten Silberteller. Was Mr O'Sullivan so lapidar aussprach, ließ mir das Blut in den Adern gefrieren. Es war niemals Will, sondern immer Charlie gewesen.

„Du kennst Charlie?", fragte sie an mich gewandt und raunte ein „Dann lag ich also richtig."

Ich krallte mich noch tiefer in Jacks Arm und mir entging nicht, dass er bereits schmerzverzerrt das Gesicht verzog. Weder Amy noch ich sprachen es aus. Es brauchte keine weitere Kommunikation, um diese verdammte Situation aufzuklären. Sie war die Ex, ich war die Bekanntschaft an Charlies Seite, doch der gravierende Unterschied war, dass sie vermutlich ein Kind unter dem Herzen trug. Sein Kind? Vielleicht war er gar nicht der Vater... aber die Wahrscheinlichkeit stieg für mich ins Unermessliche. Ich verkniff mir einen hysterischen Ausraster, der einem Nachbeben gleichen würde.

„Und ihr beide kennt euch auch?", wollte Mr O'Sullivan wissen und reckte sein Kinn neugierig in die Luft. Ich erkannte rötliche Bartstoppeln, die zahllos aus seinem Hals sprießten.

„Würde ich so nicht sagen", lenkte ich zaghaft ein.

„Ich schon!" Amy verschränkte die Arme und blickte jetzt so finster drein, als würde eine nie endende Sonnenfinsternis über uns hereinbrechen.

„Wir hatten das Vergnügen im *Magic Roof.* Weißt du nicht mehr, Phoenix?"

„Weiß ich noch", gab ich hüstelnd von mir und vermied es, Amy in die Augen zu blicken.

„Und du bist ...?", fragte sie mit ungewöhnlich hoher Stimme an Jack gewandt, der ihren Blick gelassen erwiderte.

„Ich bin Jack. Aus Amerika."

„Ist nicht wahr!" Ihre Augen blitzten auf und als er sich kichernd an mich heranrückte, lächelte sie sogar. „Dann seid ihr zwei wieder ein Paar?" Ihre Augen wanderten zu mir und scannten mich ab. Wahrscheinlich hoffte sie, dass er mich zurück in die Staaten holte und ich Amy mit ihrem Ungeborenen nicht länger im Weg stand. Vielleicht sollte ich sie einfach aufklären, dass zwischen Charlie und mir nichts lief? Zumindest noch nicht …

„Nein, wir sind kein Paar", löste ich ihre Hoffnungen auf und befreite mich schnaubend aus Jacks Umarmung, der nur widerwillig losließ.

„Und warum bist du dann hier, Jack?"

Er zuckte unsicher die Schultern. Wahrscheinlich wollte er sich nicht der Blöße hingeben, dass er den langen Weg auf sich nahm, um dann abserviert zu werden.

„Geht dich auch gar nichts an", bemerkte ich frech.

„Wie auch immer!" Mr O'Sullivan klatschte laut in die Hände. „Ich muss zurück in den Laden."

„Hat mich sehr gefreut, Sir." Jack reichte ihm zum Abschied erneut die Hand und diesmal griff O'Sullivan beherzt zu.

„Gute Rückreise nach Phoenix", wünschte er. „Ashley, Amy. Wir sehen uns."

„Auf Wiedersehen", verabschiedeten wir uns gleichzeitig, warfen uns unerbittliche Blicke zu, und als er in eine Gasse einbog und außer Sichtweite war, trat Amy bedrohlich näher.

„Halte dich von Charlie fern", knurrte sie und sah zu Jack, der von der brünetten Schönheit offenbar angetan zu sein schien. Ich rollte die Augen. „Sag deiner Freundin gefälligst, dass sie die Finger von meinem Freund lassen soll", befahl sie ihn.

„Ex-Freund!", konterte ich.

Jack hingegen nickte zustimmend und boxte mich grob in die Seite. „Da hörst du es, Ash. Schon wieder.

Lass das mit Charlie einfach gut sein!" Ich verkniff mir eine Antwort.

„Ich meine es ernst, Phoenix. Charlie war mein Freund – bis du hier aufgetaucht bist." Sie schielte wieder zu Jack, gar so, als würde sie noch mehr Zuspruch von ihm erwarten.

„Ich denke nicht, dass du dich auf eure vergangene Beziehung berufen solltest", fiel ich mutig ein. Es war mir ziemlich egal, was diese Person von mir hielt. „Charlie macht nicht gerade den Eindruck, dich zu vermissen. Im Gegenteil."

„Das wird sich ändern. Darauf hast du mein Wort." Ihre Augen blitzten auf wie Eis. „Spätestens, wenn er erfährt, dass er Vater wird, lässt er dich im Regen stehen."

Ich zauderte. Ob das wirklich stimmte? Oder wollte sie mich nur verunsichern? Aber was, wenn Amy entgegen meiner ersten Annahme die Wahrheit sagte? Das wäre das Aus, ehe ich überhaupt den Mut hatte, Charlie endlich meine Gefühle zu gestehen.

Kapitel 19

Nachdem Jack endlich in sein Hotel zurückgekehrt und Amy mit hämischem Grinsen abgezogen war, schlenderte ich alleine an den Hafen. Mein Kopf dröhnte. Es war schrecklich, an die Folgen zu denken, wenn Amy tatsächlich von Charlie schwanger wäre. Ich wusste, dass sein Kutter demnächst im Hafen anlegte, weshalb ich nicht zu meinem Cottage zurückkehrte, sondern ihn direkt in St. Ives darauf ansprechen würde. Ich konnte das keine Sekunde länger für mich behalten! Der Arme ahnte noch nicht, was da auf ihn zukam. Ich konnte nur hoffen, dass er die Lage ähnlich wie ich einschätzte und eine Vaterschaft anzweifelte. Stöhnend ließ ich mich in den Sand sinken, der weich und feinkörnig war und längst nicht so trostlos wie meine Gedanken. Ob Jack kapiert hatte, dass ich nicht an einem Comeback interessiert war? Oder war das erst der Anfang? Bisher hatte er sich jedenfalls nicht reingehängt, mich zu erobern. Weder schenkte er mir Blumen, noch trug er ein Gedicht vor, wobei diese Erwartungshaltung meinerseits überzogen war, würde ich ihn doch sowieso abblitzen lassen. Aber immerhin – er hatte das Gespräch gesucht und die Dinge beim Namen genannt. Das war ihm hoch anzurechnen, schließlich hatte er einen hohen Preis gezahlt, um nach Cornwall zu reisen – und das nicht einmal im übertragenen Sinne. Dennoch würde es meine Meinung nicht mehr ändern. Die Entscheidung, in England zu bleiben, wollte ich unabhängig von einem Mann treffen. Aber wie würde es mir ergehen, wenn Charlie und Amy Eltern sein würden? Wahrscheinlich würden wir uns andauernd über den Weg laufen. Und ihn mit seiner Familie zu sehen, war nicht gerade etwas, dass ich anstrebte. Im Gegenteil. Der bloße Gedanke daran war eine Qual. Was Granny mir wohl raten würde? Vermutlich wäre sie der Meinung, erst abzuwarten und Zeit verstreichen zu lassen. Wir waren ja nicht einmal zusammen, aber dass ich echte Gefühle für Charlie hegte, konnte ich trotz allem nicht leugnen. Verdammt. Natürlich war es nichts Verwerfliches, wenn jemand ein Kind bekam. Im Gegenteil. Und eine Fehlgeburt wünschte ich Amy schon gar nicht, egal, ob ich sie nun mochte oder nicht. Das war moralisch keinesfalls zu vertreten. Ich konnte ihr kaum vorwerfen, dass sie schwanger war. Ich würde seiner Familie nicht im Weg stehen. Jedes Kind hatte das Recht darauf, zwei Elternteile zu haben, die sich bedingungslos darum kümmerten. Und vor allem die ersten Lebensjahre schienen von großer Bedeutung zu sein. Charlie hätte künftig sicher ganz andere Dinge im Kopf, von Windeln wechseln oder Kinderwagen schieben bis hin zu Köpfchen halten. Wahrscheinlich würde er mich zeitnah abschreiben und wir könnten nicht einmal miteinander befreundet sein, weil Amy das nicht wollte. Meine Hände buddelten planlos im Sand und der fischige Geruch anlegender Kutter, der mir streng in die Nase stieg, schüttelte mich. Es war aber nicht nur der Gestank, der mich um den Verstand brachte, sondern auch mein eigener Kopf, der sich in einem Teufelskreis wirrer Gedanken verlor. Ich fokussierte mich also auf Objekte in meiner Umgebung, um meinen Geist zu klären. Ich betrachtete die Bojen, die bei Ebbe auf dem Trockenen lagen und sich nun bei Flut friedlich im Wasser wogen. Die Möwen, die kreischend ihre Bahnen zogen und auf Fischabfälle warteten. Touristen, die Selfies vor der Küste schossen und darauf bedacht waren, die Farbverläufe des Wassers exakt einzufangen, wie ich bei einem gut gelaunten Paar mithörte. Es war ein solch seliger Ort. Manchmal, wenn es ganz ruhig war, fühlte es sich an, als wäre ich bis ans Ende der Welt gereist. Land's End war in der Tat nicht weit von hier entfernt, aber im Sommer stürmten die Touristen regelrecht das Ende der Nordküste Englands, weshalb ich einen Ausflug dorthin vorerst vermied. Ich überlegte. Vielleicht war ein Ausflug ja genau das, was ich im Moment brauchte. Etwas Abstand von all den Dingen, die wie aus dem Nichts aufgetaucht waren und mein Dasein in Cornwall plötzlich in ein anderes Licht rückten, konnte nicht schaden. Ich dachte an den Steinkreis, von dem Charlie mal erzählt hatte. Vielleicht war er eine Wanderung wert. Oder der *Crantock Beach*, an dem zahlreiche Erinnerungen hafteten. *Nein* vernahm ich eine drängende Stimme in mir, die kompromisslos fortfuhr, *das bringst du nicht übers Herz. Zu viele Emotionen.* Vor lauter Überlegungen hatte ich die Zeit um mich herum vollkommen vergessen. Kein Wunder, dass ich einen spitzen Schrei ausstieß, als Charlie plötzlich neben mir stand und sich laut räusperte. Er stank zum Himmel nach Fisch. Seine Arbeitskleidung schillerte vor Nässe und hier und da gewahrte ich Blutspritzer, deren Herkunft ich mir lieber nicht vorstellen mochte. Sein Haar war von der Feuchtigkeit lässig gewellt und als ich genauer hinsah, erkannte ich winzige Salzkristalle, die sich darin verworren hatten. Es sah ein bisschen aus wie Schnee, der sich im Sommer nach St. Ives verirrt hatte.

„Mylady? Du hier? Dann habe ich doch richtig gesehen, als ich oberhalb des Strandes entlang lief. Dein schönes Sommerkleid mit dem entzückenden Rückenausschnitt fiel mir sofort ins Auge. Deine Haarfarbe hat dich letztlich verraten." Seine Augen leuchteten, so wie immer, wenn er mich sah, und noch dazu grinste er begeistert. Und obwohl er – frisch von der See kommend – vogelwild aussah und echt übel roch, tat es meinen heimlichen Gefühlen für ihn keinen Abbruch. Charlie O'Sullivan würde ich selbst in einem ausgehöhlten, riesigen Fischkörper steckend anhimmeln und verehren.

„Freut mich auch, dich zu sehen." Er streckte seine Hand nach mir aus, ich griff zu und dann zog er mich mit einem Ruck hinauf. Ich geriet kurzzeitig ins Taumeln.

„Wäre schade, wenn du dein hübsches Kleid im Sand ruinierst", bemerkte er mit Blick auf den fließenden Stoff, der geschmeidig meinen Körper umschmeichelte.

„Ach, das hält es schon aus."

„Ist es etwa salzresistent?" Er hob die Augenbrauen und was für mich zuerst wie ein Wortwitz klang, schien er verdammt ernst zu meinen. Ich zuckte lachend die Schultern.

„Was führt dich eigentlich hierher? Die Sehnsucht nach dem Meer?"

„Ich muss mit dir reden, Charlie."

Er neigte den Kopf seitwärts und seine Augen musterten mich aufmerksam. Da fiel mir plötzlich ein, dass es ja nicht nur um Amy und die Schwangerschaft, sondern auch um Jack und mich ging. Mr O'Sullivan hatte uns in flagranti erwischt, wobei ich vollkommen unschuldig war, wenn man bedenkt, dass Jack *mir* den Kuss auf die Lippen drückte, nicht andersrum. Aber vermutlich sah es für einen Außenstehenden völlig anders aus... ob ich es wirklich erwähnen sollte? Genau genommen waren Charlie und ich kein Paar und ich musste somit keine Rechenschaft ablegen. Andererseits würde es ein schlechtes Bild auf mich werfen, wenn er es im Nachhinein von seinem Dad erfuhr – oder? Aber hatte Mr O'Sullivan nicht gemeint, er halte sich da raus? Ich strauchelte.

„Hat es etwa mit diesem Jack zu tun? Wo war er heute Morgen überhaupt? Als ich mich aus dem Cottage schlich, waren er und sein Leihwagen bereits verschwunden."

„Er... er schlief wohl ein und als er aufwachte, machte er sich schleunigst aus dem Staub."

„Kluger Junge." Charlie schüttelte grinsend den Kopf. „Er hätte dich auch einfach anrufen können, statt mitten in der Nacht das Cottage anzupeilen, um dann nach kurzem Wortwechsel einzupennen."

Ich stimmte zu. Das hätte Jack viel Geld und einiges an Enttäuschung gespart – und mir Nerven, die ich für eine ganz andere Sache benötigte.

„Wird er wieder zurückreisen?"

„Frag mich etwas Leichteres. Ich kann mir jedoch nicht vorstellen, dass er hier auftaucht, die Pferde scheu macht und dann wieder abhaut, als wäre nichts gewesen.“

„Ja, so dumm wäre wohl nicht einmal er. Sag mal… nimmst du es mir eigentlich übel, dass ich bei dir übernachtet habe?“

„Nein… nein, ich… fand es sogar sehr schön“, stammelte ich verlegen.

„Ja, das fand ich auch. Nur der Rückweg heute Morgen hat mir alles abverlangt. Ich musste joggen, um rechtzeitig zur Arbeit zu kommen.“

Ich lachte. „Ich hätte dich auch gefahren, Charlie.“

„Ach, komm schon, Mylady. Das Auto deiner Granny steht doch nur zur Deko am Schotterstreifen. Du fährst nie mit dem Wagen.“

Da hatte er recht. Wenn ich nicht zu Fuß unterwegs war, nahm ich das Rad.

„Und außerdem hast du so selig geschlafen, dass es mir nicht mal in den Sinn kam, dich zu wecken.“

Ich wurde bei seinen warmen Worten ganz nervös und trat unsicher auf der Stelle. Was ihm wohl durch den Kopf ging, als er mich schlafend sah?

„Ähm… hast du noch was vor?“

„Jetzt?“ Ich geriet ins Stocken. „W… wieso?“ Meine Stimme wurde zittrig.

„Nun… ich dachte, wenn du schon hier bist, dann könntest du mich vielleicht begleiten?“

„Dich begleiten?“, wiederholte ich langsam. „Du meinst…“

„Zu mir nach Hause, ja.“

War ich bis eben noch angehalten, ihn endlich auf Amy anzusprechen, so geriet ich nun ein weiteres Mal ins Wanken. Und ja, verflucht, ich wollte ihn begleiten!

Er kramte in seinem Rucksack nach dem Hausschlüssel, während wir eine Steigung hochliefen, die zu seiner Wohnung führte. Links und rechts von uns vernahm ich kleine Lädchen, die hauptsächlich mit Malereien warben. Es herrschte schon eine tolle Stimmung hier in St. Ives, das so verträumt, charmant und pittoresk war, dass es jeden in seinen zauberhaften Bann zog. Wenige Schritte weiter erreichten wir sein Apartment in einer Sackgasse, das einen verbauten Blick aufs Meer hergab. Dafür war es nicht überteuert und befand sich immer noch in imposanter Altstadtlage. Charlie zog den Reißverschluss seines Fischeroveralls auf und ein Windhauch wehte mir den Gestank direkt in die Nase. Ich hielt die Luft an. Er schien mein Dilemma zu bemerken, als er mir den Hausschlüssel schmunzelnd in die Hand drückte. „Ich muss das unten im Keller ausziehen. Warte einfach in der Wohnung auf mich, ja? Zweites Obergeschoss, links."

Dankbar nahm ich die Schlüssel entgegen, ging in den zweiten Stock und sperrte auf. Beeindruckt sah ich mich um. Sein Apartment war picobello aufgeräumt – und dass, obwohl ich ein unerwarteter Gast war. Eine beschauliche Wohnung, die Charlie geschmackvoll eingerichtet hatte. Das meiste stammte wahrscheinlich von Ikea – er hatte auf jeden Fall einen Hang zum Skandinavischen. Die Atmosphäre der Wohnung wirkte insgesamt sehr freundlich; die hohen Wände blitzten weiß, die Fensterfront sorgte für behagliches Tageslicht und flutete den Raum, sodass er rasch größer wirkte. Der graue Zweisitzer, mit weißen Kissen dekoriert, stand mit dem Rücken zur Wand, gegenüber ein großer Fernseher, den Charlie mit einer Deckenhalterung befestigt hatte und deshalb zu schweben schien. Die Küchenzeile neben der Eingangstür war minimal gehalten, aber hochmodern ausgestattet und somit passend für einen Ein-Personen, allerhöchstens einen Zwei-Personen-Haushalt. Mir kam sofort in den Sinn, dass es für eine dreiköpfige Familie schwierig wäre, dieses Apartment zu bewohnen. Wenn sie sich also dazu entschließen würden, zusammenzuziehen, wäre Charlies Wohnung ungeeignet. Ich schnaubte genervt. Warum drehte sich alles nur noch um Amy? Deprimiert sah ich aus dem Fenster, das auf einen kleinen Balkon führte. Von dort blickte man auf die Dächer der Stadt und wenn man sich etwas seitwärts neigte, konnte man einen winzigen Meeresstreifen erkennen. Diese Gedanken über Charlie und Amy und das Unvermeidliche, *was wäre, wenn ...*, machten mich noch verrückt. Ich musste damit aufhören. Jetzt. Sofort. Als es an die Haustür klopfte, schlug mein Herz schneller. Nun konnten wir endlich ungestört miteinander sprechen und ich hoffte, dass ich den Mut fand, ihn zu küssen. Als er letzte Nacht bei mir schlief, hatte ich es schließlich auch hinbekommen. Wobei das eher ein Dornröschenkuss war. Ich hingegen sehnte mich nach echter Leidenschaft. Vielleicht wäre es besser, das Amy-Thema einfach mal beiseitezuschieben und mich gehen zu lassen. Ob ich das hinbekommen würde? Ja! Nachdem er mir die Schlüssel übergeben hatte, war ich nun diejenige, die Charlie in seine Wohnung ließ. Es klopfte wieder. Ich holte nochmals tief Luft, beruhigte mich, sagte mir, dass ich gut aussähe, öffnete und nur Sekunden später wichen mir jegliche Lebensgeister aus dem Gesicht. War das denn möglich!?

„Überra... Du?!" Das konnte doch einfach nicht wahr sein. Es war schon wieder Amy, die nun vor seiner Tür stand und das Ultraschallfoto überschwänglich in die Luft hielt, als würde sich irgendwer darüber freuen, dass sie ein Kind erwartet.

„Wo ist Charlie?", fragte sie kalt, als sie mich erkannte und stürmte an mir vorbei, ohne meine Antwort abzuwarten.

Ich fletschte angriffslustig die Zähne. „Du kannst hier nicht einfach so hereinpreschen!"

„Und ob ich das kann", korrigierte Amy mich scharf und band sich einen strengen Pferdeschwanz. „Ich bin die Kindsmutter! Was hast du hier zu suchen, Phoenix? Ich sagte doch – halte dich von ihm fern!"

„Als würde ich mir von einer Fremden irgendetwas sagen lassen", verbesserte ich sie nachdrücklich, ließ mich wieder auf die Couch plumpsen und zog den Saum meines Kleides zurecht. „Charlie und ich verstehen uns blendend, ob es dir nun passt oder nicht!"

„Es passt mir nicht! Bist du etwa hergekommen, um ihm von *unserem* Kind zu erzählen?"

Mir entging nicht, dass sie das Wort *unserem* ausdrücklich rau betonte.

„Das geht dich nichts an", konterte ich trocken, wobei ich mir nicht ganz so sicher war, ob diese Aussage wirklich stimmte.

„Oh, das tut es sehr wohl, Phoenix! Es geht vielmehr dich überhaupt nichts an!" Sie schritt mit erhobenem

Finger auf mich zu. „Du wirst schön die Klappe halten, verstanden?"

„Pass auf, wie du mit mir sprichst!", gab ich aufgebracht zurück und nahm eine aufrechte Haltung ein, um selbstsicher zu wirken.

„Ach ja? Hör zu, Phoenix; wenn du dich nicht augenblicklich aus dem Staub machst, dann …"

„Was dann?" Charlie, der frisch geduscht und nur mit einem Badetuch bekleidet in der Tür seiner Wohnung stand, musterte Amy abfällig. „Was willst du denn hier? Und warum schließt niemand die Tür?"

Sie wollte ihm schon das Ultraschallbild unter die Nase halten, aber ich sprang auf, eilte an ihr vorbei und stellte mich direkt vor Charlie, sodass seine Sicht auf Amy vorerst eingeschränkt wurde. „Geht es dir gut?", fragte er, anscheinend verdutzt von meinem Sprint, den ich soeben in seiner Wohnung zurückgelegt hatte.

„Du warst duschen?", fragte ich, die Augen auf das Badetuch um seine Flanken gerichtet. Noch bevor er antwortete, schmachtete ich seinen durchtrainierten Body an. Er war so göttlich anzusehen, dass ich mich ganz benommen fühlte. So sexy gebaut, so muskulös... Wie sich Charlies nackte Haut wohl anfühlte? Ich vibrierte.

„Ich dusche mich nach der Arbeit grundsätzlich unten im Keller. Da ist ein Waschraum …"

„Ein Waschraum?"

„Ja", er drehte den Kopf zur Seite, um einen Blick auf Amy zu erhaschen. Wahrscheinlich fragte er sich, was um alles in der Welt seine Ex in seiner Wohnung zu suchen hatte. „Dort ziehe ich auch meine Arbeitskleidung aus und gebe sie gleich in die Waschmaschine. Denkst du etwa, ich will den Geruch von Fisch in meiner Wohnung haben? Danke, aber nein danke." Er zwinkerte.

In der Tat war mir aufgefallen, dass es in Charlies Wohnung ganz und gar nicht nach Fisch stank. Die Luft roch so frisch, dass sich manch anderer Haushalt eine Scheibe davon abschneiden konnte.

„Nun zu dir", sagte er an Amy gewandt und schob mich zärtlich beiseite.

Oh nein hörte ich eine Stimme in meinem Kopf bedauern. Gleich würde sie ihn mit der Schwangerschaft konfrontieren und das könnte alles zwischen uns verändern, dabei hatte es noch gar nicht richtig angefangen. *Tu es nicht, Amy,* dachte ich verzweifelt, *tu es bitte nicht!* Charlie lächelte nicht, was wohl nur selten vorkam. Amy huschte hinter mir hervor, doch als sie in seine finstere Miene blickte, war auch ihr das Lächeln vergangen.

„Ich bin hier, um dir mitzuteilen, dass ..." Sie hielt inne und senkte betroffen den Blick.

Ich tat es ihr gleich und schaute auf die roten Keilriemensandalen, die ihre zierlichen Füße hübsch betonten. Es waren ja nicht nur diese verdammten Schuhe – auch das Kleid schmeichelte ihrem perfekt geformten Körper und betonte ihre üppige Oberweite. Warum musste diese blöde Gans nur so umwerfend gut aussehen? „Also, es ist so, dass ..." Ich schnaubte hörbar. Musste sie es so dermaßen dramatisieren? Anscheinend hatte sie plötzlich große Probleme, auszusprechen, um was es hier ging, weshalb ich kurzerhand beschloss, Amy unter die Arme zu greifen, auch wenn das nicht meine Art war. Eigentlich.

„Sie erwartet ein Kind“, platzte es aus mir heraus und ich ignorierte den hasserfüllten Blick, den Amy mir zeitgleich zuwarf.

„Ein Kind?“ Charlie lief kreideweiß an. „V… von mir?“

„Natürlich von dir.“

„Behauptet sie zumindest“, warf ich ein, denn vielleicht war es nur eine blöde Masche, um mich von ihm fernzuhalten. Sie wusste ja nicht, ob zwischen uns beiden längst etwas lief.

„Seit wann weißt du es?“

„Schon länger. Sie ist schon …“

„Ashley.“

Ich stockte, als Charlie mich mit einer eindeutigen Geste zum Schweigen brachte. Hatte ich es übertrieben?

„Würdest du Amy bitte für sich sprechen lassen?“

Ich nickte beleidigt. Vielleicht war es wirklich besser, mich da rauszuhalten, was mir angesichts der brisanten Lage sehr, sehr schwerfiel.

„Ich bin in der 12. Woche, das erste Drittel ist schon so gut wie vorbei …“

„Warum hast du das nicht eher gesagt?“, fragte er Amy tonlos. Ich presste die Lippen zusammen, bis es schmerzte und betete, dass sich diese völlig verrückte Situation zu meinen Gunsten aufklärte. War das egoistisch? Ja! Konnte man es mir verübeln? Nein! Schlimm genug, dass ich mit meiner Intuition bisher mehr als richtig lag.

„Ich hatte es anfangs verdrängt und den Schwangerschaftstest hinausgezögert.“

Charlie stand wie angewurzelt da und regte sich nicht mehr. Er hatte die Ausstrahlung einer griechischen Statue erreicht – kalt und teilnahmslos, aber immer noch zum Anbeten schön. Ich sah ihm an, dass er nicht wusste, wohin mit seinen Gefühlen, die ihn innerlich gewiss wie eine Lawine überrollten. Ob es ihn berührte? Oder eher schockierte? Ich hoffte, seine Gedanken ergründen zu können, aber da war nichts in seinem Gesicht zu lesen außer blanker Fassungslosigkeit. Seine Augen wanderten zu mir.

„Und du wusstest davon?" Es war eines der wenigen Male, dass er mich ohne sein Lächeln ansprach, weshalb ich gleich unsicher wurde.

„Ich wusste zumindest nicht, dass Amy deine Ex ist. Ich hatte es zwar vermutet, aber... es gab keinerlei Beweise. Und ich wollte nicht forsch erscheinen und dich darauf ansprechen." Während Amy hinter vorgehaltener Hand süffisant lachte, nickte Charlie verständnisvoll und stieß einen Seufzer aus. Derweil musste ich mir eingestehen, dass ich oft genug gewillt war, mit ihm darüber zu sprechen. Hätte ich es nur getan... doch was wäre dann anders? Die Situation wäre die Gleiche oder zumindest ähnlich.

„Verstehe ich", murmelte er schließlich. „Um ganz ehrlich zu sein, bin ich momentan höllisch überfordert."

Das wiederum konnte ich verstehen. Ich legte meine Hand sachte auf seine Schulter und war froh, als seine Lippen ein Lächeln andeuteten, wenn auch nur ein zaghaftes.

„Wie auch immer – ich will natürlich, dass du deinen väterlichen Pflichten nachkommst“, forderte Amy unverfroren, den Blick auf meine Hand gerichtet.

„Du stellst es gar nicht infrage?“, versicherte ich mich und zupfte nervös an meinem Kleid herum. „Das heißt, das Kind war gewollt?“

„Es war nicht geplant, aber... wie du ja weißt, haben Amy und ich“, sie tauschten flüchtige Blicke aus, „... bis vor einigen Wochen noch miteinander geschlafen und sie deutete bereits kurz danach an, dass etwas schief gelaufen sein könnte, weil sie einmal die Pille vergessen hatte.“

Ich schluckte. Oh man! Charlie war demnach nicht wirklich überrascht von der Nachricht, die Amy mit meiner unerwünschten Hilfe überbracht hatte. Nein, viel mehr bestätigte es nur das, was er vor mehr als drei Monaten bereits nebenbei erfahren hatte. Ein Einnahmefehler mit Folgen!

„Wow!“ war erst einmal alles, was ich raus bekam. Und dann folgte ein zerknirschtes „Ich denke, ich sollte jetzt gehen.“ Natürlich sollte ich das. Ich wollte mich keine Sekunde länger in diesem Raum aufhalten.

„Das denke ich auch“, erwiderte Amy und steckte Charlie teuflisch grinsend das Ultraschallbild zu, das er kooperativ begutachtete.

„Der Geburtstermin ist im März?“

Sie bejahte. Ich hingegen spürte, wie sich alles in mir zusammenzog. Es war Anfang September und bis März dauerte es nicht mehr allzu lange.

„Wenn ich nachrechne, könnte es tatsächlich hinkommen“, murmelte er verstohlen in ihre Richtung. Charlie wäre wahrscheinlich am liebsten in einem schwarzen Loch verschwunden, das ihn auf immer und ewig verschlang. Ernst dreinblickend reichte er ihr das Bild und richtete sich dann mit gedämpften Worten an mich. „Ich möchte dich heute Abend treffen", nuschelte er, und wieder entdeckte ich nicht einmal ansatzweise ein Lächeln auf seinen Lippen. „Wir müssen reden. Unter vier Augen."

Ich stimmte ihm zu, denn das mussten wir wirklich.

Kapitel 20

Charlie und ich unternahmen einen Spaziergang entlang der Klippen. Es erschien uns klüger, einen neutralen Ort für unser Gespräch zu wählen. Nur wenige Menschen kreuzten unseren Weg, als wir schweigend nebeneinanderher liefen. Der bevorstehende Sonnenuntergang bot eine spektakuläre Kulisse und tauchte den Himmel in warme Farben wie rosa, lila und orange. Die glimmenden Sonnenstrahlen glitzerten auf dem Meer, als bestünde es aus flüssigem Gold. Bald änderten sich die Farben wieder und es sah plötzlich so aus, als stünde der gesamte Himmel in Flammen. Loderndes Orange, das sich mit sonnengetränkten bernsteinfarben mischte, erhellte den tosenden Ozean und verwandelte ihn optisch in ein lebhaftes Feuermeer. Von der See her wehende Winde brachten frische Luft mit sich, die ich gierig aufsog. Die kraftvolle Brandung erinnerte mich an heranrollenden Donner, der sich aufdringlich der Küste näherte. Ich genoss das märchenhafte Ambiente, ehe meine ganze Aufmerksamkeit Charlie und meinen Ängsten galt, die sich nicht viel länger verdrängen ließen. Etwas in mir fürchtete, dass dies unser letzter gemeinsamer Spaziergang war. Unser letztes Zusammentreffen. Amy würde gewiss alles tun, um uns voneinander fernzuhalten, selbst wenn wir nur eine lockere Freundschaft pflegten.

„Meine Lage ist ziemlich bescheiden", begann er das Gespräch. Ich nickte. „Ich weiß, die momentane Situation verändert alles. Auch das zwischen uns beiden." Er zog an seinen Haaren herum, die ihm kringelig in die Stirn fielen. Ich schaute stumm auf das Meer hinaus, vielleicht in der Erwartung, dass die Wellen eine Lösung an Land spülten. Taten sie aber nicht. „Ein Kind zu bekommen, ist etwas Schönes, da bin ich mir sicher. Aber dass es ausgerechnet mit Amy passiert ..." Er seufzte.

„Verstehe ich. Aber wenn es so ist, könnt ihr es nicht mehr ändern, Charlie."

„Nein", gab er leise zu. „Weißt du, ich hatte mir das immer anders vorgestellt."

„Du meinst ...?"

„Vater zu werden." Er schürzte die Lippen. „Jeder träumt irgendwann mal von der eigenen Familie, ich auch. Ich dachte nur nicht, dass es *so* chaotisch ablaufen würde." Er hielt inne, wahrscheinlich, weil er nach den richtigen Worten suchte.

„Wir müssen nicht darüber reden, Charlie."

„Doch. Doch, das müssen wir. Da ist nämlich etwas, was ich dir unbedingt sagen will, Mylady."

„Ach ja?" Ich war ganz Ohr und mehr als überrascht, dass Charlie nicht lange zögerte, mir zu sagen, was ihm auf dem Herzen lag.

„Ich habe mich in dich verliebt, Ashley Hopkins. Hals über Kopf."

Es war, als würde sich der Himmel über mir auftun, als würde es rote Rosen regnen, Geigen über unseren Köpfen spielen und Amor seinen Pfeil abfeuern, als er diese Worte aussprach. Charlie entfachte in mir einen

Rausch, ein Feuer der Gier und Passion, das mir eine Nanosekunde lang Glück bescherte. Und doch war es wohl der ungünstigste Zeitpunkt, diese Liebe zu erwidern.

„Oh, Charlie", säuselte ich. Was sollte ich nur sagen? Ihm meine Gefühle gestehen?

„Ich will ehrlich zu dir sein – ich weiß nicht mehr, wo mir der Kopf steht. Einerseits will ich Zeit mit dir verbringen und dich besser kennenlernen, denn so eine Frau wie dich finde ich kein zweites Mal. Ich genieße jede Sekunde mit dir. Andererseits habe ich das Bedürfnis, ein guter Vater zu sein." Er holte tief Luft. „Verstehst du mich?"

„Natürlich und ich würde dir das niemals vorwerfen, Charlie." Ich streichelte seine Hand. „Aber ich denke, du kannst nicht beides haben. Ich werde deiner kleinen Familie keinesfalls im Weg stehen. Das ist das Allerletzte, was ich beabsichtige."

Er schluckte schwer, was ich an seinem Adamsapfel erkannte, der sich stark unter der Haut an seinem Hals abzeichnete.

„Familie? Nun, so würde ich es nicht nennen. Es ist eher eine Zweckgemeinschaft."

„Wenn das Baby erst einmal da ist, seid ihr Eltern. Du und Amy. Ihr werdet ununterbrochen Zeit miteinander verbringen. Da ist kein Platz mehr für unsere Freundschaft. Vorerst."

„Ich weiß, Mylady. Ich weiß."

Stille. Ich blieb stehen, schloss die Augen und nahm das Rauschen des Meeres bewusst wahr. Es hatte etwas Trostspendendes, genau das, was ich in jenem Moment gebrauchen konnte, als mein Verlangen, für immer an

Charlies Seite zu bleiben, erste Risse bekam. „Charlie, gibt es denn überhaupt keine Zweifel daran, dass du der Vater bist?" Es war wohl der letzte Strohhalm, an den ich mich klammerte – die Möglichkeit einer dreisten Lüge, was ich Amy durchaus zutrauen würde.

„Zu 100 Prozent kann man sich nie sicher sein. Ich werde einen Vaterschaftstest verlangen, sobald das Kind geboren wurde."

„Vielleicht gab es noch einen anderen?" Ich blinzelte und dachte an den Knutschfleck an ihrem Hals, der mir im Magic Roof ins Auge stach, als sie von ihrer Schwangerschaft berichtete. Wer wusste schon, mit wie vielen Typen sie sich sonst noch vergnügte? „Du sagtest mal, sie ging dir öfters fremd. Was, wenn sie neben dir eine weitere Liaison am Laufen hatte?"

Er strauchelte. „Will", murmelte er kaum verständlich und ging weiter.

„Was?" Ich holte rasch auf.

„Ich vermute, dass sie sich auch mit Will trifft oder zumindest traf. Ich habe die beiden mal beobachtet, lange Geschichte. Als ich ihn neulich darauf ansprach, hat er es jedoch vehement abgestritten. Ich möchte ihm gerne glauben, weil er eigentlich mein Freund ist, aber irgendwie habe ich das Gefühl, dass... ach, fuck!" Er rieb sich angestrengt die Stirn.

Dass Will in diese Sache mit Amy involviert war, dachte ich mir schon länger. Und nun wusste ich auch, warum Charlie so schlecht auf ihn zu sprechen war. Man teilte sich eben nicht die gleiche Frau. Schon gar nicht, wenn man gut miteinander befreundet war. „Dann könnte er der Vater sein?"

„Glaube ich nicht." Charlie warf seinen Kopf zurück und atmete tief durch. „Das wäre eine Nummer zu groß für ihn." Wir blieben wieder stehen.

„Aber auch er hat einen Schwanz, mit dem er eine Frau schwängern könnte, oder?"

Charlie sah mich entgeistert an, seine Augen weiteten sich und die Lippen formten ein spöttisches Grinsen. „Solche Worte aus deinem Mund? Mylady! Ich bin empört."

„Wenn es doch die Wahrheit ist?"

„Nun; andererseits ist Amy eine echte Bitch. Wer weiß, wie oft und für wen sie ihre Beine breit macht."

Nun blieb mir die Spucke weg. Charlie, der sich sonst gewählt und überlegt ausdrückte, griff wie ich in die unterste Schublade niveauvoller Aussprache.

„Charlie?", fragte ich mit noch größeren Augen. „Solche Worte aus deinem Mund?"

„Wenn es doch die Wahrheit ist?"

Wir lachten.

„Bis zu einem Vaterschaftstest dauert es noch eine ganze Weile", warf ich schließlich ein. „Wenn er positiv ausfällt, dann war all die Hoffnung umsonst ..."

Er legte seinen Arm liebevoll um meinen Körper. Jetzt, da ich wusste, was er für mich empfand, konnte ich mich ganz entspannt meiner aufkommenden Glückseligkeit hingeben.

„Ach ja? Worauf hoffst du denn, Mylady?"

Meine Wangen färbten sich rosa. „Ich... ich ..."

„Los. Sag es einfach." Seine Stimme klang so weich und liebevoll, als würde er mich mit Tausenden Blütenblättern überschütten wollen, wenn ich ihm nur endlich meine Gefühle gestand.

„Ich... also, es ist so, dass ...", stammelte ich hilflos. Er schmunzelte, seine Hand glitt sanft über meine nackte Schulter und ich erschauderte, als seine Berührung meinen Körper wie ein Blitz durchzuckte. Dann sah ich, wie sich seine Lippen kräuselten, als er den Kopf leicht zur Seite neigte, um mich genauer anzusehen.

„Sprich es aus", flüsterte er. „Bitte."

Ich rang nach Luft. *Sag es ihm einfach, Ash. Jetzt oder nie. Egal, ob Amy schwanger ist oder nicht – dieser Moment gehört nur euch.*

„Charlie", hauchte ich und blickte ihm tief in seine smaragdfarbenen Augen, deren Wimpern meine Haut sachte wie Schmetterlingsflügel berührten. „Ich habe mich auch in dich verliebt. Hals über Kopf." Er lächelte noch breiter und als er näher kam, schloss ich die Augen. Dann hob ich vorsichtig ein Bein und richtete die Ferse nach hinten aus, sodass mein Fuß leicht angewinkelt war, ähnlich wie bei *Mia Thermopolis'* romantischer Kussszene in *plötzlich Prinzessin*. Vielleicht würde ich mich ja auch königlich fühlen, wenn sich unsere Lippen zum ersten *richtigen* Kuss berührten. Und welcher Ort konnte hierfür besser sein als die sagenumwobene Felsklippenküste Cornwalls?

Kapitel 21

„Jetzt hör mir doch mal zu, Ash!"

Ich ließ langsam die Luft aus meinen Backen ab, ähnlich einem Ventil, als Jack wenige Tage später erneut vor meiner Tür stand und um Gehör bat. Diesmal brachte er sogar Rosen mit. Sie waren Gelb. Standen sie für die Sonne? Oder für Neid? Jedenfalls nicht für die Liebe, denn dann hätte er rote Rosen gewählt. Ein Klischee? Womöglich. Einerseits tat es mir leid, dass ich ihn nur wieder vergraulen würde, wenn ich daran dachte, was er für mich auf sich genommen hatte – er war immerhin über den Atlantik geflogen. Andererseits änderte sein Erscheinen nichts an meiner Entscheidung, in Cornwall zu bleiben.

„Ich höre dir doch zu", giftete ich zurück. Seit etwa einer halben Stunde versuchte er, mich mit Wortgewandtheit zu überzeugen, nächstes Jahr nach Arizona zurückzukehren. Dabei war mir ganz und gar nicht danach, mich noch länger mit dieser Frage auseinanderzusetzen. Im Moment war alles etwas undurchsichtig. Die Schwangerschaft, Jacks unerwarteter Besuch, der Kuss mit Charlie und die Tatsache, dass wir uns ineinander verliebt hatten. Ganz abgesehen davon hegte ich eine tiefe Beziehung zu dem Cottage meiner Granny und war nach wie vor nicht daran interessiert, es zu veräußern.

„Ich liebe dich", ließ Jack plötzlich verlauten und riss mich mit seinem Geständnis aus meinen umtriebigen Gedanken.

„Fällt dir reichlich spät ein."

„Ich hatte nie das Gegenteil behauptet", entgegnete er kühn, die Rosen in seiner Hand auf- und abschwingend. Ob ihn die Dornen fies in seine Finger piksten? Oder warum guckte er so schmerzverzerrt drein?

„Du hast mich hintergangen, Jack. Mehrfach!"

„Ich habe mich dafür entschuldigt. Ist meine Reise nach Cornwall denn nicht Beweis genug, dass ich dich zurückhaben will?"

Ja. Nein. Ich zauderte. Es war natürlich schade für ihn und seinen Geldbeutel gewesen, diese lange Reise auf sich zu nehmen, nur um sich einen Korb von mir abzuholen. Andererseits war das seine eigene Entscheidung gewesen. Jack hätte wissen müssen, dass es mit einem gewissen Risiko einherginge, wenn er nach England reiste. Zudem er von Anfang an dachte, Charlie und ich seien ein Paar. Ich hatte ihn bis jetzt nicht darüber aufgeklärt, dass dem nicht so war. Jack schmollte. Er hatte diesen perfekten, vollen Kussmund mit geschwungenen Bögen, die mittig zusammenliefen. Aber selbst meine Erfahrung, was er mit diesen Lippen alles Schönes tun konnte, ließ mich nicht dazu hinreißen, ihn zurückzunehmen.

„Die Dinge haben sich nun mal geändert."

„Du sagtest, dass du für ein Jahr an dieses Haus gebunden bist und über die Hälfte ist jetzt um. Wie soll es danach weitergehen, Ash? Willst du nicht, dass alles so ist wie vorher, wenn du nach Phoenix zurückkehrst?"

Ich schnaubte. Hatte er denn nicht zugehört? „Ich bleibe hier, Jack. Ich bleibe in Cornwall, daran hat sich nichts geändert.“

„Das meinst du doch nicht ernst?“

„Natürlich meine ich es ernst! Ich hatte es dir neulich schon vor dem Hotel klargemacht! Meine Zeit in Phoenix ist vorüber.“

„Das glaube ich dir nicht.“ Er wurde lauter, ungehaltener. „Das kannst du nicht bringen, Ash.“

„Natürlich kann ich.“

„Dann bin ich umsonst um die halbe Welt geflogen?“

„Tzz... Ich hatte nie darum gebeten.“

„Doch! Das hast du! Bevor du dich nach England verpisst hast, meintest du, ich solle den Sommer bei dir in Cornwall statt auf den Kanaren verbringen. Verdammt noch mal, hier bin ich!“

Ich hielt inne. Er hatte recht. Er hatte verdammt noch mal recht! Ich presste die Zähne aufeinander und spannte den Kiefermuskel an, als er mich direkt konfrontierte.

„Ich fühle mich wirklich verarscht. Weißt du etwa nicht, was du willst?“

„Komm runter! All das war, *bevor* du mit anderen Frauen herumgemacht hast. Glaubst du etwa, *ich* lasse mich verarschen? Und außerdem weiß ich sehr wohl, was ich will.“ Ich deutete unmissverständlich auf mein Cottage. „Ich will hierbleiben, in Zennor.“

„Gib uns noch eine Chance, Ashley. Bitte.“

„Nein! Es ist zu viel vorgefallen.“

„Dann lass uns von vorn beginnen.“

Ich schüttelte den Kopf. Nicht nur, dass Jack sich während meiner Abwesenheit anderweitig amüsiert hatte. Auch ich hatte mich inzwischen neu verliebt, wenngleich eine mögliche Zukunft mit Charlie ungewiss blieb.

„Es gibt für mich einfach keinen Grund, nach Amerika zurückzukehren", erwiderte ich knapp. „Ich weiß, dass das hart klingt, aber ich höre auf mein Herz."

Er hob die Hände. „Und was ist mit Rachel? Was ist mit unserer Wohnung? Mit all deinen Sachen? Mit den Urnen deiner Eltern? Wenn du in fucking England bleibst, macht das deine Familie auch nicht wieder lebendig, Ash!"

Ich verharrte in Schockstarre. Hatte er das soeben wirklich gesagt? Mein Herz hämmerte alarmierend in meiner Brust und ich geriet ins Stocken. Als er meine Mimik deutete, versuchte Jack sich aus dieser kläglichen Situation zu befreien, doch es war zu spät. Ich hasste ihn in diesem Augenblick für das, was er gesagt hatte.

„Warte, nein... sorry, Ash, ich... das war nicht so gemeint, okay?"

„Halt einfach deine verdammte Klappe", erwiderte ich scharf und warf die Haustür hinter mir ins Schloss. Das war's! Er konnte mir so was von gestohlen bleiben! Wie konnte er es wagen? Jack rief noch irgendetwas, das ich nicht verstand und auch gar nicht verstehen wollte. Ich lehnte mich gegen die Tür, bedacht, runterzukommen.

Beruhig dich Ash, sagte ich zu mir. Es entsprach der Wahrheit, ja, aber es war weit unter der Gürtellinie, meine tote Familie ins Spiel zu bringen. *Verfluchter* Mistkerl! Ich sank auf den Boden und versuchte, nicht loszuheulen. Meine aufkommenden Tränen schluckte ich indes hinunter. Der Kloß in meinem Hals schnürte mir die Luft ab. Ich röchelte. *Bleib cool.* Mir war ganz und gar bewusst, dass meine Familie nicht von den Toten auferstehen würde, nur weil ich an ihrem Heimatort verweilte. Und dennoch fühlte ich mich ihnen hier näher als sonst wo auf der Welt. Und Rachel? Ja – sie fehlte mir. Aber unsere regelmäßigen Nachrichten und Telefonate machten es leichter. Außerdem hegte ich keinerlei Zweifel, dass sie mich schon bald in Cornwall besuchen würde… spätestens, wenn das Cottage ganz offiziell mir gehörte. Und Jack? Er war wütend, aufgekratzt, enttäuscht. Genau wie ich. Konnte ich ihm das wirklich vorwerfen? Ich klopfte mir auf die Schulter, erhob mich und blickte verstohlen aus dem Fenster. Jack pfefferte wutentbrannt die Rosen auf den Boden, ehe er in den Leihwagen stieg und mit quietschenden Reifen davonbrauste.

Ich bekam fast ein bisschen Mitleid mit ihm, jetzt, als ich die Rosen so trostlos vor meinem Cottage liegen sah. Natürlich war er sehr frustriert, mich hier anzutreffen und mit seiner Bitte um Vergebung auf taube Ohren zu stoßen. War ich möglicherweise zu hart zu ihm gewesen? Irgendetwas an seiner Art triggerte mich und ich wurde in seiner Gegenwart schnell zickig und ungehalten. Dennoch… vielleicht hatte er solch ein negatives Ende seiner Englandreise, die er nur meinetwegen angetreten hatte, nicht verdient. Ich strauchelte. Dabei hatte ich doch eigentlich damit abgeschlossen, spätestens, als er meine Familie erwähnte. Was war nur los mit mir? Meine Gefühle fuhren Achterbahn und ließen sich nicht mehr kontrollieren. Mein Gewissen hingegen drängte mich unaufhörlich zu handeln. Ich fragte

mich erneut – war ich mit meiner Reaktion zu weit gegangen? Hätte ich Jack meinen Standpunkt nicht ruhi-
ger und gelassener beibringen können? Was sollte ich
nur tun? Ich sah der vom Auto aufgewirbelten Staub-
wolke noch lange hinterher ...

Kapitel 22

Es waren seit dem Tod meiner Eltern drei Jahre vergangen und noch immer hatte ich an manchen Tagen schwer damit zu kämpfen. Zum ersten Mal, seit sie nicht mehr lebten, reiste ich nach England, um dort Granny zu besuchen. Mein Flug von Phoenix landete in London Heathrow. Von dort aus fuhr ich mit dem Zug weiter nach Cornwall. Mit Tränen in den Augen blickte ich aus dem Fenster. Die malerische Landschaft, die stets mein Herz erwärmte, zauberte mir ein Lächeln ins Gesicht. Ich war zu Hause! Und dennoch war diesmal alles anders. Dass meine Eltern nicht an meiner Seite waren, fühlte sich befremdlich an. Natürlich hatte mir die Zeit geholfen, besser damit umzugehen, aber ich war noch längst nicht an dem Punkt angekommen, an dem ich behaupten könnte, mich von ihrem Tod erholt zu haben. Sie fehlten mir jeden Morgen und jeden Abend. Granny war der einzige Mensch, der mir von meiner Familie noch geblieben war. Ich musste für uns beide stark bleiben, aber in einigen Momenten holte mich Schwäche ein. Trauer. Wut. Gefühle, die mich weinen, klagen und toben ließen. Aber niemals scheitern.

Als ich das Cottage später am Nachmittag erreichte, atmete ich ein paar Mal tief durch. Es war genauso wie immer. Das zauberhafte Häuschen stand mitten im Nirgendwo und hieß mich warm Willkommen wie damals, als ich noch ein kleines Mädchen war und hier regelmäßig ein- und ausging. Die Haustür stand einen Spalt offen. „Hallo?" Ich trat leise ein. Als ich Granny auf ihrem Ohrensessel sitzen sah, seufzte ich erleichtert. Sie war wohlauf. Fast lautlos stellte ich die Koffer im Flur ab, doch als ich zu ihr gehen wollte, öffnete sich plötzlich die Tür des Schlafzimmers. Erschrocken wich ich zurück. Vor mir stand eine Frau, die sich als Grannys Haushaltshilfe Ellie Richards herausstellte. Sie blickte mitfühlend drein, als sie mich erkannte.

„Schön, dass Sie es nach Zennor geschafft haben, Ashley. Mrs Williams hat in den letzten Tagen kaum etwas gegessen, wissen Sie? Der Arzt meinte, wir sollten ein Auge auf sie werfen." Sie flüsterte, vermutlich, weil sie Grannys Zustand diskret benennen wollte. „Die Nachricht des Unfalls hatte sie damals schwer getroffen."

„Und vermutlich auch den Herzinfarkt ausgelöst."

„Vermutlich, ja."

Ich schaute an Mrs Richards, einer großen, runden Frau mit raspelkurzem Haar und auffälliger Hornbrille vorbei und beobachtete Granny, die mich noch immer nicht zu bemerken schien. Gedankenverloren starrte sie aus dem Fenster. Was wohl in ihr vor sich ging?

„Es musste schrecklich für Sie gewesen sein, beide Elternteile so unerwartet zu verlieren."

Ich nickte tapfer. „Ja", schniefte ich und war bemüht, meine Tränen zurückzuhalten, die bei diesem Thema auch drei Jahre später noch sehr präsent waren. Und doch hatte ich endlich die Kraft gefunden, nach Cornwall zu reisen, um Granny zu besuchen. Sie hatte vor einer Weile einen Herzinfarkt erlitten und war bis vor Kurzem stationär im Krankenhaus. Wie schlimm musste es damals für sie gewesen sein, aus der Ferne vom Tod ihres Kindes zu erfahren? Ich erinnerte mich, als sie kurz vor der Beerdigung in Phoenix eintraf. Sie war, wie ich, damals völlig am Ende gewesen.

„Der Arzt hatte ihr dringend abgeraten, kurz nach dem Infarkt zu fliegen, sonst hätte sie sich gewiss bald wieder auf den Weg zu Ihnen nach Amerika gemacht. Aber sie hatte keine Chance, an den Flughafen zu gelangen, lag sie doch im Krankenhaus. Ihr Zustand war zeitweise kritisch. In den kommenden Wochen wird wohl ein implantierbarer Defibrillator eingesetzt."

„Ich weiß, Dr. White hat es mir am Telefon mitgeteilt." Dr. White war Grannys Leibarzt und Kardiologe, mit dem ich mich gelegentlich austauschte. „Konnte er sie leicht überzeugen, nicht nach Phoenix zu fliegen?"

„Glauben Sie mir, Ihre Granny wäre am liebsten aus dem Hospital geflohen und in das nächste Flugzeug gestiegen. Es tat ihr unsagbar leid, nicht nach Arizona zu reisen wie mit Ihnen vereinbart, Ms." Mrs Richards räusperte sich laut. „Aber nun haben Sie die Kraft gefunden, wieder herzukommen."

„Ja, wobei es mich sehr viel Überwindung gekostet hat. All die Erinnerungen an meine Familie... wie auch immer. Kann ich jetzt zu ihr?"

„Aber natürlich. Entschuldigen Sie mich bitte. Ich beziehe nur noch kurz das Bett und bin dann weg." Sie nickte mir freundlich zu, wischte sich mit dem Ärmel über die Nase und verschwand im Schlafzimmer.

„Granny? Ich bin es. Ashley." Ich schritt ganz langsam auf den Ohrensessel zu, der dem Fenster zugewandt im

Wohnzimmer stand. Wie immer war alles gepflegt und ordentlich an seinem Platz. „Wie geht es dir?", fragte ich und streifte im Vorbeigehen ihre Hand, die eiskalt war.

„Ashley", krächzte sie und hob vorsichtig den Kopf. „Wie schön, dass du hier bist, mein Kind. Es tut mir leid, dass ich nicht wie vereinbart kommen konnte. Der Arzt riet mir ab, zu fliegen."

Ich schluckte bei ihrem Anblick. Granny war nur noch Haut und Knochen, ihr Gesicht grau und eingefallen, sie hatte tiefe Augenringe und die Haut, von blauroten Äderchen durchzogen, erinnerte mich an dünnes Pergamentpapier. Es war ein herzzerreißender Anblick. Der Tod meiner Eltern und ihr überstandener Herzinfarkt hatten sie schwer gezeichnet. „Ist schon okay, Granny. Es wurde Zeit für mich, nach Cornwall zurückzukehren ..." Grannys Unterlippe zitterte und als sie in mein Gesicht blickte, wurden ihre Augen feucht. Ich wischte mir hastig eine Träne aus dem Augenwinkel, unfähig, etwas zu sagen.

„Es gibt nach wie vor keinen Grund, in meiner Gegenwart die Starke zu spielen, Ashley. Du hast deine Eltern verloren, das tut auch noch Jahre später unsagbar weh." Sie nahm meine beiden Hände und führte mich sanftmütig an sich heran. Ich wimmerte. Alles in diesem Haus erinnerte mich an Mum und Dad, denn in meiner Erinnerung waren sie immer präsent.

„Sie fehlen mir so schrecklich, Granny. Warum mussten sie nur sterben? Es ist so unfair." Endlich erlaubte ich mir, meinen Gefühlen freien Lauf zu lassen. Die Wahrheit war, dass ich mich elend fühlte. Ich hatte Kopfschmerzen, Schlafprobleme, kreisende Gedanken und als wäre all dies nicht genug, plagte mich nun auch noch der Jetlag.

„Ach, mein liebes Kind." Wir fielen uns in die Arme. Ich inhalierte den Duft ihres Pullovers, der sich weich an meine Wange schmiegte und nach tröstendem Blütenhonig roch.

„Es ist nicht in Worte zu fassen. Deine Eltern waren viel zu jung, um zu sterben. Dieser Unfall hätte niemals geschehen dürfen. Und doch ist es passiert und wir beide müssen auch Jahre später noch lernen, damit zu leben."

Ich war vor lauter Weinen kaum noch in der Lage, zu sprechen, gab aber ein röchelndes „Ja" von mir, um ihre Worte nicht unkommentiert zu lassen. Lange Zeit hatte ich meine Gefühle verdrängt, sodass nun alles unkontrolliert aus mir herausbrach.

Am nächsten Morgen setzte ich mich zu ihr auf die Gartenstühle vor dem Haus und drückte mich fest an sie heran. Granny war so zierlich und wirkte auf mich zerbrechlich.

„Hast du gut geschlafen?", fragte sie.

„Ja. Im Gästebett war es genauso wie früher. Ich liebe dieses Haus und alles, was dazugehört, Granny. Du hast hier einen wahren Schatz."

„Ich danke dir, Ashley." Ihre blauen Augen strahlten mich förmlich an. Sie trug einen lockeren Dutt und einen roséfarbenen Strickmantel, der ihrer hellen Haut schmeichelte.

„Geht es dir gut in Arizona?"

„Ja, im Job läuft es rund und mit Jack bin ich auch glücklich."

„Ach, meine liebe Ashley. Deine Eltern wären so stolz auf dich." Sie trug diese Worte mit Leichtigkeit an mich heran, doch ich vernahm, wie sich mein Innerstes zusammenzog.

„Vielleicht", murmelte ich.

„Willst du reden?", fragte sie sanft. Obwohl ich wusste, dass auch Granny nach wie vor ganz schrecklich unter dem Verlust litt, blieb sie gefasst.

„Ich weiß nicht. Das ändert doch nichts, oder?"

„Natürlich nicht. Aber es hilft, sich seinen Gefühlen zu stellen." Sie musterte mich liebevoll. „Was muss das damals schlimm für dich gewesen sein, Ashley. Mir geht es ähnlich wie dir. Alles ist immer noch so greifbar. Dein Anruf damals, die letzte Salbung, die Einäscherung …" Granny stockte und blickte mit tränenden Augen auf die vor uns liegende Wiese, deren Halme lautlos im Wind wogen. Es war bewölkt und die Sonne blieb fern, gar so, als würde der Himmel mein Gefühlschaos reflektieren.

„Es waren die schrecklichsten Wochen meines Lebens", räumte ich ein. „Und ich leide bis heute darunter."

„Aber du hast es geschafft, Ashley. Hast einen Job, einen Freund, eine schöne Wohnung... Du bist aus diesem Loch emporgestiegen, auch wenn dir das manchmal vielleicht gar nicht so vorkommt. Aus eigener Kraft hast du weitergemacht und niemals aufgegeben. Du bist so stark und tapfer, mein Kind. Zuletzt kamst du sogar nach Cornwall. Dabei warst du dir lange Zeit nicht sicher, ob du es je wieder übers Herz bringen könntest, hierher zurückzukehren. Die See hat heilende Kräfte, da bin ich mir sicher. Es wird dir schon

bald besser gehen." Was vielleicht esoterisch ange-
haucht klang, beinhaltete gewiss einen Funken Wahrheit. Denn immer, wenn ich mich am Meer aufhielt,
fühlte ich mich besser. Gesünder. Das tat ich schon
jetzt. Doch konnte das Meer auch meine tiefste Herz-
wunde heilen?

„Weißt du, ich mache mir im Nachhinein auch meine
Vorwürfe. Zu oft verurteilte ich deine Mutter, dass sie
Cornwall für die Staaten verließ."

„Ich bin mir sicher, dass es zwischen euch keine
Fehde gab. Mum hat dich sehr geliebt."

Granny blinzelte gerührt und stieß einen lauten Seufzer aus, als eine Träne ihr Auge verließ. „Du hattest
ganz wunderbare Eltern, Ashley. Sie waren ebenso lie-
benswert, wie du es bist."

Ich neigte meinen Kopf zu ihrem Gesicht, gab ihr einen liebevollen Kuss auf die Wange und atmete tief
durch. Die frische Seeluft tat Granny und mir gleicher-
maßen gut. Ihr Gesicht wurde wieder rosig. Aber in ihren Augen konnte ich sehen, dass der Tod meiner Eltern sie vor einen Abgrund stellte, dem sie in diesem
Ausmaß noch nie gegenüberstand. Nicht einmal, als
Grandpa starb.

„Wie wird es weitergehen? Hast du Pläne für die Zukunft?"

„Ich weiß es nicht, Granny. Natürlich bin ich gerne in
Arizona, da ich dort die letzten Jahre gelebt habe. Aber
nun, wo ich wieder hier bin, gerate ich ehrlich gesagt
ein wenig ins Straucheln."

„Dann wäre Zennor interessant für dich?", fragte sie
neugierig.

„Ich habe keine Ahnung." Ein Lächeln huschte über meine Lippen. „Frag mich am besten zum Ende meines ‚Heimaturlaubs' noch mal."

Die Wochen zogen ins Land und ich genoss schon bald jede Sekunde in Cornwall. Phoenix hingegen ließ ich hinter mir, wenngleich ich regelmäßig mit Jack und Rachel schrieb und telefonierte. Granny und ich verbrachten viel Zeit zusammen, wir waren oft stundenlang im Garten oder an den Klippen unterwegs. Natürlich war sie nicht mehr so fit wie früher, weshalb alles etwas länger dauerte. Aber das machte mir nichts. Hauptsache, wir waren zusammen.

An einem Nachmittag fuhren Granny und ich zum *Crantock Beach*, der etwa eine Autostunde von Zennor entfernt war. Im Sommer war dieser Strand sehr gut besucht, weshalb wir uns frühmorgens auf den Weg machten, um einen der begehrten Parkplätze zu ergattern. Wir liebten diesen malerischen Küstenabschnitt, an dem meine Großeltern in früheren Zeiten oftmals Schwimmen gingen. Für die Briten war es nicht ungewöhnlich, im eiskalten Meer zu baden – und das zu jeder beliebigen Jahreszeit. Cornwall wurde auch die *Sonneninsel* genannt; das Klima war mild, die Buchten einladend und dennoch war es natürlich kein tropischer Badeort, an dem man *einfach so* ins Wasser sprang. Es gehörte schon eine ordentliche Portion Mut dazu, sich in die kalten Fluten der keltischen See zu stürzen. Meine Großeltern waren, so wie viele Küstenbewohner Englands, hart gesotten und verzichteten auf Neoprenanzüge, wenn sie ins offene Meer hinausschwammen. Insbesondere für Granny bot dieser Ort viele Erinnerungen. Bis zum Tod meines Grandpas verbrachte sie viel Zeit am *Crantock Beach*, wo einst die Liebesgeschichte meiner Großeltern begann. Aber dieser Strand in West Pentire war auch Teil meines Lebens. Seit ich denken konnte, kamen wir mit der Familie hierher, um gemütlich am Strand zu verweilen und das Leben zu genießen. Nach Grandpas Tod reduzierten sich die Ausflüge auf ein Minimum, doch es änderte nichts daran, dass ich gerne hierherkam. Granny war aufgrund ihrer Herzprobleme auf eine Fahrerin angewiesen – wie gut, dass ich eine geborene Linksfahrerin war.

„Es ist solch ein herrlicher Tag heute. Ich danke dir, dass wir zum *Crantock Beach* fahren, Ashley", flötete sie gut gelaunt, während sie glücklich aus dem Fenster blickte und aufmerksam die Landschaft studierte. „Toll, dass die Sonne scheint!"

„Dafür musst du mir nicht danken", antwortete ich am Steuer ihres Ford-Rangers sitzend, den ich erstaunlich leicht über den Highway lenkte. „Ich freue mich, wenn ich dich glücklich machen kann."

„Du bist wirklich eine tolle Frau geworden, Ashley! Selbstlos, hilfsbereit, herzlich ..."

Ich lächelte. Dass Granny krank war, machte mir zwar große Sorgen, aber ich wusste auch, dass sie bei ihrem Kardiologen in guten Händen war. Im Alltag bekam sie Hilfe von einem Pflegedienst, aber es war nicht so, als konnte sie gar nichts mehr alleine bewerkstelligen. Ein Stück Selbstständigkeit hatte sie sich stets bewahrt und obwohl sie inzwischen immer öfter den Gehstock nutzte, ging zwar alles langsamer voran, aber das konnte sie keineswegs aufhalten.

Fröhlich bog ich in eine Seitenstraße ab, die zum Strand führte. Wir erreichten das Umland von West Pentire im oberen Norden. Blühende Mohnfelder so weit das Auge reichte, eskortierten uns bis an die lang gezogene Küste. Ich parkte den Wagen oberhalb des Strandes, der relativ leicht zugänglich war. Granny verzichtete auf ihren Stock, der im Sand nur ein Hindernis gewesen wäre. Ich führte sie auf einen der kurzen Steilwege in die Bucht hinab, bemüht, es ihr so einfach wie möglich zu machen. Sie hakte sich in meiner Elle ein, stützte sich auf mir ab und wir tingelten vorsichtig den kleinen Abhang hinunter.

Als ihre Füße den Sand berührten, huschte ein Lächeln über ihr Gesicht? „Lass uns doch die Schuhe ausziehen“, bat sie mich und ich half ihr, aus den Slippern zu schlüpfen. Während ich meine Sandalen auszog, ging Granny ein paar Schritte voraus und ließ sich dann langsam in den weichen Sand sinken.

„Dieser Ort ist immer wieder eine Reise wert“, stellte ich für mich fest und setzte mich zu ihr. „Kein Wunder, dass ihr euch hier ineinander verliebt habt.“

„Das ist wahrlich kein Wunder. Dein Grandpa war der beste Schwimmer aller Zeiten. Ich hatte ihn etliche Male vom Strand aus beobachtet und war von seinem Schwimmstil sehr beeindruckt. Er glitt wie ein Delfin durch das Wasser.“ Sie lachte herzlich auf. „Ich werde nie vergessen, wie er geschaut hat, als ich – nur im Badeanzug bekleidet – Anfang April in das kalte Wasser stieg, um eine Runde zu schwimmen. An diesem Tag hatten wir zum ersten Mal miteinander geredet.“ Sie seufzte. „Erinnerst du dich noch an die Zeit, wo wir gemeinsam hier waren? Du warst noch sehr klein.“

Ich bejahte. „An ein paar Dinge erinnere ich mich sogar sehr genau. In Cornwall hatte ich bisher immer die beste Zeit meines Lebens. Das hat sich bis heute nicht geändert." Granny blinzelte gerührt, lehnte ihren Kopf an meine Schulter und atmete tief durch. Wir beobachteten eine Gruppe junger Leute, die frühmorgens auf ihren SUP's durchs Wasser paddelten und heiter miteinander schäkerten.

„Ein guter Freund von mir, Gilbert, hat einen Sohn, der dürfte im Alter dieser Jungs sein. Er ist Surfer. Vielleicht solltest du ihn kennenlernen? Er ist sehr höflich und charmant. Und gut aussehend. Leider kommt mir sein Name nicht in den Sinn."

Ich prustete los und verpasste ihr einen zarten Stupser in die Seite. „Ach Granny, hör auf, mich ständig mit diesem Jungen verkuppeln zu wollen. Das sagst du nicht zum ersten Mal. Ich bin doch jetzt in festen Händen und glücklich mit Jack."

Wir gackerten wie die Hühner und ließen uns die Sonne auf den Pelz scheinen. Eine Zeit lang saßen wir einfach nur da und blickten auf den Ozean hinaus, der wie überall in Cornwall in unterschiedlich blauen Farbtönen glitzerte. Das Wasser war ruhig und glasklar; kein Vergleich zu den Wellen vor Zennor, die kraftvoll gegen die Felswände peitschten. Wir schauten den Kindern zu, die am Ufer Fangen spielten, Teenagern, die sich ins kalte Wasser wagten und Familien, die wie wir im Sand saßen und verträumt auf den Horizont schauten.

„Bald ist dein Urlaub zu Ende. Hast du nochmals nachgedacht?", fragte sie nach einer Weile.

Ich sah sie verwundert an.

„Worüber?"

„Cornwall. Könntest du dir vorstellen, zurückzukehren?"

„Oh, ich weiß nicht, ob ich die Reife habe, Granny. Wer weiß, was das Leben noch mit mir vorhat. Ich bin jung, habe vieles durchgemacht und in Phoenix stehen mir alle Türen offen. Weißt du noch, was ich gerne zu sagen pflege? *Gib mir heute eine Menge Geld in die Hand und ich werde damit nur Unvernünftiges anstellen.*" Wir lachten. „Außerdem gefällt mir mein Job und ich genieße die Zeit mit Jack. Er gibt mir etwas Normalität zurück. Aber mein Herz wird bis zum letzten Atemzug in Cornwall bleiben und ich werde mein Leben lang nach Zennor und an den *Crantock Beach* zurückkehren – so viel ist sicher ..."

Am nächsten Morgen wachte ich gut gelaunt auf, als mir die Sonne aufmunternd ins Gesicht schien. Prompt hüpfte ich aus den Federn, um Granny und mir ein Frühstück zu zaubern. Sie liebte Rührei mit Speck, das ich zügig zubereitet hatte. Nebenbei deckte ich den Tisch; ein rot-weiß kariertes Deckchen im Landhausstil, auf dem ich Teller und Besteck platzierte. Zuletzt eine Vase mit frisch geschnittenen Rosen aus dem Vorgarten. Sie dufteten herrlich. Jetzt fehlte nur noch meine Granny. Rührei ließ sich bekanntlich nicht sehr lange warmhalten, weshalb ich hoffte, dass sie schon bald am Esstisch auftauchte. Aber sie kam nicht. Ich rief nach ihr. Sie reagierte immer noch nicht. Auch nach zwei weiteren Rufen erhielt ich keine Antwort. Schließlich entschied ich mich, sie selbst zu wecken. Wahrscheinlich schlief sie tief und fest wie ein Stein, da wir am Vorabend noch lange miteinander geplaudert hatten. Granny war es wohl nicht mehr gewöhnt, länger wach zu bleiben. Ich stellte das Rührei auf eine Wärmeplatte und hoffte, dass es nicht eintrocknete. Hätte ich es doch erst zubereitet, wenn Granny schon wach gewesen wäre... Über meine Kochkünste konnte man streiten, im Backen hingegen war ich einigermaßen vorzeigbar. Ich stieg auf die leiterähnliche Treppe, die ins Obergeschoss führte und schlich leise in ihr Schlafzimmer. Die Vorhänge waren noch zugezogen. Granny lag auf der Seite, die Beine angewinkelt, ihre Arme hingen aus dem Bett. Wie konnte man nur so liegen?

„Aufwachen, Schlafmütze. Es gibt Frühstück." Sie rührte sich nicht. "Granny?" Ich kam näher und rüttelte sanft an ihrem Arm. Keine Reaktion. Nun rüttelte ich etwas kräftiger und als sie sich immer noch nicht bewegte, umfasste ich ihre Schulter und zog sie vorsichtig auf den Rücken.

„Granny?" Warum sagte sie denn nichts? Ihre Augen waren geschlossen. Ich legte besorgt meine Hand auf ihre Stirn und erschrak, als ich fühlte, wie kalt ihre Haut war, dabei lag sie im mollig warmen Bett. „Granny!" Ich wurde nun lauter, ungehaltener, packte ihre Schultern und schüttelte sie einmal ordentlich durch. Sie reagierte nicht. Mein Herz pumpte wild, die Gedanken überschlugen sich. Ich bekam Angst. Es brauchte keinen Arzt, um zu erkennen, dass etwas ganz und gar nicht mit ihr stimmte. Das war ein verdammter Notfall! Atemlos tastete ich ihren Puls, der meiner Meinung nach viel zu schwach war, und ihre Atmung ähnelte einem Röcheln. Panisch kramte ich mein

Handy heraus und alarmierte die Rettung. Während ich auf den Notarzt wartete, blieb ich die ganze Zeit bei ihr und überwachte jeden Atemzug. Ganz friedlich schien sie dort zu liegen und zu schlafen, aber es war ein Zustand, der dringende Behandlung erforderte. Da sie keinen Atemstillstand erlitten hatte, war eine Reanimation glücklicherweise nicht notwendig, wie mir der Leitstellendisponent am Telefon versicherte. Lediglich die stabile Seitenlage war äußerst wichtig, in die ich sie auch unverzüglich platzierte. Das Warten auf den Rettungsdienst war derweil unerträglich und die Angst, Granny zu verlieren, schwang stetig mit. Ich verließ das Schlafzimmer im Laufschritt, schaltete die Wärmeplatte ab, bevor das Cottage in Flammen aufging, und war mehr als erleichtert, als endlich der Notarztwagen mit Blaulicht eintraf. Ein älterer, ergrauter Herr in Begleitung zweier junger Sanitäter stieg aus dem Auto. Da Grannys Cottage abgelegen war, dauerte es eine Weile, bis das Fahrzeug endlich aufkreuzte. Und wäre in der Nähe kein Rettungswagen verfügbar gewesen, so hätte vermutlich die Küstenwache mit Hubschrauber übernommen.

„Guten Morgen", begrüßte mich der Notarzt, auf dessen Namensschild ‚Dr. Martin' zu lesen war. Im Gegensatz zu mir war er natürlich routiniert und strahlte eine gewisse Ruhe aus. „Was ist passiert?"

Ich erzählte ihm hektisch von meinem Fund, der mir große Sorge bereitete. Würde Granny es schaffen? Gestern war sie doch noch vollkommen gesund gewesen und quicklebendig ...

„In Ordnung, Ms Hopkins. Wir werden uns das einmal näher ansehen. Ich bitte Sie, unten zu warten."

„Einverstanden", gab ich kleinlaut zurück, den Blick auf den Rosenstrauch gerichtet, an dem ich etwa eine halbe Stunde zuvor hübsche Blüten für unser Frühstück abgeschnitten hatte. Zu dieser Zeit ahnte ich noch nicht, wie der Tag für mich startete... Von Angst und Sorge ergriffen, ließ ich mich schließlich auf einen der beiden Gartenstühle sinken. Mit Unbehagen beobachtete ich das geschäftige Treiben der Sanitäter, die mit allerhand Material in das Cottage stürmten. Ich wollte mich mehr auf die vielen Details konzentrieren, aber alles flog nur so an mir vorbei und die Wahrheit war, dass ich trist ins Leere starrte, ohne einen klaren Gedanken fassen zu können. Als der Arzt und die Sanitäter etwa 20 Minuten später mitsamt meiner Granny auf der Trage das Haus verließen, beschlich mich das schreckliche Gefühl, auch sie für immer verloren zu haben.

4 Monate später ...

Als ich frühmorgens das Hospiz betrat, zog sich alles in mir zusammen. Was würde mich dort erwarten? Ich hätte niemals gedacht, dass ich Granny das nächste Mal in einem Hospiz und nicht in ihrem geliebten Cottage in Zennor besuchen würde. Schon gar nicht hatte ich erwartet, nach England zu reisen, um mich für immer zu verabschieden. Ihr Gesundheitszustand hatte sich in den letzten Wochen rapide verschlechtert; es gäbe keine Hoffnung mehr, wie mir der Chefarzt des Krankenhauses am Telefon mitteilte. Granny hatte vor über vier Monaten eine weitere Herzattacke erlitten, von der sie sich nicht mehr erholte. Außerdem wurde ein aggressiver irreparabler Tumor diagnostiziert, der bereits im Endstadium war. Nun war jegliche Hoffnung für sie verstrichen, sodass sie vor einer Woche auf ihren eigenen Wunsch hin ins Hospiz gebracht wurde.

Kommen Sie so schnell wie möglich, Ms Hopkins. Die Organe Ihrer Granny stellen bald ihre Funktionen ein. Ihnen bleibt nicht mehr viel Zeit, sich von ihr zu verabschieden.

Die Worte von Grannys Leibarzt Dr. White hallten noch immer in meinen Ohren nach, während ich leise über den Gang des Hospizes lief. Die Stille in dem Haus war erdrückend, die Atmosphäre hingegen freundlich. Schummriges Licht ließ all den Kummer und Schmerz für einen Moment verblassen. Es war ein Ort, an den Menschen gebracht wurden, um gut umsorgt und friedlich einzuschlafen. Hier lagen diejenigen, für die es keine Hoffnung mehr gab. Und Menschen, die sich gegen medizinische Hilfe entschieden, die ihr Leben vielleicht um ein paar Monate künstlich verlängerte. Menschen, die bereit waren loszulassen. Ich gewahrte viele Kerzen und Blumen vor einigen Räumlichkeiten und bekam eine Gänsehaut. War es schön anzusehen oder aber beängstigend? Eine Pflegerin mit Mundschutz und Handschuhen trat aus einem der Räume und lächelte mich trotz Mund-Nasen-Maske freundlich an, wie ich ihren stechend grünen Augen entnahm, die munter blinzelten.

„Kann ich Ihnen weiterhelfen?"

„Ja. Mein Name ist Ashley Hopkins. Wir haben telefoniert. Ich möchte gerne zu meiner Granny, Mrs Rose Williams."

„Ah, genau. Schön Sie zu sehen, Ms Hopkins. Kommen Sie bitte mit. Ich bringe Sie zu Mrs Williams."

Ich folgte ihr ans Ende des Korridors in ein helles Einzelzimmer, dessen sonnengelbe Wände mich warm empfingen. Die Ausstattung war sehr einfach gehalten. Da standen ein Bett, ein Stuhl, ein Tisch, ein Schrank, die Tür ins private Badezimmer und ein paar immergrüne Zimmerpflanzen, um die Atmosphäre etwas aufzulockern. Es erinnerte an ein Krankenhaus, nur freundlicher und nicht so grell.

„Ihre Granny schläft sehr viel, was in diesem Stadium völlig normal ist. Sie können hierbleiben, solange Sie wollen. Sprechen Sie zu ihr, das wird Ihnen beiden guttun." Ich nickte dankend, und als die Schwester den Raum verließ, setzte ich mich vorsichtig auf die Bettkante. „Granny? Hörst du mich? Ich bin es, Ashley." Ich nahm ihre Hand und musterte ihre durchschimmernde Venen, die stark hervortraten. „Hätte nie gedacht, dich jemals in einem Hospiz aufzusuchen." Bittere Tränen liefen mir nun über die Wangen und ich versuchte, meine Gefühle zu kontrollieren. Granny war blass um die Nase, gezeichnet von der schweren Krankheit, die niemand erahnt hatte. Und auch wenn ihr Tod furchtbar für mich sein würde, so hatte ich diesmal wenigstens die Möglichkeit, mich zu verabschieden. Meine Eltern starben von einer Sekunde auf die andere, ohne dass ich irgendetwas tun konnte. Granny hingegen konnte ich beistehen, sie auf ihrem letzten Weg tapfer begleiten. Ich atmete ein paar Mal tief durch, ehe ich zu sprechen anfing. „Weißt du, Granny, die Wahrheit ist, dass ich mir schon länger Sorgen bezüglich deines Gesundheitszustandes machte. Um ehrlich zu sein, seit Mum und Dad tot sind. Ich hatte stets das Gefühl, du hast dich davon nie mehr richtig erholt, auch wenn du auf gute Miene gemacht hast. Aber wer kann dir das schon verübeln? Es muss hart gewesen sein, das eigene Kind zu verlieren. Ich weiß doch, dass ihr zwei eine innige Beziehung zueinander hattet, selbst wenn ihr euch nicht immer einig wart. Die wenigsten Eltern und Kinder teilen ihre Ansichten, oder?“ Ich weinte. Ich weinte ohne Unterlass, denn das hier fühlte sich nicht nur endgültig an, es war endgültig. „Um ehrlich zu sein, wünsche ich mir täglich, dass Mum und Dad wieder hier sind. Ich vermisse sie so sehr. Als der Unfall geschah, brach meine heile Welt zusammen. Ich hätte niemals gedacht, dass mir so etwas widerfahren könnte. Aber ich gab nicht auf. Niemals. Und ich bin froh, dass ich Jack gefunden habe. Er gibt mir Frieden, zumindest zeitweise. Ach, und Granny, da ist noch etwas: Ich habe hin und wieder über deine Worte nachgedacht. Du hast mich ja öfter gefragt, ob ich mir vorstellen könnte, für immer in England zu bleiben. Ich denke, dass es genau das ist, was ich eines Tages tun werde. Zurückzukehren ...“

„Ashley ...“ Verschlafen öffnete Granny die Augen und mein Herz machte einen Satz, als sie mich müde anblinzelte.

„Du bist wach?“ Ich war so unendlich froh, dass sie auf meine Worte reagiert hatte, dass ich ihr wimmernd um den Hals fiel. „Oh, Granny“, schluchzte ich in ihr geblümtes Nachthemd.

„Wie schön dich zu sehen, mein Kind. Schon wieder hast du diese lange Reise auf dich genommen."

Ich lächelte, berührte sanft ihre Haut, die eingefallen und trocken war, und strich dann vorsichtig über Grannys Wangen, denen jegliche Farbe fehlte. „Weißt du, wo du hier bist?", fragte ich leise.

„Ja." Ihre Stimme war nicht mehr als ein kraftloses Krächzen. „Im Hospiz. Ich wollte nicht zu Hause sterben. Mein Cottage stand stets für das Leben, nicht für den Tod." Sie sprach sehr langsam und kaum verständlich, weshalb ich genau zuhören musste, um ihr folgen zu können. „Es war meine Entscheidung. Ich möchte auch nicht an Maschinen hängen und künstlich beatmet werden. Wenn es vorbei ist, muss man das akzeptieren."

„Verstehe." Ich hielt ihre Hand. „Es war furchtbar zu hören, wie es um dich steht. Schon wieder verlässt mich jemand aus meiner Familie."

„Du bist jetzt auf dich allein gestellt, mein Kind", flüsterte sie nach einer Weile und am Glanz ihrer Augen erkannte ich, dass sie sehr froh war, mich bei sich zu haben. „Ich habe dafür gesorgt, dass es dir gut gehen wird, Ashley. Darauf hast du mein Wort."

Was meinte sie damit? Wäre sie nicht so müde und erschöpft gewesen, hätte ich sie vielleicht gefragt. Aber es war ihr anzusehen, dass jedes Wort anstrengend war. Warum sollte ich sie unnötig quälen?

„Ich habe keine Schmerzen mehr. Die Medikamente sind hoch dosiert", sagte sie, als sie meinen Blick verfolgte, der auf den vielen verschiedenen Tabletten am Nachttisch heftete. „Es war meine Entscheidung, bald von dieser Erde zu gehen. Ich hatte solch ein großartiges Leben. Nun darf ich zurückkehren zu meiner Familie. Ich werde deinen Grandpa wiedersehen, deine Eltern und von dort oben immer ein Auge auf dich haben, hörst du?"

Ich fasste mir tief berührt ins Gesicht, in der Hoffnung, meine Tränen aufzuhalten. „Ich will dich nicht verlieren."

„Du darfst weinen, mein Kind. Lass es zu." Sie tat alles, um mir Sicherheit zu vermitteln. „Abschiede sind immer schwierig. Aber du hast die Reife, das Leben allein zu bestreiten, Ashley. Glaube immer an das Gute und vergiss nicht – alles auf diesem Planeten hat seine Zeit. Kämpfe für das, was du im Leben willst und für die Menschen, die du liebst. Und das vielleicht Wichtigste ist: Verschließe dich nicht, wie dunkel dir die Welt auch erscheinen mag. Das Licht und die Liebe siegen. Das tun sie immer."

Meine Tränen tropften unaufhaltsam auf ihr Gesicht. Ich war Granny so nah, dass ich ihren Atem spüren konnte. Sie strömte noch immer diesen lieblichen Honigduft aus. Wie sollte ich nur ohne sie weiterleben können? Ihre Worte an mich waren so tiefgründig, dass ich ihre Bedeutung niemals vergessen würde.

„Sag Mum und Dad, dass ich sie sehr vermisse", gelang es mir schließlich unter all dem Schluchzen und Wimmern hervorzubringen, ehe meine Stimme wieder in Tränen erstickte.

„Das werde ich tun, mein Schatz. Ich bin so stolz auf dich." Ich rang nach Luft und ließ meinen Tränen nun freien Lauf, die wie ein Wasserfall über mein Gesicht strömten. Dann hob ich Grannys Arm vorsichtig an und kuschelte mich zu ihr ins Bett hinein. Ich lauschte ihrem langsamen Herzschlag und den flachen Atemzügen.

„Bleibst du bei mir, Ashley?", vergewisserte sie sich.

Es waren die letzten Worte, die ich je von meiner Granny vernahm.

„Ich bin bei dir", versprach ich und strich ihr zärtlich eine Strähne aus dem Gesicht, küsste ihre Stirn und drückte mich an ihre Brust. „Bis zum Ende bin ich da."

Kapitel 23

Nachdem Charlie und ich uns geküsst und unsere Gefühle füreinander gestanden hatten, hätte ich wahrscheinlich von morgens bis abends himmelhochjauchzender Natur sein müssen. Schließlich hatte ich lange auf diesen Moment gewartet. Dementgegen konnte ich diesen Zustand allerdings kaum genießen. Warum war alles nur so schrecklich kompliziert, obwohl es doch so schön sein könnte? Die Sache mit Jack, bei der mich neuerdings Gewissensbisse plagten, ging mir nicht mehr aus dem Kopf. Von dieser blöden Tussi Amy ganz zu schweigen... Und wie würde es mit Charlie und mir weitergehen? Würde es sich überhaupt entwickeln? Wir hatten nach dem Kuss nicht mehr darüber gesprochen, verweilten an diesem Abend in anderen Sphären. Aber nun wollte ich Klarheit. War ich bereit, unter diesen widrigen Umständen mit Charlie zusammen zu sein? Was, wenn er wirklich der Vater wäre? Wie könnte unsere Beziehung unter solchen Umständen funktionieren? Und dann fragte ich mich, ob er bereit war. Wenn ich die rosarote Brille abnahm, erkannte ich ein weiteres Mal, dass unsere Ausgangslage bescheiden war. Es gab zwar Hoffnung, denn immerhin bestand die Möglichkeit, dass es nicht sein Abkömmling war, der in Amys Bauch heranwuchs. Aber falls doch, und das jagte mir große Angst ein, wäre eine Partnerschaft ausgeschlossen. Nicht aus falschem Stolz... Es wäre ganz einfach nicht meine Art, mich in eine Familie hineinzudrängen. Ich konnte mir keinesfalls vorstellen, Amy und ihr Kind in mein Leben zu integrieren, so leid es mir auch tat. Und Amy würde das schon zweimal nicht wollen. Außerdem befürchtete ich, dass Charlie mich sowieso abschreiben würde, sobald das Baby geschlüpft war. Er hätte nur noch Augen für das Kind. *Sein* Kind? Natürlich musste ich mit ihm darüber sprechen. Vielleicht war ich ja blind für eine Lösung und wir würden auf einen gemeinsamen Nenner kommen, mit dem wir uns beide anfreunden konnten. Aber da er viel arbeiten musste und sich in jeder freien Minute in die momentan hohen Wellen vor der Küste stürzte, schob ich das Gespräch auf. Es lag mir fern, Charlie in irgendeiner Weise im Weg stehen. So schlenderte ich an diesem Abend gemächlich am Ufer von

St. Ives entlang, und wenngleich es mich einige Überwindung kostete, verabredete ich mich ein weiteres Mal mit Jack – auch auf Anraten von Rachel. Sie überzeugte mich am Telefon letztlich davon, dass eine Aussprache mit ihm zwingend notwendig wäre. Diesmal war er es, der zögerte, mich zu treffen.

„Woher der plötzliche Sinneswandel?", waren seine knapp bemessenen Worte, als er sich wenig später zu mir auf die Bank gesellte.

Ich wusste nicht, was ich antworten sollte, aber immerhin war er gekommen. Wir starrten auf die unruhige See, beobachteten das Kommen und Gehen der Wellen, die laut rauschend an den Strand schwappten. Jacks wohl definierten Oberarme zeichneten sich unter dem roten Shirt ab, das er trug. Dazu Jeans, die kurz über den Knien endeten, und er hatte seine Haare streng nach hinten frisiert, was ihm einen ungewöhnlich adretten Touch verlieh. Seine Tattoos hingegen blieben versteckt. Ich sah Jack an, wie müde er war. Sein Gesicht war fahl und er hatte tiefe Ringe unter den Augen. Bereitete ich ihm etwa schlaflose Nächte?

„Ich möchte mich bei dir entschuldigen“, begann ich das Gespräch und es fiel mir leichter, als ich dachte, diese Worte auszusprechen.

„Bei mir?“ Jack blickte überrascht drein, legte die Hände auf die Oberschenkel und scannte mich neugierig.

„Bitte mach dir keine falschen Hoffnungen“, stellte ich sofort klar, um ihm den Wind aus den Segeln zu nehmen. „Dennoch denke ich, dass es blöd von mir war, die Tür zuzuschmeißen. Du hast das vermutlich gesagt, weil du wütend warst. Solche Aussagen über Granny und meine Eltern treffen mich sehr. In solchen Situationen werde ich unberechenbar und neige schnell zu Überreaktionen.“

„Genau das habe ich in diesem Moment wohl ausgenutzt“, gab er kleinlaut zu und heftete den Blick beschämt auf den Boden. Es tat ihm wirklich leid. „Im Nachhinein war es total bescheuert von mir und ich verstehe sehr gut, dass du sauer auf mich warst. Es tut mir auch leid, Ash.“

„Ist okay.“ Ich lächelte. Das Gespräch schien sich in die richtige Richtung zu entwickeln. „Weißt du, Jack – ich hätte im Leben nicht gedacht, dass du hier auftauchen würdest. Das alles hat mich dermaßen überfordert.“

„Ich auch nicht. Aber als Trish mir erzählte... ach, du weißt es doch schon.“

„Es war nie wirklich leicht zwischen uns. Ich bin auf Krawall gebürstet, du bist ein Hitzkopf... unsere Beziehung war eine explosive Mischung.“

„Aber wir hatten auch unsere guten Momente!“, rief er mir ins Gedächtnis und damit hatte er natürlich recht. „Ich dachte einfach, wir könnten da anknüpfen, wo wir einst begonnen hatten, Ash. Ich hoffte, wir könnten die unschönen Erlebnisse der letzten Monate streichen.“

„Ja, aber... mir ist klar geworden, dass ich hierbleiben werde. Eine Fernbeziehung würde auch nicht funktionieren, das haben wir uns schon bewiesen.“

„Da hast du recht.“ Er verzog keine Miene. „Und dann ist da noch die Sache mit Charlie ...“, fügte er trocken hinzu.

Ich nickte. „Ja. Charlie.“

„Also, ich... bin nicht gerade glücklich darüber, dass es zwischen uns beiden endgültig vorbei ist. Aber ich akzeptiere es, Ash.“

„Tut mir echt leid, dass du für den Rest deines Lebens diese Erinnerung mit England verknüpfst. Es ist eigentlich traumhaft schön hier.“

Er deutete ein Grinsen an. „Also England ist echt nicht meins. Ich verstehe diesen Hype nicht. Es ist arschkalt, unbeständiges Wetter, komischer Akzent, Linksfahren, Tee am Nachmittag ...“

Ich lachte. „Es ist nicht kalt, Jack, sondern erfrischend.“

„Glaub mir, Ash. Für einen echten gebürtigen Ami *ist es* verdammt kalt.“ Wir steckten die Köpfe zusammen, ich boxte ihn juxend in die Seite und war sehr erleichtert, dass wir unseren Streit weitgehend beilegen konnten.

„Wenn du willst, zeige ich dir in den nächsten Tagen gerne die Gegend. Etwas Sightseeing könnte dir vielleicht doch noch ein schönes Bild von Cornwall vermitteln.“

„Sorry, aber ich werde morgen früh abreisen. Ich fliege noch für drei Wochen auf die Kanaren.“

„Was?“ Mir verschlug es die Sprache. „Im Ernst?“

„Dachtest du, ich sei so doof und gäbe den Großteil meines Jahresurlaubs für *das hier* auf? Für England? Bestimmt nicht. Es war mir trotzdem wichtig, dich zu besuchen. Du solltest wenigstens wissen, dass ich ein guter Kerl bin und meine Entschuldigung ernst meine. Um ehrlich zu sein, rechnete ich mir meine Chancen von Anfang an ohnehin mies aus ...“

„Oh, Jack.“ Ich war heilfroh, dass er meinetwegen die Reise nicht storniert hatte, wie ich zuerst annahm. Ich wusste ja, wie sehr er sich auf die Kanarischen Inseln gefreut hatte. Als er dann urplötzlich in England vor meinem Cottage stand, plagte mich heimlich das schlechte Gewissen, dass er nur meinetwegen auf die Kanaren verzichtete, die er so gerne einmal besuchen wollte. Dass er rund eine Woche später doch noch dorthin flog, war so was von aufmunternd, dass ich ihm kurzerhand um den Hals fiel. Wie schnell sich doch Abneigung in Zuneigung verwandeln konnte, wenn man es nur zuließ und über den Tellerrand blickte ...

„Dann sind wir jetzt Freunde?“, fragte er, und ich nickte eifrig.

„Freunde.“

„Wie perfekt. Vielen Dank für diese tollen Motive.“

Ich sah auf und starrte in das Gesicht von Amy, die ihre Handykamera direkt auf uns ausrichtete. Schützend hielt ich meinen Arm vor die Augen. Als würde das noch etwas nützen. „Das wird Charlie ganz und gar nicht gefallen. Seine neue Flamme vergnügt sich in seiner Abwesenheit mit dem heißen Ami.“

„Echt? Du findest mich heiß?“, hörte ich Jack aufgeregt säuseln.

„Lass gut sein, Amy“, konterte ich und überschlug lässig die Beine. „Jack und ich sind nur Freunde.“

„Aber natürlich, deshalb kam er auch extra von Amerika nach Cornwall und buhlt um dich wie ein Elchbulle.“

„Und jetzt? Was willst du Charlie erzählen? Dass wir uns auf einer Bank in St. Ives treffen? Von mir aus.“ Innerlich tobte ich, weil diese hinterlistige Göre nichts Besseres zu tun hatte, als sich ständig zwischen uns zu drängen. Aber mein Pokerface blieb unverändert.

„Hm... lass mal nachdenken. Da war doch dieser Kuss, oder, Phoenix? Denkst du etwa, ich habe euch beide nicht gesehen?“ Mit den Fingern wischte sie blitzschnell über das Handydisplay und hielt mir plötzlich ein Foto unter die Nase, das Jack und mich küssend vor dem Hotel in St. Ives zeigte. Es sah auf dem Bild tatsächlich so aus, als wären wir eng umschlungen. Dabei hielt Jack mich am besagten Tag so fest in seinen Armen, dass ich mich nicht befreien konnte. Mein Gesicht war kaum zu erkennen, demnach ließ sich meine Abneigung nicht deuten.

„Weißt du, Süße, ich bin unberechenbar. Ich schleiche um meine Beute wie eine hungrige Wölfin. Ich liebe es zu spielen, ehe ich zum Angriff übergehe. Charlie wird dieses Foto bestimmt hinterfragen. Es wirft ein sehr schlechtes Bild auf dich, Phoenix." Sie grinste teuflisch, sodass vor meinem inneren Auge ihr bodenlanger schwarzer Rock bereits in Flammen stand. Fehlten nur noch zwei Hörner und die Ausgeburt des Teufels wäre perfekt.

„Wow, du bist ja ein richtiges Miststück", bemerkte Jack und ich war froh, dass er sich auf meine Seite stellte.

„Ich nehme mir nur das, was mir zusteht – und das ist Charlie!"

„Zeig es ihm ruhig. Ich werde es ihm im Nachhinein erklären können", gab ich locker zurück. Sie konnte mich nicht erpressen.

„Kannst du auch die Fotos von heute erklären?" Wieder hielt sie mir das Smartphone unter die Nase und wischte von einem Bild zum nächsten. Jack und ich saßen auf der Bank vor dem Meer, Jack und ich steckten die Köpfe zusammen, Jack und ich lachten, Jack und ich umarmten uns... Ich schluckte. Wüsste ich es selbst nicht besser, sahen diese Fotos in der Tat verräterisch aus. Aber Charlie würde verstehen, dass ich lediglich Frieden mit meinem Ex suchte und obwohl ich anfangs stinksauer auf Jack war, siegte mein Bedürfnis, mit ihm im Guten auseinanderzugehen. Nur für den Kuss hatte ich keine Erklärung parat. Andererseits geschah dieser zu einem ganz anderen Zeitpunkt – nämlich, *bevor* wir uns unsere Gefühle gestanden hatten.

„Tu dir keinen Zwang an, Amy", antwortete ich lapidar und zu ihrer Überraschung.

Sie reckte das Kinn, steckte das Handy in ihre Handtasche und zeigte mir unverfroren den Mittelfinger. „Damit kommst du nicht durch, Bitch", ließ sie mich eiskalt wissen mit einem Funkeln in den Augen, das nichts Gutes verhieß.

Endlich machte sie auf dem Absatz kehrt. Ich sah ihr kopfschüttelnd hinterher, als sie um die Ecke wackelte.

„Was war das denn? In Phoenix müsstest du diesen Terror nicht ertragen."

„Oh, Jack." Ich seufzte.

„Denkst du, wir sollten da etwas klarstellen? Ich meine mit Charlie – wegen des Kusses?", fragte er.

Obwohl ich ihm seine Idee hoch anrechnete, verneinte ich. „Charlie lässt sich von Amy nicht beeinflussen. Da bin ich mir ziemlich sicher." Bislang konnten wir beide nicht fassen, dass wir endgültig einen Schlussstrich zogen, und doch fühlte es sich richtig an, ab jetzt getrennte Wege zu gehen.

„Tja, dann ist wohl der Zeitpunkt gekommen, Lebewohl zu sagen", murmelte Jack und reichte mir verstohlen die Hand.

Ich griff zu und sah ihn mit treuem Blick an. Ob ihm der Abschied schwerfiel? „Schön, dass wir uns ausgesprochen haben. So können wir wenigstens im Guten auseinandergehen."

„Und ich schätze, ich sehe dich spätestens im nächsten Jahr wieder, wenn du deine Sachen in Phoenix holst?"

„Ja", ich zwinkerte ihm zu. „Spätestens."

Kapitel 24

Ich traf mich nachmittags mit Charlie im *Magic Roof*. Zum ersten Mal waren wir gemeinsam an diesem Ort, den ich sehr schätzte, wobei er seinen Zauber aufgrund der Begegnungen mit Amy in meinen Augen etwas eingebüßt hatte. Wir saßen in meinem Lieblingseck, blickten aus der hohen Fensterfront hinaus auf den Gehsteig und hielten unterm Tisch heimlich Händchen. Sonnenstrahlen brachen durch die Wolkendecke und erhellten das Café, dessen schummrige Atmosphäre uns behaglich einlullte. Ich liebte Charlies leicht gebräunte Haut, die für einen Fischer ungewöhnlich weich war. Die Kellnerin servierte uns zwei eisgekühlte Cokes, die wir dankbar entgegennahmen. Es war ein für England äußerst heißer Tag, der mich fast ein bisschen an Arizona erinnerte. Wie gut, dass das *Magic Roof* klimatisiert war, wenngleich es keineswegs mit den Klimaanlagen von Phoenix vergleichbar war.

„Jack ist also weg?" Charlies Augen wanderten zu mir, während seine Finger zärtlich über meine Knöchel streichelten. Ich zuckte. „Er flog vor ein paar Tagen weiter auf die Kanaren. Scheinbar wusste er, dass ich ihm keine Chance mehr geben würde... natürlich hatte ich es ihm unmissverständlich klargemacht." Ich schmunzelte und dachte an die gelben Rosen vor meinem Cottage, die nun in einer Vase im Wohnzimmer standen.

Jack hatte sie mir nach einem Streit wutentbrannt vor die Tür geschleudert.

„Immerhin hat er überhaupt versucht, dich zurückzugewinnen und das kann ich gut verstehen – er wollte dich nicht einfach so aufgeben."

„Wir haben uns ausgesprochen, sind im Guten auseinandergegangen." Charlie wirkte wenig überrascht, was mich verunsicherte.

„Und das hat geklappt?"

Ich nickte. „Aber nun zu uns." Ich spielte mit seiner Hand und warf ihm ein verliebtes Lächeln zu. „Ich möchte gerne wissen, wie es weitergeht. Wir haben uns unsere Gefühle gestanden und uns geküsst. Die Frage ist, ob es eine Zukunft gibt?"

„Ich... Ich habe starke Gefühle für dich entwickelt und das hat sich auch nicht geändert. Wenn ich an dich denke, kribbelt es in meinem Bauch. Unser Kuss war wundervoll und löste eine Welle der Glückseligkeit in mir aus."

Ich strahlte. So romantisch konnte das wohl nur Charlie O'Sullivan umschreiben.

„Aber es gibt Dinge, die wohl zwischen uns stehen." Er senkte betroffen den Blick, legte die Stirn in Falten. Seine Hand ruhte locker auf meiner. „Ich kann und will Amy nicht hängenlassen. Nicht in dieser Situation. Das ist einfach nicht meine Art und ich bitte dich deshalb um Verständnis." Er sah mich auffordernd an.

Ich zögerte. Was er da verlangte, war einerseits verständlich, aber wie stellte er sich das vor?

„Du solltest wissen, dass... nun, ich habe Amy bereits zum Ultraschall begleitet und den Fötus gesehen. Wenn das in ihrem Bauch mein Kind ist, möchte ich gerne die Verantwortung dafür übernehmen – von Anfang an."

„Ich verstehe dich ja, aber ..."

„Lass mich das bitte zu Ende führen. Ich bin mir nicht sicher, ob es neben mir noch jemanden gab, mit dem sie in der Kiste war. Ich habe keinerlei Beweise, dass dem so ist. Amy erzählte mir, es gab in der Zeit, in der das Kind entstand, nur mich. Demzufolge gehe ich davon aus, dass es die Wahrheit ist. Das erklärt auch, warum sie mich überhaupt mit zum Frauenarzt nahm."

Ich lauschte seinen Worten, die wie Gift in meinen Ohren waren. Hatte sie ihm etwa die Sicht vernebelt? Wenn ich so darüber nachdachte, gab es tatsächlich keinen Beweis, dass Charlie *nicht* der Vater war; aber eben auch keinen Beweis, *dass* er es war. Die Chancen standen 50:50. Dass er sie hingegen gutmütig zum Gynäkologen begleitete, zeigte definitiv Verantwortungsbewusstsein, aber vielleicht auch Naivität.

„Aber du sagtest doch, dass möglicherweise Will ..."

„Sie streitet das ab. Ich weiß nicht, was ich glauben soll, aber er hat damit wohl eher nichts zu tun. Vielleicht habe ich mich geirrt."

Ich starrte ihn verwirrt an. Meinte er neulich nicht, Will würde mit Amy schlafen? Ich schnaubte. Eigentlich erhoffte ich mir von diesem Abend etwas völlig anderes, nämlich, dass wir beide eine Lösung fänden, die es uns erlaubte, all das gemeinsam durchzustehen. Doch wenn ich ehrlich war, wusste ich schon länger, dass diese Situation kaum zu bewältigen war. Zumindest nicht für eine neue Liebe. Aber die Hoffnung stirbt ja bekanntlich zuletzt.

„Ich kann mir nicht vorstellen, dass ich damit klar kommen würde", sagte ich schließlich. „Wir hatten ja schon darüber geredet... nach dem Kuss. Ich hoffte zwar, dass wir einen Weg finden, aber... du scheinst Gefühle für dieses Geschöpf entwickelt zu haben, was ich dir nicht vorwerfen werde. Nur will ich dich nicht teilen müssen, Charlie. Schon gar nicht mit dem Kind deiner Ex, das noch nicht einmal geboren wurde."

„Ich habe es mit meinen eigenen Augen gesehen. Dieses Kind ist keine Erfindung von Amys Fantasie. Es lebt – in ihr. Was, wenn auch der Rest wahr ist? Ich muss erwägen, dass es *meines* ist und meinen Pflichten nachkommen. Und Gefühle... nun, dieses Wesen ist für mich nicht greifbar, weshalb ich tiefere Gefühle im Augenblick ausschließe. Aber nicht seine Existenz."

„Dieser Ultraschall hat deine Sicht auf die Dinge verändert, hm?"

„Ich hatte einfach die Zeit, nachzudenken. Und dieser Termin hat einiges verändert. Aber ich schwöre dir, dass ich mit Amy fertig bin. Meine Gefühle für dich sind echt und hätte ich eine Wahl, dann würde sie immer auf dich fallen."

Ich zauderte. „Dann war es das mit uns beiden, bevor wir es überhaupt versuchen konnten", stellte ich für mich fest und kämpfte gegen den aufquellenden Schmerz in meiner Brust an, der sich wie ein Hieb ins Herz anfühlte. Ich zog meine Hand zurück und lehnte mich nach hinten.

„Wahrscheinlich wäre das erst einmal besser. Außerdem denke ich ehrlich gesagt nicht, dass du schon bereit für eine Beziehung bist."

Ich spitzte die Ohren. Was sollte das denn? „Wie meinst du das?“

„Ich habe die Fotos von dir und Jack gesehen. Die Art, wie du ihn angesehen hast, spricht Bände.“

Amy! Dieses Biest hatte tatsächlich versucht, Charlie mit den Bildern zu manipulieren. Genauso hatte sie es angekündigt. Ich bebte. Charlie hingegen wirkte gefasst und doch erkannte ich in seinem Blick, was er mir ankreiden wollte. Dachte er etwa, ich hegte noch immer Gefühle für meinen Ex? Das wäre doch unlogisch. Dann hätte ich nicht dafür gesorgt, dass er wieder aus Cornwall verschwindet …

„Das verstehst du vollkommen falsch, Charlie! Wir hatten uns nur ausgesprochen und ja, ich nahm Jack für einen Moment in den Arm, weil es die Situation hergab …“

„Und der Kuss?“, unterbrach er mich. „Gab das die Situation auch her?“

„Jack hat mich geküsst!“, stellte ich klar.

„Und du hast mitgemacht. Das Bild zeigt euch eng umschlungen.“ Sah ich da eine Spur von Eifersucht, die in seinen Augen aufblitzte? „So war das nicht …“

„Ashley …“ Er hielt einen Moment lang inne, und als er den Kopf senkte, fiel ihm sein kringeliges Haar in die Stirn. „Mein Dad hat euch auch gesehen.“

Mr O’Sullivan hatte Charlie von dem Kuss erzählt? Sagte er nicht, er würde sich da raushalten und *ich* solle das klären? Ich blies die Backen auf. „Der Kuss ging nicht von mir aus“, bekräftigte ich erneut mit gedämpfter Stimme. „Er war bedeutungslos.“

„Wie auch immer. Im Augenblick sieht es nicht so aus, als würden die Sterne gut für uns stehen, dabei bist du mir wirklich sehr wichtig. Ich habe ein großes Stück meines Herzens an dich verloren. Aber ich denke, dass die Vernunft uns beiden klar macht, dass wir nur wenige Optionen haben. Alles zusammen ergibt eine Summe, die keine Partnerschaft zu Beginn aushalten sollte."

Ich mochte, was er sagte, auch wenn mein Herz daran zerbrach. Anfangs wollte man die Schmetterlingsgefühle genießen, sich kennenlernen und jede freie Minute miteinander verbringen. Für uns hingegen schien sich der Himmel zuzuziehen.

„Dennoch möchte ich nicht ausschließen, dass wir eine Chance haben. Wenn sich gewisse Dinge geklärt haben. Was denkst du darüber?"

Ich zuckte die Schultern. Im Leben hatte ich nicht damit gerechnet, dass mich nach dem Abschied von Jack nun auch der Abschied von Charlie erwartete. Und auch wenn es nur eine Art Zwischenlösung war, so klang es dennoch endgültig. An diesem Ort war kein Platz für eine neu aufflammende Liebe. Ausgerechnet an diesem Ort, an dem ich so glücklich war. In Cornwall. Wir tranken unseren Cokes und tauschten gefühlvolle Blicke miteinander aus, sprachen aber nicht. Zu tief waren die Wunden in unseren Herzen, die nun offenlagen wie nach heftigen Schwerthieben. Warum schien sich plötzlich die ganze Welt gegen uns zu wenden? Charlie, der mir schweigend gegenüber saß, warf wenig später einen Blick auf seine Uhr und seufzte. „Ich muss jetzt leider los, Onkel Charles braucht dringend seine Medikamente. Soll ich dich vielleicht mitnehmen?"

Ein himmlischer Gedanke. So hatte es einst begonnen. Ich stieg in seinen Bentley und er fuhr mich zu meinem Cottage. Das war der Beginn unserer Geschichte, die hier ihr jähes Ende nahm. Ich schüttelte den Kopf und verneinte, auch wenn es mir schwerfiel. Charlie blickte mich mitfühlend an und ich spürte, dass ihm etwas auf der Zunge lag, das er nicht aussprach. Zuletzt hauchte er mir einen zarten Kuss auf den Scheitel. Unsere letzte Berührung? Ich kniff die Augen zusammen, um meine Tränen zurückzuhalten.

„Ich wünsche dir einen schönen Abend. Bitte nimm dir ein Taxi, ja?“

Der Kloß in meinem Hals verhinderte, dass ich antworten konnte, doch als er auf dem Absatz kehrtmachte, rief ich ihn kurzerhand zurück. Er zögerte nicht.

„Charlie“, sagte ich atemlos. „Du sollst wissen, dass ich mich in dich verliebt habe und meine Beziehung mit Jack endgültig vorbei ist.“ Mit wässrigen Augen musterte ich seine Reaktion, die darauf schließen ließ, dass er ähnlich wie ich fühlte. Trotzdem schwangen bei ihm leise Zweifel mit.

„Ich möchte dir gerne glauben, aber wenn ich die Bilder so ansehe, dann hadere ich. Das liegt wohl daran, dass ich ein gebranntes Kind bin und nicht, weil ich dir kein Vertrauen schenke.“

Ich nickte. Wer schon oft betrogen wurde, war natürlich unsicher. Aber da war noch etwas, dass ich loswerden musste.

„Es schmerzt mich zu wissen, wenn du bei Amy bist, aber ich verstehe dich natürlich. Wenn zwischen dir und mir keine Gefühle wären, könnte ich damit umgehen. Aber wir haben uns unsere Liebe zueinandergestanden, weshalb ich erst einmal auf Abstand gehen möchte. Es tut mir leid."

Seine Lippen kräuselten sich, dann formten sie den Ansatz eines gequälten Lächelns, das sein Grübchen hervorhob. Sah es *so* aus, wenn ihm sein Herz gebrochen wurde?

„Diese Entscheidung tut mir ehrlich gesagt weh, aber ich verstehe dich, Mylady. Und ich würde dich nie zu etwas drängen, das du nicht willst. Die Liebe lässt uns manchmal seltsame Dinge tun." Ich versank in seinen wundervollen Augen, die mich feucht unterlaufen anblickten, ehe er mir friedfertig zunickte. „Du wirst mir fehlen. Danke für unsere gemeinsame Zeit." Schließlich verließ er das Kaffeehaus.

Die Vorstellung, Charlie vielleicht für immer verloren zu haben, war unerträglich. Aber es machte keinen Sinn, sich weiter zu quälen, solange wir beide nicht wussten, was Sache war. Nach diesem Gespräch war ich angehalten, das *Magic Roof* ebenfalls zu verlassen, das ich nun überhaupt nicht mehr als magisch empfand, doch als plötzlich Will durch die Tür ins Café kam, ruderte ich zurück und winkte ihn hastig herbei. Er sah fertig aus mit seinen Augenringen und der Sturmfrisur, die er an diesem Tag bewusst oder nicht auf dem Kopf trug. Wo er wohl herkam? Als er mich erkannte, schlenderte er gemächlich herbei.

„Na? Verkatert?", fragte ich aufgrund seines bescheidenen Anblicks, der mir in der Nähe noch mehr auffiel. Er roch in der Tat nach Alkohol und sein unbeholfener

Gang bestätigte meine Vermutung. Will hatte definitiv zu tief ins Glas geschaut.

„Ashley, wie cool dich wieder einmal zu sehen. Was macht der Garten?"

Ich freute mich dennoch, als er sich zu mir gesellte und erzählte ihm von den Arbeiten der letzten Wochen. Ob er mir folgen konnte, so schläfrig, wie er dreinblickte? Dann zeigte ich ihm stolz die Bilder vom Ergebnis.

„Wirklich gut geworden. Respekt. Bist du denn allein hier?" Er massierte sich die Schläfen, als würden ihn pochende Kopfschmerzen heimsuchen, dann fiel sein Blick auf das zweite Glas und er hob wissend eine Braue. „Du warst nicht alleine, stimmts?"

„Charlie war da." Will sah sich hektisch um, als könne er noch einen Blick auf ihn erhaschen, dabei war Charlie längst gegangen.

„Er ist schon weg", bemerkte ich trocken und Will atmete erleichtert auf.

„Ihr seid jetzt also ein Paar?", wollte er aufgesetzt beiläufig erfahren, dabei sah ich ihm an, wie sehr ihn diese Frage drängte.

Ich schüttelte geknickt den Kopf. „Nein, gewisse Umstände wussten das leider zu verhindern." Es brannte mir auf der Zunge, Will auszuquetschen wie eine Tomate, denn vermutlich wusste er viel mehr, als er sagte. Aber ich überließ ihm den Vortritt. Wenn er etwas zu sagen hatte, das ihn innerlich umtrieb, würde er es von selbst zugeben. Spräche ich ihn hingegen darauf an, so war eine ehrliche Antwort nicht gewährleistet.

„Es ist wegen dieser Schwangerschaftsgeschichte, oder?"

Na also. Es deutete alles in die richtige Richtung. Will wusste sehr wohl, wie es um Charlie, Amy und mich stand. Und er wusste von dem Kind.

„Tja, wenn Charlie der Vater ist, wie er annimmt, können wir natürlich nicht zusammen sein.“

Er räusperte sich mehrmals und ich ließ ihn keine Sekunde aus den Augen. Mir entging nicht, dass er sich offenbar unwohl fühlte. Er rutschte nervös auf dem Stuhl herum, knetete die Hände und wich meinem Blick gekonnt aus.

„Wirklich schade. Ihr wärt ein tolles Paar gewesen“, spuckte er schließlich mit vibrierender Stimme aus.

Ich lächelte bedacht in mich hinein. So rot, wie Will anlief, hatte er auf jeden Fall etwas zu verbergen. Also – was wusste er?

„Wollen Sie etwas trinken?“, fragte die Kellnerin, die wie aus dem Nichts an unserem Tisch aufgetaucht war, doch Will verneinte mit eindeutiger Geste.

Vielleicht musste ich ihm doch etwas auf die Sprünge helfen. Möglicherweise hatte der Alkoholkonsum seine Sinne entschärft.

„Tja. Leider werden wir uns vorerst nicht mehr treffen. Es wäre zu schmerzhaft. Für uns beide. Ständig zu wissen, dass wir nicht zusammen sein können, obwohl wir es uns so sehr wünschen... das wäre einfach zu viel des Guten.“ Ich hegte die Hoffnung an sein Gewissen zu appellieren, sodass er vielleicht doch noch redete. Aber entgegen meiner Annahme bedauerte er zwar unser vorzeitiges Ende, konnte jedoch nichts zur Aufklärung beitragen. Auch im Laufe des Abends war Will nichts zu entlocken. Vielleicht musste ich mich einfach damit anfreunden, dass Charlie eben doch der Vater des Kindes war.

Die nächsten Wochen flogen nur so vorbei. Es wurde November und Weihnachten nahte. Ob ich diese besondere Zeit zum ersten Mal ganz allein verbringen würde? Der Gedanke daran stimmte mich traurig. Die letzten Jahre besuchte mich Granny in Phoenix, denn weder sie noch ich wollten einsam sein. Jack, der über Weihnachten jährlich bei seiner Familie in Mesa war, hatte während unserer Beziehung nie ein Problem gehabt, über die Festtage von mir getrennt zu sein. Lediglich letztes Jahr verbrachten wir Weihnachten gemeinsam. Es war sogleich das letzte Mal... Nun befürchtete ich, würde ich in diesem Jahr einsam unter dem Baum sitzen und für mich allein *Stille Nacht* singen... In Selbstmitleid zu ertrinken, schien mir jedenfalls keine akzeptable Lösung zu sein. Ich musste mich aufraffen und meinem Leben endlich wieder einen Sinn einhauchen. Auch ohne Charlie, der mir unsagbar fehlte. Wir gingen uns aus dem Weg und er gab mir den Abstand, den ich so dringend brauchte. Ich sah betrübt aus dem Fenster. Bereits Anfang Herbst hatte ich zahlreiche Rosen gepflanzt und ich hoffte sehr, dass sie im nächsten Frühjahr farbenprächtig aufblühen würden. Es war in erster Linie natürlich eine Hommage an meine Granny, die eine begnadete Gärtnerin war. Sie liebte und lebte Rosen in allen Farben und Duftkompositionen, die strukturiert und aufeinander abgestimmt in den extra dafür angelegten Beeten heranwuchsen. Diese edlen Blumen wieder im Garten des Cottages zu haben, holte die Vergangenheit ein Stück weit zurück, zumindest in

Form einer lebhaften Erinnerung. Aber nun, da draußen alles düster und trist war, die Wolken tief über den Klippen hingen und die Schwere des Novembers Einzug hielt, hatte der Garten Pause. Ganz zu meinem Verdruss – war er doch eine herrliche Ablenkung gewesen. Konnte ich mich in den letzten Wochen draußen austoben und mein neu errungenes Wissen umsetzen, so fehlte mir nun jegliche Art der Beschäftigung, um mich abzulenken. Das Haus war geputzt, die E-Mails abgearbeitet, Trish hatte keine neuen Aufträge für mich. Als ich gar nicht mehr weiter wusste, holte ich mein Häkelzeug aus der Schublade heraus. Während ich an dem Deckchen weiterarbeitete, das schon völlig in Vergessenheit geraten war, kämpfte ich mit den Tränen. Wie war es möglich, dass sich mein Aufenthalt in Cornwall plötzlich so schwermütig anfühlte? Sich alles gegen mich wandte? Vielleicht war es die fehlende Sonne, die mich dermaßen traurig stimmte. Ich war seit der Überwindung sämtlicher Schicksalsschläge felsenfest davon überzeugt, gut allein sein zu können. Aber hatte ich mich womöglich geirrt? Brach nun alles über mich herein? Gefühle, die ich jahrelang beiseiteschob, Emotionen, die ich erfolgreich verdrängte? Ich hatte in meinem kurzen Leben schon so viele Menschen gehen lassen müssen, die ich liebte.

War das vielleicht der Knackpunkt? Ich fühlte mich innerlich nämlich überhaupt nicht bereit, Charlie aufzugeben. Er war schließlich nicht gestorben, sondern immer noch greifbar. Ihn gegen meinen Willen zu verlieren, lähmte mich. Das musste wohl die echte Liebe sein, denn das Gefühl, dass wir zueinander gehörten, war nicht einfach ein paar Tage später wieder verflogen, nein. Mir wurde ein für alle Mal bewusst, dass wir zusammengehörten – egal, was geschah.

Kapitel 25

Weihnachten stand vor der Tür, doch meine Festtagsstimmung hielt sich weiterhin in Grenzen. Ich hatte wenig Freude beim Dekorieren des Cottages, aber zwang mich dazu, dem Weihnachtszauber etwas mehr Raum zu geben. Granny hatte es geliebt, die Dekoration auszupacken und ihr Anwesen im hellen Lichterglanz erstrahlen zu lassen, weshalb ich mir einen Ruck gab. Ich nahm das Ende des Lichtschlauchs und befestigte es mithilfe einer Leiter an der Regenrinne unterhalb des Reetdachs. *Granny würde ausflippen, wenn sie mich so sieht*, dachte ich mir, ungesichert auf dem wackligen Gestell stehend. Leitern waren in ihren Augen schon immer Objekte gewesen, die Leben gefährdeten. Ich hingegen berief mich lieber auf den Nutzen einer Leiter.

Hier und da ein paar weihnachtliche Akzente zu setzen war in Ordnung, aber keinesfalls würde ich das Cottage in ein buntes Lichtermeer oder gar in eine teilweise lebendige Krippe verwandeln, wie Granny es einst tat. Sie hatte sich damals Schäfchen und einen Esel vom Nachbarn geliehen, die um das Cottage herum in einem abgezäunten Bereich, ‚der Krippe‘, grasten und ein echter Besuchermagnet waren. Natürlich durften lebensgroße Figuren nicht fehlen, die sie sich im Internet ersteigert und nur ein Jahr später wieder weiterverkauft hatte. Nachdem die Tiere nämlich nicht nur zum Himmel stanken und Lärm machten, sondern auch ihr Immergrün abgefressen hatten und das Stroh bis in den Sommer vor dem Cottage lag, wiederholte sie dieses Event nie wieder. Ich gackerte bei der Erinnerung daran. Und während ich in diesem Jahr auf einen Baum verzichtete, weil mir einfach nicht der Kopf danach stand, verbrachte ich viel Zeit mit Plätzchen backen und dem Ausprobieren sämtlicher Rezepte, die ich in einem Ordner abgeheftet in einer der Schubladen vorfand. Ich wollte ein paar der Köstlichkeiten im Ort verschenken und den Einwohnern Zennors eine kleine weihnachtliche Freude bereiten. Was sollte ich auch mit all dem Gebäck? Weihnachtssterne schmückten die Fensterbank, im Ofen knisterte ein Feuer und der unverwechselbare Duft von Makronen erfüllte das Haus. Das vorweihnachtliche Ambiente hob meine Weihnachtsstimmung ein wenig an, und als es unerwartet an die Haustür klopfte, während ich im Sessel sitzend häkelte, dachte ich nicht, dass womöglich (m)ein Weihnachtswunder in den Startlöchern stand.

„Will?“ Ich war mehr als überrascht, als Charlies guter Freund vor meiner Tür stand und verwegen grinste. Er war dick eingepackt in eine schwarze Daunenjacke, trug Mütze, Handschuhe, Schal und sein Atem nebelte in der klirrenden Kälte. Ich hatte ihn seit Monaten nicht mehr gesehen.

„Ashley! Ich muss dringend mit dir reden“, begrüßte er mich. Der Seewind wehte derweil eine frostige Brise ins Haus und ließ mich erschaudern.

„Na schön, komm rein.“ Ich schritt beiseite und bat ihm einen Platz auf dem Sofa schräg gegenüber vom

Kamin an. Was er wohl wollte? Ich konnte es mir nicht erklären; wir standen doch sonst nicht in Kontakt. „Was kann ich für dich tun? Willst du eine Tasse heißen Apfelpunsch?“

Er nickte dankbar, zog Handschuhe und Mütze aus und mein Blick heftete auf seinem rabenschwarzen Haar, das ihm platt ins Gesicht hing. Die Ähnlichkeit zu Jack fand ich nach wie vor erstaunlich, wenngleich Will etwas besser im Futter stand.

„Ich bin völlig eingefroren. Die Straßen sind glatt und es ist nur noch eine Frage der Zeit, bis es schneit“, bibberte er. Ich warf einen Blick aus dem Fenster. Der Himmel war bewölkt und ein trüber Nebelschleier lag über Flur und Felder. Weiße Weihnachten? Gab es in Arizona nie. Wie traumhaft schön es wäre, einen Schneemann zu bauen. Mein erster, seit ich ein Kind war... Ich flitzte zum Herd, erwärmte den Punsch, den es in Flaschen abgefüllt auf dem Wochenmarkt zu kaufen gab und schielte neugierig zu Will, der zusammengekauert seine Hände rieb. Ihre Färbung war eine Mischung aus Lila und Rot. „Du wolltest mit mir reden?“

„Oh, ja. Sorry, das muss wohl der Gehirnfrost sein.“

„Immer mit der Ruhe.“ Ich reichte ihm die Tasse, dessen Wärme dampfend und wohlduftend in die Höhe stieg und ließ mich neben ihm auf die Couch sinken. „Willst du die Jacke nicht ausziehen?“

Er schüttelte den Kopf, öffnete aber den Reißverschluss. *Immerhin* dachte ich. „Also, was kann ich für dich tun, Will?“

„Es geht um Charlie.“

„Dachte ich mir schon.“ Mein Herz schlug ein paar Takte schneller, als er seinen Namen aussprach. Ich fragte mich inständig, um welche Informationen es sich handelte. Ging es um Amy? Das Baby? Was wusste er? Will nahm einen großen Schluck, stellte die Tasse auf den Beistelltisch und ich blickte ihn erwartungsvoll an.

„Ashley... Charlie vermisst dich.“

Ich lächelte zufrieden. Es tat gut, diese Worte zu hören. „Ihr redet wieder miteinander?“

„Wir haben uns ein paar Mal getroffen und kommen ganz gut aus, ja.“

„Dann hat er dich geschickt, um mir das zu sagen?“

„Nein, er... Er weiß nicht einmal, dass ich hier bin.“

„Oh.“ Ich runzelte die Stirn. „Er fehlt mir auch. Sehr sogar. Leider kann ich der momentanen Situation nichts abgewinnen. Es würde eine Beziehung nur unnötig belasten und das will ich nicht riskieren, aber das weißt du ja bereits.“

„Deshalb bin ich hergekommen.“ Er wurde sichtlich nervös. „Ashley, hör zu... es... Es ist sehr unwahrscheinlich, dass Charlie der Vater des Babys ist.“

Ich wurde hellhörig. Will wusste doch mehr, als er damals im Magic Roof zugab. „Ach ja? Wie kommst du darauf?“, stellte ich mich unwissend, als hegte ich nicht längst Verdacht. Er kratzte sich verlegen hinterm Ohr und fuhr sich immer wieder durchs Haar, was auf mich den Eindruck einer Geheimniskrämerei verstärkte.

„Ich weiß es, weil... oh man“, er brach ab.

„Wovon sprichst du eigentlich? Ich kann dir leider nicht folgen, Will.“

„Na schön, hör zu. Ich weiß es von Amy.“

Ich verzog keine Miene. „Amy?“, wiederholte ich kühl. „Und du glaubst ihr?“

„Das tue ich.”

„Wer ist dann der Vater?”

„Ich bin es.“

„Du?“

„Ja. Ich bin der Vater dieses Kindes.“

Mir entgleisten jegliche Gesichtszüge, als diese Worte seine Lippen verließen. Es war, als würde ich kurzzeitig in einen Abgrund stürzen und der Fall in die Tiefe kein Ende mehr nehmen. Alles in mir kribbelte. Dann hatte ich also doch recht mit meiner Vermutung.

„Amy und ich, wir hatten eine Affäre”, fuhr er fort.

Dies hingegen überraschte mich weniger, denn Charlie hatte es bereits vor einiger Zeit erwähnt. Aber ein Indiz, dass Will deshalb der Vater war, war es nicht.

„Aber es kann ja trotzdem sein, dass Charlie der Vater des Kindes ist“, murmelte ich schließlich. Will schüttelte heftig den Kopf, als wüsste er es besser. „Ach, nein?“

„Ashley, hattest du jemals Sorge, jemanden zu enttäuschen?“

Da musste ich nicht lange darüber nachdenken. „Natürlich, diese Sorge hatte ich schon des Öfteren. Und würdest du mir bitte sagen, was hier los ist?“

Er raunte. „Charlie ist mein bester Freund… war… ist… ach, was weiß ich. Wie auch immer, ich wollte ihm nicht gestehen, dass ich hinter seinem Rücken mit seiner Ex ein Verhältnis hatte. Schon gar nicht, während die beiden selbst noch miteinander Sex hatten. Als Kumpel lässt man nämlich die Finger von der Frau, Freundin oder auch der Ex des besten Freundes. Das ist eine Art Ehrenkodex, den ich gebrochen habe.“

„Verstehe. Aber warum erzählst du mir all das?“

„Ich muss mich endlich jemandem anvertrauen und du bist in diese ganze Sache mehr oder weniger involviert.“

Ich nickte und um ehrlich zu sein, war ich nicht ganz undankbar, dass er endlich redete. Sicherheit würde es trotzdem erst geben, wenn das Baby geboren wurde.

„Es kommt noch schlimmer.“

Ich leckte mir angespannt die Lippen. Seine Hände gruben sich erneut in sein Haar und ich sah ihm an, wie sehr er mit sich kämpfte. „Amy will Charlie zurück.“

„Ist mir nicht neu“, gab ich zurück. „Daraus machte sie kein Geheimnis. Ich befürchtete fast, sie hatte ihn schon so weit …“

„Und das ist noch etwas. Es ist so, dass wir bereits einen Test durchführen ließen“, stammelte er und wischte sich den Schweiß von der Stirn.

Ich stutzte. War ihm nicht eben noch eisig kalt gewesen?

„Ein Test sagst du? Was für ein Test?“

„Nun, es war ein Vaterschaftstest.“

„Moment mal. Charlie und ich dachten, der wird erst nach der Geburt durchgeführt, weil das Risiko für das Baby zu hoch sei.“

Will schüttelte wieder den Kopf. „Der Test kann ab der 9. Schwangerschaftswoche durchgeführt werden und ist zu 99,99 Prozent zuverlässig.“

Ich spürte meinen Herzschlag bis in den Hals. „Wie lautete das Ergebnis?“, fragte ich atemlos, aber ich konnte es mir schon denken, denn er hatte bereits gestanden.

„Das Ergebnis identifizierte eindeutig mich als Vater des Kindes.“

Mir fiel die Kinnlade herunter. „Ist das wahr?"

„Ich schwöre es." Will hob tatsächlich die Hand zum Schwur.

„Und du weißt es schon länger?"

Er nickte. „Viel länger. Ich konnte es nicht sagen. Ich war anfangs gegen das Kind, aber Amy dachte nicht daran, es abzutreiben. Das musste ich natürlich akzeptieren. Sie heckte den Plan aus, es Charlie unterzujubeln, um ihn an sich zu binden. Ich konnte ihm nichts davon sagen, weil sie mich eiskalt erpresst hat."

„Womit hat sie dich erpresst?"

„Sie hätte unsere Affäre auffliegen lassen."

Ich sah ihn scharf an. „Ich fass es nicht. Charlie hatte den Braten längst gerochen. Er wusste, dass du ein Geheimnis hast! Dann hast du gelogen, als er dich darauf ansprach?" Will bejahte und ich erkannte definitiv Reue in seinem Antlitz.

„Ich wollte ihn als meinen besten Freund nicht verlieren. Dabei haben meine Lügen alles nur viel schlimmer gemacht."

„Und du bist dir hundertprozentig sicher?"

„Ich gab dir mein Wort, oder?"

Ungläubig hielt ich mir die Stirn. Amy wollte Charlie mit einem Kind an sich binden, das noch nicht einmal von ihm war? Wie krank! „Aber das ergibt überhaupt keinen Sinn. Spätestens der Vaterschaftstest nach der Geburt hätte doch Licht ins Dunkel gebracht, oder?"

„Sie hätte sich bestimmt etwas einfallen lassen. Eine Fälschung, eine weitere Lüge oder sie hätte vielleicht sogar versucht, ihn ganz einfach von diesem Test abzuhalten. Amy ist wie eine Hexe. Sie weiß ganz genau, was sie tun muss, um jemanden an sich zu binden."

„Das darf doch einfach nicht wahr sein. Wie in einem verdammt schlechten Film." Ich schnaubte. „Warte... Wann war der Test? Wie weit war Amys Schwangerschaft zu diesem Zeitpunkt vorangeschritten?"

„Sie war vielleicht in der 12. Woche."

Ich erinnerte mich, als ich ihr damals im Café *Magic Roof* begegnete und sie mir brühwarm erzählte, dass Charlie sie wegen einer anderen verlassen hätte. Außerdem erfuhr ich zeitgleich, dass sie schwanger war. In der 12. Woche! Als sie dann ganz plötzlich das Kaffeehaus verließ, ging sie nicht zur Maniküre, dessen Name ganz *zufällig* Will war, sondern hatte vermutlich den besagten Termin zum Vaterschaftstest. Das erklärte auch ihre Nervosität am Telefon. Deshalb erzählte sie Charlie erst nach dem ersten Drittel von der Schwangerschaft. Nicht, weil sie das erste Trimester hinter sich bringen wollte oder die Umstände verdrängte, sondern weil sie das Ergebnis abwartete. Wie unberechenbar Amy doch war. Ein richtiges Miststück. „Dachte sie anfangs, dass Kind sei von Charlie?"

„Sie war sich unsicher, wer der Vater war, ja. Dieses ganze Lügengespinst entwickelte sich erst, als sie Charlie als Vater definitiv ausschließen konnte. Amy hatte ein Problem mit der Wahrheit, wollte die Tatsachen irgendwie manipulieren ..."

Das würde meine Annahme bestätigen. Ein Teil von mir freute sich, denn das bedeutete, dass Charlie und ich entgegen meiner Annahme zusammen sein konnten. Gleichzeitig war dieses Geständnis eine Bedrohung für die langjährige Freundschaft von ihm und Will, denn Letzterer hatte seinen Freund augenscheinlich hintergangen und belogen. „Warum sagst du es erst jetzt? In drei Monaten ist die Geburt." Will rieb sich die Augen. Ich vermutete, dass der Idiot den Tränen nahe war.

„Ich wollte unsere Freundschaft nicht riskieren."

„Du hast Charlie die ganze Zeit über im Glauben gelassen, dass er Vater wird und hast ihn sogar angelogen, als er dich darauf ansprach", warf ich ihm vor. „Ich muss dir wohl nicht sagen, wie mies diese Sache ist!"

„Ja", gab er kleinlaut zu. „Es war ein Pakt zwischen uns, niemals die gleiche Frau zu lieben. Ich habe unsere Freundschaft verraten."

„Du hast ihm die letzten Monate etwas vorgemacht, Will. Du wusstest die ganze Zeit über, dass er überhaupt nichts mit dieser Sache zu tun hat. Das ist einfach das Letzte!"

„Ja", sagte er wieder, stand auf und sah verzweifelt aus dem Fenster. „Charlie zu enttäuschen war das Letzte, was ich wollte. Wir kennen uns schon ein Leben lang und es stand nie etwas zwischen uns. Aber ich konnte ihr einfach nicht widerstehen …"

„Wirst du es ihm jetzt erzählen? Vor Weihnachten?"
Will seufzte.

„Er wird mich abstoßen, mich verteufeln, mich k. o. schlagen." Ich nickte zustimmend. „Das wird er sicher tun, weil du es nicht anders verdient hast." Ich stand jetzt ebenfalls auf und stellte mich neben ihn.

„Charlie hat Angst vor der Geburt und der Verantwortung, die auf ihn zukommt, da bin ich mir sicher. Wenn ich ihm jetzt erzähle, dass ich die ganze Zeit über die Wahrheit kannte und er aus dem Schneider ist, dann …"

„Dann wird er stinksauer sein. Fürs Erste. Aber es ist nicht ausgeschlossen, dass er dir eines Tages vergibt." Als ich seine feuchten Augen bemerkte, reichte ich ihm wortlos ein Taschentuch. „Wie geht es dir mit dieser Sache, Will? Ich meine... du wirst Vater!"

„Ich... ich weiß es nicht. Es ist eine ganz beschissene Situation."

Ich schnaubte. Meine Abneigung gegen ihn wuchs immens. Es war für mich unbegreiflich, dass er monatelang gelogen hatte, nur um seinen eigenen Kopf aus der Schlinge zu ziehen. Das war nicht gerade ein vorbildliches, freundschaftliches Verhalten, wie man es erwarten würde. Dennoch verstand ich seine Sorge. Er hatte einen Pakt gebrochen, ein Abkommen zwischen zwei Freunden, die von Kindesbeinen an zusammengehörten und keine Geheimnisse voreinander hegten. Eigentlich. Dass Charlie ihn eiskalt abservieren würde, war zu erwarten und genau genommen hatte Will es auch nicht anders verdient. Dass Amy in der Lage war, solche Intrigen zu schmieden, machte sie in meinen Augen brandgefährlich. Diese Einstellung, jemanden bewusst so hinterlistig zu täuschen, ging weit über Dreistheit hinaus. Sie war die Fadenzieherin im Hintergrund, die zwei Freunde gegeneinander aufbrachte und dafür alles in Kauf nahm. Und selbst wenn ich einen Hauch Verständnis für sie aufbrachte, blieb mir ihr Vorgehen unerklärlich. Wahrscheinlich war diese Schwangerschaft furchteinflößend und sie hatte keine Idee davon, was mit der Geburt ihres Kindes auf sie zukommen würde. Aber dass sie Charlie glauben ließ, er sei der Vater des Babys, nur um ihn an sich zu binden, war an Boshaftigkeit nicht zu überbieten. Auch Will gegenüber – immerhin war er der *echte* Vaters des Babys! Und Charlie? Wie würde er es auffassen? War das vielleicht sein persönliches Weihnachtswunder? Würden wir uns wieder annähern? Es gab kein böses Blut zwischen uns, kein böses Wort, keine bösen Taten. Da war nur Liebe. Und viel Kummer. Will wandte sich mir zu und ich hob die Schultern. „Danke", flüsterte ich.

„Du bedankst dich? *Bei mir*? Wofür? Dass euch mein Schweigen Wochen eurer Beziehung geraubt hat?"

„Dass du jetzt ehrlich bist und dich mir anvertraust." Ich meinte das todernst. Auch, wenn ich sein Verhalten nicht guthieß, so zeigte mir sein Geständnis, dass es ihm im Nachhinein unsagbar leid tat und er es vor der Niederkunft des Kindes noch richten wollte.

„Ich konnte keine Sekunde länger damit leben."

„Dann musst du es Charlie sagen. Noch vor Weihnachten!"

„Ich hatte gehofft, du würdest mich dabei unterstützen, Ashley." Er nahm zittrig meine Hände und auch wenn mir diese Geste merkwürdig erschien, wehrte ich mich nicht dagegen. „Ich sollte es ihm schnellstmöglich beichten."

„Na schön. Wenn du willst, begleite ich dich."

Und so kam es, dass wir uns aufmachten, um Charlie in dessen Wohnung in St. Ives aufzusuchen und die frohe Kunde zu überbringen. Ich hegte ja die Hoffnung, dass sich alles irgendwie regelte. Da Will nun klarstellen konnte, dass das Baby nicht von Charlie war, blieb ich zuversichtlich. Wir betraten das Wohnhaus, dessen Eingangstür weit offen stand, doch als ich im zweiten

Stock an die Haustür klopfte, machte ausgerechnet Amy auf. Durfte das denn wahr sein?

„Was willst du denn hier?", bebte sie bei meinem Anblick. Sie trug nur einen Kimono, der das Nötigste verdeckte. Und als ich Charlie im Hintergrund erkannte, der lediglich Boxershorts anhatte, war es, als würde kurzzeitig mein Herzschlag aussetzen. Die beiden waren wieder ein Paar!? Oder trieben es zumindest miteinander? Warum sollten sie sonst halb nackt herumlaufen? Amys Blick wanderte zu Will. Sie legte die Hand auf ihren stark gewölbten Bauch, der längst nicht mehr zu verstecken war und verengte die Augen zu Schlitzen.

„Wehe", drohte sie ihm leise.

„Was ist hier los?", fragte Charlie, schob sich vorsichtig an Amy vorbei, und als er Will und mich dort stehen sah, erröteten seine Wangen.

„Ihr?!" Die unerbittliche Stille, die sich just nach seiner Reaktion ausbreitete, war kaum tragbar. Gerade noch konnte ich es kaum erwarten, Charlie die Wahrheit zu erzählen. Doch nun, als ich die beiden halb nackt vor mir stehen sah, benötigte es keinerlei weiterer Erklärungen. Ich hatte genug gesehen.

„Wir... waren nur in der Nähe", log ich. „Und dachten wir klingeln mal, um nachzusehen, wie es dir... wie es euch geht." Mein Blick scannte seinen Oberkörper, heftete sich auf Amys nackte Beine und ich spürte, wie schmerzlich das Empfinden von Eifersucht sein konnte. Es gab nur einen Grund, warum die beiden mit wenig Kleidung am Körper in seiner Wohnung waren.

„Aber scheinbar seid ihr wohlauf", ergänzte ich trocken. Amy legte schützend die Hände auf ihre Babykugel, die das Ergebnis einer bitteren Lüge war.

„Es gab Komplikationen. Amy hatte zeitweise starke Blutungen, weshalb sie jetzt hier bei mir ist. Es liegt in meiner Verantwortung, dass sie gut umsorgt wird und ärztliche Hilfe bekommt, wenn sie diese benötigt", antwortete Charlie pflichtbewusst, ohne seinen Blick von mir zu lösen. Wenn er wüsste… „Es ist jedoch nicht so, wie es aussieht", fügte er rasch hinzu. *Der Klassiker aller Ausreden*, ging es mir durch den Kopf. „Geht es dir gut, Mylady?", fragte er und sah mir dabei tief in die Augen.

„Ja." Ich musste schlucken, konnte kaum klar denken. Mylady? Wann hatte er diese Worte das letzte Mal ausgesprochen? „Es geht mir gut." Das war eine Lüge. Aber warum war es mir nicht möglich, die Wahrheit zu sagen? Weil er sich so hingebungsvoll um Amy kümmerte, die ihn wahllos verarschte? Weil ich annahm, dass er sich längst damit angefreundet hatte, der Vater dieses Kindes zu sein, obwohl ich es nun besser wusste? Das Allerschlimmste war vielleicht, dass ich Will heftig in die Flanke boxte, als er sprechen wollte. Wahrscheinlich hatte er den Mut gefasst, die Situation auffliegen zu lassen, denn das war der eigentliche Grund, warum wir hier auftauchten. Und nun war es ausgerechnet ich, die ihn davon abhielt.

„Ihr hängt also zusammen ab?" Charlies Blick wechselte zwischen Will und mir hin und her. Das war vermutlich eine Konstellation, mit der er so nicht rechnete. „Aber ihr wollt mir doch nicht etwas sagen, dass ihr beide …"

„Nein!", antworteten wir bestimmt im Chor. Wir hatten etwas zu sagen, keine Frage. Aber die unbequeme Wahrheit war, dass ich mich dagegen sperrte. Was war in mich gefahren? Wieso hielt ich eine Lüge aufrecht, deren Sachlage alles ändern könnte? Will warf mir fragende Blicke zu, die ich ignorierte. Ich wollte nur noch weg von hier!

„Ich hoffe, wir sehen uns bald wieder", murmelte ich an Charlie gewandt. Und wenigstens das meinte ich ehrlich.

Kapitel 26

„Was sollte das eben?“ Will schäumte über vor Wut, als wir durch die Altstadt zum Parkplatz zurückliefen. „Ich stand kurz davor, Charlie die Wahrheit zu sagen.“

„Es tut mir leid, Will, und das meine ich ernst. Als ich Charlie mit Amy zusammen sah, brannten mir wohl sämtliche Sicherungen durch.“ Ich schämte mich in Grund und Boden, schaute die Straße herunter und warf einen Blick aufs Meer, über dem die Wolken schwer wie Blei hingen. „Er war so verdammt fürsorglich, dass es wehtat. Keine Ahnung, wie er reagiert, wenn er jetzt die Wahrheit erfährt. Scheinbar hat er sich damit abgefunden und freut sich sogar auf das Kind.“ Ich ächzte unter der Last, die ich mir selbst aufgehalst hatte. „Wer weiß, was Amy ihm erzählt hat. Sie hat ihn offensichtlich längst um den Finger gewickelt.“ Ich holte energisch Luft. Will trottete schweigend neben mir her und würdigte mich keines Blickes. Er war angefressen, keine Frage. Monatelang lebte er mit diesem Geheimnis, und nun, als er es endlich preisgeben wollte, wusste ich seine Offenbarung zu verhindern.

„Ich denke nicht, dass zwischen den beiden etwas läuft. Ich habe Charlie zuletzt vor drei Tagen getroffen. Er versicherte mir, dass ihre Beziehung längst vorbei ist. Es gäbe keinen Grund für ihn, unehrlich zu sein. Lediglich die Verantwortung für das Baby nimmt er sehr ernst, aber wie du und ich wissen, ist er nicht der Vater, also …“

Ich war froh, dass er mir erzählte, wie es in Echtzeit um Charlie und Amy stand. Hätte Will das nur mal eher getan. Der Anblick der beiden hatte mich kurzzeitig aus der Bahn geworfen, auch wenn Charlie mir versichert hatte, Amy nicht mehr anzurühren.

„Charlie weiß aber, dass die Möglichkeit besteht, dass ein anderer der Vater sein könnte. Deshalb verstehe ich nicht, warum er sich so für Amy einsetzt.“

„Er ist ein wohlerzogener Bursche, Ashley. Amy und er waren lange Zeit ein Paar. Die Option, dass er der Vater sein *könnte*, reicht ihm offenbar, um sich für die Gesundheit des Kindes aufzuopfern.“

Das sprach für seinen Charakter, denn eben genau so war er gestrickt: selbstlos, liebevoll, umsichtig und leider naiv und leicht auszunutzen.

„Er… er sagte sogar wieder Mylady zu mir“, stellte ich besonnen fest.

„Und so nennt er nur dich. Glaub mir, Ashley. Du bist die Liebe seines Lebens und ihm wäre sehr geholfen, wenn die Wahrheit ans Licht kommt!“

Ich nickte. Charlie musste es um jeden Preis erfahren.

Kapitel 27

Phoenix 2021

Ich war völlig aufgelöst, als ich nach dem Tod meiner Granny nach Phoenix zurückkehrte. Nun hatte ich einfach alles verloren. Meine Eltern. Meine Granny. Mein Zuhause. Wie sollte ich nur weiterleben? Natürlich war da noch Jack, der mir Kraft gab und Rachel, die für mich da war, aber meinen Schmerz würden sie nicht kompensieren können. Es war etwas, das ich allein bewältigen musste.

„Hey Baby", Jack nahm mich sofort in den Arm, als er mich am Flughafen abholte. „Wie war deine Reise?"

Ich hob die Schultern. Es war ein Flug wie jeder andere auch mit dem großen Unterschied, dass ich diesmal mit gebrochenem Herzen zurückreiste und deshalb völlig neben der Spur war. Ich ertrug kaum noch die Menschenmassen und den Lärm um mich herum. Die stickige Luft der Ankunftshalle gab mir schließlich den Rest. Ich war deshalb froh, als wir das Gebäude endlich verließen und mit der U-Bahn zu unserer Wohnung fuhren. Im Zugabteil stand zwar ebenfalls der Dunst und behinderte freies Atmen, aber wenigstens fühlte ich mich nicht mehr von einer Menschentraube erdrückt und eingeengt. Mit müden Augen nahm ich Platz und war froh, Jack an meiner Seite zu wissen. Vom vielen Sitzen tat mir alles weh. Ich spürte jeden

Muskel und jeden Knochen meines Körpers, war kaum noch in der Lage, aufrecht zu sitzen und doch musste ich einige Stationen aushalten. Ich erzählte Jack alles, was in Cornwall passiert war, einschließlich der Beisetzung, und er hörte mir einfach nur zu, was verdammt gut tat.

„Die Zeremonie war schlimm und gleichzeitig das Schönste, was ich seit Langem erleben durfte. Klingt das seltsam? Immerhin war es ein Abschied. Aber es war der Abschied, den sich Granny gewünscht hatte. Es war so anders als bei Mum und Dad, die einfach *nur* eingeäschert und in Urnen beigesetzt wurden. Diesmal war es richtig emotional, denn die Asche wurde nach der Einäscherung dem Meer übergeben. Das wurde schon bei der Beisetzung meines Grandpas so gemacht." Allein beim Gedanken daran bekam ich wieder Gänsehaut. Ich flüsterte, um nicht das ganze Abteil zu unterhalten. „Das Hospiz war großartig. Die Menschen, die dort arbeiten, machen das aus Überzeugung und mit viel Herz. Man sollte meinen, es ist dort düster und traurig, die Stimmung schwer und trist, aber es ist die wohl liebevollste Art außerhalb einer Familie Patienten auf ihrem letzten Weg zu begleiten. Ich bin wirklich angetan davon."

„Und die Beerdigung fand am Meer statt?" Jack runzelte die Stirn. In Phoenix war so etwas natürlich undenkbar – und geografisch gar nicht möglich.

„Ja. Wie gesagt; es war sehr ergreifend und ist mit nichts vergleichbar. Granny wurde eingeäschert und dann fuhren wir zum *Crantock Beach*, ihrem persönlichen Lieblingsort, wo ihre Asche schließlich dem Meer übergeben wurde. Sie wollte kein großes Tamtam, es waren nur einige wenige Menschen anwesend. Es war sehr rührend. Die Sonne schien, die Wellen rauschten, der Wind blies uns um die Nase und wir warfen Blütenblätter in die Luft und ins Meer. Wahrscheinlich ist es die schönste Art, von dieser Welt zu gehen." Ich hielt inne. So berührt ich von der Erinnerung des Abschieds auch war, mein Herzschmerz erdrückte mich innerlich. Und obwohl Jack sich sehr bemühte, eine große Stütze für mich zu sein, hatte ich das Gefühl, nicht mehr in meinen Alltag zurückzufinden. Es war nicht nur der Verlust, der mich lähmte, sondern auch die Sehnsucht nach England. Wie oft musste ich mir noch beweisen, dass ich eigentlich nach Cornwall gehörte? Doch mir dies einzugestehen, war vielleicht das Schwierigste überhaupt. Und so konnte ich nur hilflos dabei zusehen, wie unsere Beziehung, die sich anfangs so wahrhaftig angefühlt hatte, Woche für Woche weiter bergab ging.

Kapitel 28

Ich wusste nicht, wer nervöser war – Will oder ich. Doch als Charlie durch die Tür kam und sich zu uns ins festlich geschmückte *Magic Roof* setzte, schien sich die Aufregung plötzlich in Luft aufzulösen. Gut sah er aus mit seinem schneidigen Pullover, unter dem ein weißes Hemd hervorblitzte. „Hey! Da bin ich." Er schien etwas unsicher zu sein, als er sich zu Will und mir an den Tisch setzte und den Blick verstohlen umherschweifen ließ. Wahrscheinlich rechnete er damit, dass wir ihm gestanden, ein Paar zu sein, was natürlich völliger Quatsch war. Jedenfalls war ihm seine Verlegenheit anzumerken.

„Wir müssen dir etwas sagen", sagten wir beide gleichzeitig, und als ich zu Will schielte, der an diesem Tag endlich mal zu einer Haarbürste gegriffen hatte, korrigierte ich mich umgehend. „Will hat dir etwas zu sagen." So lautete nämlich die Wahrheit.

Charlie sah ihn ausdruckslos an. „Lass hören", forderte er seinen Freund mit gedämpfter Stimme auf und warf mir einen kurzen Blick zu, den ich sanftmütig erwiderte. Es war schön, ihm endlich wieder in die Augen zu sehen, ohne dass die Angst mitschwang, ihn an Amy zu verlieren. Jetzt würde sich alles zum Guten wenden.

„Ich will nicht um den heißen Brei reden", fing Will das Gespräch an.

„Dann tu's nicht", schlug Charlie ihm vor. Er wirkte leicht genervt, fragte sich vielleicht, was sein Kumpel nun schon wieder von ihm wollte. Will holte noch mal tief Luft, atmete lange aus und fiel dann mit der Tür ins Haus, sodass es Charlie schier vom Hocker haute. Ich beobachtete ihn und fragte mich, was wohl in Charlie vorging, jetzt, wo die Katze endlich aus dem Sack war.

„Willst du mich veraschen?", war Charlie's erste Reaktion nach einer kurzen Pause und dann wandte er sich forsch an mich, sichtlich darum bemüht, die Fassung zu wahren. „Und du wusstest es?"

„Sie weiß es erst seit gestern."

Will nahm mich in Schutz, was ich ihm hoch anrechnete. Wenigstens etwas. Es war nicht meine Aufgabe, hier die Schiedsrichterin zu spielen, weshalb ich mich zurückhielt. Charlie starrte mich hilflos an, als könne ich irgendetwas tun, dass dieses Geständnis für ihn tragbarer machte. Seine Mundwinkel hatten sich die ganze Zeit über nicht bewegt, sodass ich seine Gefühle kaum deuten konnte. Seinem Gesichtsausdruck zufolge hätte er Will jedoch am liebsten an Ort und Stelle die Fresse poliert. Wer konnte ihm das schon verübeln?

„Soll das alles ein Witz sein?"

„Nein", versicherte Will und legte ihm sogar ein Beweisstück vor, das ich ebenso neugierig studierte wie Charlie. Er wurde übelst hintergangen.

„Diese verdammte Göre." Er las ungläubig die Zeilen, die ihn wie einen Fausthieb trafen. Seine Augen flogen über das Dokument, die Schläfen pulsierten und es war unverkennbar, dass er kurz vor der Explosion stand. Er rieb sich die Stirn, immer und immer wieder, verwirrt, was er tun könnte, wie er sich verhalten sollte.

„Ich muss das erst mal sacken lassen", war schließlich alles, was er von sich gab, seinen Blick eiskalt auf Will haftend. Ich war mir derweil sicher, dass der erste Schock nur vorübergehend war und am Schluss Licht und Liebe siegten, wie Granny es früher schon wusste.

2 Tage später

„Mylady. So wie es aussieht, steht uns beiden nichts mehr im Wege."

Ich stand kurz davor, ihm um den Hals zu fallen, als er abends unangemeldet vor meiner Tür stand, *aber immer mit der Ruhe, liebe Ashley*. Charlie bot mir seinen Arm an. „Strandspaziergang im Mondschein?"

Ich nickte eifrig, schnappte meinen Mantel, der an der Garderobe bereit hing und zog ihn rasch über. Ehe ich mich versah, drückte Charlie mich fest an seinen Körper und tauchte seine Nase in mein Haar hinein. Ich wusste gar nicht, wie mir geschieht, erwiderte jedoch seine Gefühle, die er wohl lange zurückhalten musste. Dieser Moment der Wiedervereinigung war mein persönliches Weihnachtswunder. Hier, unter dem romantisch geschmückten Dach des Cottages, einen Abend vor Weihnachten, fanden wir endlich wieder zusammen. Wie sehr ich sein weiches Haar vermisst hatte, das nun sanft meine Wange berührte. Ich sog seinen Geruch ein, als wäre es das Aromatischste, was ich je in meinem Leben gerochen hatte.

„Geht dir das zu schnell? Du hast mir schrecklich gefehlt", flüsterte er in mein Ohr.

Ich seufzte und schüttelte den Kopf. Nun, da nichts mehr zwischen uns stand, gab es keinen Grund mehr auf irgendetwas zu warten. „Und Will ist der größte Idiot aller Zeiten", fügte er barsch hinzu. „Kein Freund würde so eine scheiß Nummer abziehen. Er hätte mich fast um die Liebe meines Lebens gebracht. Dich."

Ich errötete. „Wenigstens hat er es zugegeben."

Charlie nickte halbherzig.

„Wirst du ihm verzeihen können?"

„Heute jedenfalls nicht mehr." Wir lächelten uns milde an. Dass Charlie sich so schnell gefasst hatte, wunderte mich. War seine Sehnsucht nach mir so groß?

„Ich hatte schon Angst, dass du Cornwall verlassen würdest." Ich schüttelte entschlossen den Kopf. „Nein. Das Cottage hat nichts damit zu tun", erwiderte ich selbstbewusst.

„Richtig so", feierte Charlie meine Entscheidung und küsste mich zärtlich auf die Stirn. Als ich einen Blick auf sein Auto erhaschte, wurde mir warm ums Herz, trotz ziemlich kalter Außentemperatur. Selbst den Bentley hatte ich schmerzlich vermisst.

„Ich bin fast durchgedreht ohne dich. Ein paar Mal stand ich kurz davor, einfach vor deiner Tür zu stehen und dich zu bitten, zu mir zurückzukehren", gestand er mit einem verwegenen Lächeln.

Ich hielt seine Hand fest, als wir Seite an Seite losschlenderten und lauschte, was er zu sagen hatte. Der Vollmond über unseren Köpfen leuchtete den Pfad zum Meer romantisch aus und spiegelte sich auf der ruhigen See wider. Die Eiseskälte, die allgegenwärtig war, schien angesichts seiner Anwesenheit ihren Schrecken zu verlieren. Ich wusste, dass uns von nun an nichts mehr trennen konnte. Charlie würde alles dafür tun, dass wir zusammenbleiben konnten und mir ging es genauso. Er gab mir nie das Gefühl, dass ich „nur irgendjemand" in seinem Leben sei, nicht einmal, als ich mich wegen Amys Schwangerschaft zurückzog. Im Gegenteil. Er akzeptierte damals meine Entscheidung und zeigte mir dadurch, wie sehr er mich respektierte und schätzte. Und nun endlich wieder die Wärme seines Körpers zu fühlen und seine Stimme zu hören, war wie ein vorweihnachtliches Geschenk, das nicht mehr getoppt werden konnte.

Ich schmiegte meinen Kopf an seine Schulter, als wir ein paar Schritte vor der Steilklippe zum Stehen kamen und bedächtig aufs Meer hinausschauten.

„Ich bin froh, dass sich jetzt alles aufgeklärt hat. Nicht zu fassen, wie meine Ex drauf ist, oder? Ich sollte damit zum Anwalt gehen!" Im Schein des Mondes sah ich, wie er die Lippen schürzte. „Ich meine, wer kommt auf so eine bescheidene Idee, jemandem sein Kind unterzujubeln?! Amy hat mich bis zum *geht-nicht-mehr* ausgenutzt!"

Da gab es nichts hinzuzufügen, außer vielleicht, dass sie eine geisteskranke Irre war. „Amy hatte große Angst, dich zu verlieren. Anders lässt es sich nicht erklären."

„Und Will? Sein Verhalten ist unentschuldbar."

Ich legte meine Hand besänftigend auf seinen Rücken. Will hatte in meinen Augen alles richtig gemacht, als er ihm die Wahrheit spät, aber doch sagte.

„Ich verstehe, dass du enttäuscht bist, Charlie. Wahrscheinlich hatten beide nicht die Absicht, dich zu verletzen.“

Er lachte spöttisch. „Dass du und ich keine Chance bekamen, haben alle beide in Kauf genommen. Vor allem Will wusste, dass ich es wirklich ernst meine und mich in dich verliebt habe.“

Ich nickte. „Wie wird es mit ihm und Amy weitergehen?“

„Bestimmt finden sie eine Lösung.“ Charlie zog mich grinsend an sich heran. „Aber das sollte nicht unser Problem sein, Mylady. Und nun frage ich dich etwas – willst du Weihnachten bei mir zu Hause verbringen? Gemeinsam mit mir und meiner Familie?“

Meine Augen leuchteten auf wie die Sterne. Bis vor Kurzem hatte ich noch damit gerechnet, Weihnachten allein im Cottage zu sitzen, doch nun zeigte sich ein Licht am Ende des Tunnels.

„Das wäre das Allerschönste“, hauchte ich und mein Herz machte einen Sprung, als wir uns lange und leidenschaftlich unter dem Firmament am Meer küssten.

„Jetzt, wo sich alles aufgeklärt hat – denkst du, wir sollten es miteinander versuchen?“

Ich nickte eifrig. Als müsste ich darüber nachdenken ...

Kapitel 29

Am Abend des 24. Dezember holte mich Charlie mit seinem Bentley ab. Ich war nie zuvor bei seinen Eltern zu Hause gewesen und dementsprechend schrecklich nervös. Schon Stunden vorher stand ich im Bad, um mich zurechtzumachen. Da Charlies Familie deutsche Vorfahren hatte, pflegten sie die Tradition, sich bereits am Heiligen Abend die Geschenke zu überreichen und nicht erst am Morgen des 25., wie ich es auch aus Amerika kannte. Natürlich hatte ich mich festlich gekleidet. Ich trug ein bodenlanges, leicht ausgestelltes Satinkleid in Rosé, dazu passende Ballerinas und filigranen Schmuck, den ich von meiner Mum geerbt hatte. Mein erdbeerblondes Haar hatte ich kunstvoll nach hinten geflochten, mit Zierspangen befestigt und mir zuletzt einen Reif aufgesetzt. Dezent geschminkt lächelte ich in den Spiegel. Ich sah gut aus! Aufgeregt schnappte ich meine Geschenktüte und schritt langsam aus dem Haus. Charlie, der überpünktlich vorfuhr, raubte mir mal wieder den Atem. Er trug einen schwarzen Anzug mit weißem Hemd und Fliege. So aufgemotzt hatte ich ihn tatsächlich noch nie gesehen. Sein kinnlanges, ansonsten welliges Haar hatte er offenbar glatt geföhnt und streng nach hinten gekämmt. Als er mich in der Tür des Cottages stehen sah, gerahmt in einen festlichen Lichterbogen, den ich Last-Minute noch über dem Eingang befestigt hatte, stand ihm der Mund offen.

„Meine Güte, du siehst fantastisch aus", flüsterte er hinter vorgehaltener Hand.

„Genau wie du", strahlte ich.

Im Licht der Autoscheinwerfer kam er ganz langsam auf mich zu und streckte dann seine Hand nach mir aus. Es war, als würde mich mein Märchenprinz mit seiner Kutsche auf den königlichen Ball abholen.

„Fröhliche Weihnachten, Mylady."

„Fröhliche Weihnachten, Charlie."

Seine smaragdfarbenen Augen blinzelten zufrieden und unser Blickaustausch, gefolgt von einem flüchtigen Kuss, ließ mich schweben. Er reckte das Kinn in die Luft, öffnete mir die Tür und bat mich charmant in seinen Wagen. Ich hob vorsichtig den Saum meines Kleides und stieg ein. Das erste Mal, als ich in diesem Auto saß, fürchtete ich, dass Charlie ein blutrünstiger Mörder war, der mich irgendwo in Cornwall verscharren würde. Nun, viele Monate später, waren wir beide festlich angezogen und auf dem Weg zu unserem ersten gemeinsamen Weihnachtsfest.

„Bist du nervös?", fragte er während der Fahrt.

„Ein wenig", gab ich zu. Natürlich machte ich mir Gedanken, ob alles glatt verlaufen würde und insgeheim fürchtete ich das Tabuthema Amy. War Weihnachten nicht berüchtigt für das Aufkommen jeglicher Familienfehden? Ich wusste zwar vieles über Charlie als Person und kannte seinen Dad sowie Onkel Charles, doch sein Elternhaus blieb mir bisher gänzlich verborgen. Wir verließen Zennor und fuhren ein gut situiertes Wohnviertel am Rande von St. Ives an. Die Häuser in der ausgeleuchteten Wohnstraße waren hochmoderne Neubauten, die rein gar nichts mit meinem Cottage oder den typischen Wohnhäusern Englands gemein hatten. Luxuriöse Gebäude, riesige Einfahrten und sommers wohl üppig bepflanzte Gärten erweckten den unleugbaren Eindruck, eine gut betuchte Gegend zu besuchen. *So* hatte ich Cornwall noch nie gesehen. Charlie fuhr entgegen meiner Erwartung weiter. Als wir am Ende der Straße eine Allee passierten und Haus Nummer 14 auf einem Hügel erreichten, ein riesengroßes Anwesen, das dort gewiss schon ein paar Hundert Jahre thronte, blieb mir die Spucke weg. Das dreistöckige Gebäude hatte einen Turm, zwei Erker, eine hohe Fensterfront, drei Schornsteine und sogar einen beleuchteten Springbrunnen in Form einer wohlgeformten Nymphe, der im Vorgarten stand und gewiss aus einer neueren Epoche stammte. Die Steine des Hauses waren moosbewachsen und von Kletterpflanzen, die teilweise bis zum Dach hinaufrankten, eingesäumt. Frisierte Büsche und zahllose Weihnachtsdekorationen taten ihr Übriges und hüllten das Haus aus einem anderen Jahrhundert in einen magisch wirkenden Lichterschein. Und auch der Pick-up, mit dem Charlie einst an mein Cottage gefahren kam, parkte im Hof. Es war ähnlich wie eine Burg, die ich am Ende der Straße nicht erwartet hätte, wenngleich mir die Anhöhe, auf der sich das Anwesen befand, schon in der Wohnstraße aufgefallen war. „Nun... sie hegen einen Hang zum übertreiben", gab Charlie kleinlaut zu, als würde er sich für das pompöse und mit Lichterketten behangene Haus entschuldigen wollen.

„Ich... mir fehlen die Worte", sagte ich wahrheitsgemäß. „Oh, *Nereide* ist ja auch da", scherzte ich mit Blick auf die versteinerte Nixe, die mich ausdruckslos anstarrte. Charlie lachte, wir stiegen aus dem Bentley und er schloss die schwere Eingangstür aus Holz auf, die fast doppelt so hoch war wie er selbst. Ich platzte schier vor Neugierde. Wenn das Anwesen aus Stein draußen schon einem Herrenhaus vergangener Zeiten ähnelte – was erwartete mich erst im Inneren? Und dann sah ich es. Lichter, Glanz und Gloria. Überall leuchtete, funkelte und glitzerte es, als wären wir bei *Käthe Wohlfahrt* abgebogen. Ich wusste nicht, wohin ich zuerst gucken sollte. Rauschengel, die am Treppengeländer zu schweben schienen, Lichterketten über Türrahmen und Spiegeln und bunt verpackte Geschenke, die unsichtbar eingehakt von der hohen Decke herunterhingen. „Wow …" Es roch nach Zimt und Orangen, gepaart mit Nelken und einem Hauch Kakao. Solch ein Weihnachtsambiente in einem historischen Gebäude wie diesem hatte ich in der Tat noch nie zuvor gesehen. Das Wohnhaus der O'Sullivans übertraf einfach alles. Im riesigen Eingangsbereich des Hauses schlug uns warme Luft entgegen und Gespräche, deren Ursprung ich nicht zurückverfolgen konnte, hallten laut wider. Teure Teppiche, wertvolle Vasen, marmorne Skulpturen – die Halle glich einem Museum. Der Boden war aus Stein und, wie Charlie mir erzählte, vor Kurzem mit einer Fußbodenheizung aufgewertet worden. In diesem Haus wurde rein gar nichts dem Zufall überlassen, was mich einerseits ehrfürchtig stimmte und zugleich schmunzeln ließ. War Mr O'Sullivan nicht der Besitzer eines kleinen nachhaltigen Ladens? Wie konnte er sich diesen ausschweifenden Luxus leisten? Und warum wohnte sein Sohn Charlie so bescheiden, wenn Geld offenbar keine Rolle spielte? Mitten im Raum stand ein riesiger Weihnachtsbaum mit roten und goldenen Kugeln und noch mehr Schleifen und Bändern, der mich zum Staunen brachte. Auf der Spitze des Baumes steckte ein Stern, umwoben mit funkelndem Glitzergarn.

„Unfassbar", keuchte ich verklärt. „Du hast mir nie erzählt, dass deine Familie wie im Märchen wohnt."

„Ich wollte, dass du den Fischer liebst, nicht das Geld seiner Familie." Er lächelte. „Außerdem denke ich eher, dass die Alleinlage deines Cottages märchenhaft ist."

Ich schenkte ihm einen seligen Blick. „Du musst mir einfach alles über dieses Haus erzählen", bat ich ihn.

„Fröhliche Weihnachten, Ashley."

Mr O'Sullivan kam mit offenen Armen die Wendeltreppe heruntergestürmt und drückte mich freudig an sich. Etwas überfordert ließ ich mich in seine Arme fallen. Im Gegensatz zu Charlie und mir trug er keine festliche Garderobe. Viel mehr hatte er Jeans und einen hässlichen grünen Strickpullover mit kitschigen Weihnachtsmotiven und schrecklichem Glittergarn an. Dazu trug er eine rote Zipfelmütze, die ihn wie einen übergroßen Weihnachtswichtel aussehen ließ. Ich verkniff mir einen Lachanfall.

Charlie nahm derweil seinen Vater empört beiseite. „Dad, was soll dieser Aufzug? Du siehst lächerlich aus."

„Aber wieso?", kicherte Mr O'Sullivan amüsiert. „Wir haben doch einen amerikanischen Gast bei uns. Ich hörte, dass man sich in Amerika zum Weihnachtsfest so kleidet, nicht wahr?"

Ich weitete ungläubig die Augen und prustete los. Nicht, dass ich ihn verspotten wollte – doch Mr O'Sullivan hatte sich mit dieser Aussage selbst übertroffen. Noch nie hatte ich mich zur Weihnachtszeit extra hässlich angezogen, wenngleich es in manchen Teilen Amerika tatsächlich im Trend lag. Aber Elf-yourself? Mit dem grünen Pullover, den lächerlich rot-weißen Ringelsocken, die er über seiner Hose trug, der Mütze und den rötlich schimmernden Haaren samt Spitzbart sah er jedenfalls zum Kringeln komisch aus.

„Hast du noch weitere Überraschungen parat, Dad?", vergewisserte sich Charlie bissig und machte den Anschein, bereits eine Vorahnung zu haben.

„Aber ja! Wir werden das Fest in diesem Jahr im amerikanischen Stil feiern. Lasst euch überraschen!"

„Oh!", stießen Charlie und ich gleichzeitig aus. Während er kopfschüttelnd sein Frack auszog, war ich fast etwas enttäuscht, auf das traditionelle Weihnachtsfest verzichten zu müssen, zudem ich mir deutsche Küche erhofft hatte.

„Wie aufmerksam von Ihnen", bemerkte ich anstandshalber.

„Nun denn, immer rein in die gute Stube!"
Mr O'Sullivan schob mich regelrecht vor sich her, direkt am prächtigen Baum vorbei, ein paar wenige Stufen nach oben, ehe wir das festlich geschmückte Esszimmer erreichten. Oder sollte ich lieber sagen, den prunkvollen Speisesaal, in dessen Mitte eine so große Tafel stand, dass gewiss zwanzig Leute daran Platz nehmen konnten? Die hell gepolsterten Stühle waren aus edelstem Holz und nah an den Tisch gerückt, der wohl ein antikes Erbstück aus dem 18. Jahrhundert war, wie

Mr O'Sullivan stolz anmerkte. An den Wänden hingen Jagdtrophäen und Schwerter, zwei alte und gut gepflegte Rüstungen standen in einer Zimmerecke. Es war der Traum eines jeden Antiquitätenhändlers. Teure Kunstobjekte in den Regalen, Luxuswaren auf den Beistelltischen und wertvolles Besteck an jedem Platz. Die O'Sullivans mussten Millionäre sein. Kaum zu glauben, dass sie es im Alltag nicht raushängen ließen und der Onkel einen uralten Kutter fuhr, wenn er doch eine Jacht haben könnte! Mr O'Sullivan bat mich zu Tisch. Angesichts der Eleganz des Speiseraums sah er in seinem Aufzug doch nun tatsächlich mehr als lachhaft aus.

Charlie setzte sich zu mir. „Onkel Charles kann leider nicht kommen."

„Ist er krank?", fragte ich besorgt.

„Nein …", flüsterte Charlie und kniff die Augen zusammen „Ich fürchte, er hat… nun… Verdauungsbeschwerden."

„Oh. Verstehe. Wird sonst noch jemand erwartet?" Immerhin war der Tisch für zehn Leute eingedeckt, aber wir waren bisher nur zu dritt.

„Nun, ja …" Charlie wurde just unterbrochen, als eine grazile junge Frau mit kurzen, blonden Locken den Raum betrat und ihm lächelnd zuwinkte. Ihr folgten drei kleine Mädchen, die allesamt adrett gekleidet waren und Schleifen im Haar hatten. Zum Schluss kam noch ein großer Mann dazu, der in seinem schottischen Rock, einem ‚Kilt', stramm und stark wie ein ganzer Baum aussah. Ich runzelte die Stirn.

„Ashley, darf ich vorstellen: meine Nichte Elizabeth aus Schottland mit ihren Kindern Daisy, Grace und Carly."

Ich stand höflich auf und reichte ihnen zur Begrüßung die Hand.

„Und das ist ihr Mann James. Sie kommen aus Fort William. Vielleicht schon mal gehört?"

„Ähm… nein, Schottland ist mir leider nicht so bekannt", lächelte ich peinlich berührt und blickte starr in ihre entsetzten Gesichter.

„Wer ist sie?", fragte Elizabeth spitz und platzierte nebenbei ihre Mädchen wie die Orgelpfeifen an die Tafel.

Doch ehe Charlie mich vorstellen konnte, ergriff James das Wort, der Mr O'Sullivan kritisch beäugte. „Herrje, wieso siehst du so bescheuert aus?"

„Unserem Gast zuliebe. Ashley ist Amerikanerin, wisst ihr?"

„Na und? Sie ist in Großbritannien und sollte sich unseren Gepflogenheiten anpassen, nicht andersrum!", giftete Elizabeth, deren eisblaue Augen mich weiterhin niederstarrten.

„Seid gefälligst nett zu ihr!", warf Charlie ein und legte seine Hand auf meine nackte Schulter. Ich zuckte zusammen. „Sie ist mein Gast und ich will, dass sie gut behandelt wird und sich wohlfühlt."

Elizabeth rollte genervt die Augen und schenkte sich ein Glas Wein ein. Ich erkannte dies als meine Chance, tat es ihr gleich und prostete ihr zu, doch sie ignorierte mich einfach. Etwas beleidigt nahm ich dennoch einen großen Schluck.

„Wo ist eigentlich Amy?", fragte sie.

Als ich den Namen Amy hörte, verschluckte ich mich und spuckte den gesamten Rotwein auf den gedeckten Tisch. Laut hustend rang ich nach Luft, ehe Charlie mir kräftig zwischen die Schulterblätter schlug und ich mich wieder beruhigte.

„Geht es dir gut?“

„Amy“, antwortete ich gereizt. Er hob die Schultern. Verfolgte mich diese Göre sogar an Weihnachten?

„Sie ist meine Ex“, sagte Charlie so laut, dass es auch Elizabeth hören konnte, die schmollend die Lippen formte. „Und jetzt kein Wort mehr darüber. Ich bin mit Ashley zusammen.“

Er warf mir einen verliebten Blick zu, den ich selig erwiderte. Dann entschuldigte ich mich für mein angerichtetes Chaos und versuchte, das Ungeschick mit Servietten in Ordnung zu bringen. Die Rotweinflecke waren längst in das weiße Tischtuch übergegangen und tränkten es blutrot. Plötzlich tauchte hinter mir eine Frau auf, die den Tisch mit einem feuchten Lappen abwischte. Ich lief knallrot an.

„Danke, Mum“, flüsterte Charlie.

„Es tut mir schrecklich leid, Mrs O'Sullivan. Ich war unachtsam“, entschuldigte ich mich. „Ich wünsche Ihnen frohe Weihnachten und bedanke mich für die Einladung.“

„Machen Sie sich nichts draus“, gab sie freundlich zurück und präsentierte ihre strahlend weiße Zahnreihe, „das passiert doch ständig.“ Sie hatte die gleichen smaragdfarbenen Augen wie Charlie, ein herzförmiges Gesicht, kupferrotes Haar und war gertenschlank. Mrs O'Sullivan wirkte sehr sympathisch und ich mochte sie sofort.

„Es tut mir leid“, flüsterte ich Charlie zu, als seine
Mum in die Küche verschwand. „Wenn ich den Namen
Amy höre, hab ich mich nicht mehr unter Kontrolle.“

Die drei Mädchen, die nicht älter als sechs Jahre alt
waren, sahen mich mit ihren großen Augen entsetzt an.
Noch nie hatte ich solch wohlerzogene Kinder gesehen.
Doch bei der Mutter, die nicht nur arrogant, sondern
auch streng und bestimmend war, war es wahrlich
kein Wunder.

„Ich verstehe dich“, entgegnete Charlie mit sanfter
Stimme. „Und das hier“, er deutete auf den Tisch „ist
nur Rotwein. Wir haben Unmengen von diesen Tisch-
tüchern, also keine Bange.“

„Okay“, gab ich leise zurück.

„Wirklich ein Jammer …“, bemerkte Elizabeth scharf
und ihr herabwürdigender Blick galt immer noch mir.

„Was ist ein Jammer?“, fragte Charlie genervt. Offenbar standen die beiden in keinem allzu guten Verhältnis zueinander.

„Dass du nicht mehr mit Amy zusammen bist. Ich
mochte sie sehr.“

Charlie stöhnte auf. „Lass es gut sein, Liz!“

„Ich glaube, ich muss mal auf die Toilette …“, murmelte ich, doch gerade als ich mich davonmachen
wollte, kam Mr O’Sullivan samt Servierwagen ange-
prescht und ich ließ mich wieder auf den Stuhl nieder.

„Was bitte ist das, Onkel?!“, hörte ich Elizabeth abge-
hakt maulen. Und obwohl ich ihr nicht sehr angetan
war, konnte ich diese Frage durchaus verstehen. Ich
hatte einen Festtagsbraten oder Ähnliches erwartet,

doch mit fettigen Burgern, Chicken Wings und Pommes in Eimern hatte ich an diesem Abend, dem Heiligen Abend, wirklich nicht gerechnet.

„Verwechselt dein Vater Weihnachten mit dem Superbowl?“, flüsterte ich Charlie zu. Dieser sah mich fragend an und runzelte die Stirn.

„Was soll nur dieser Blödsinn, Gilbert?“ James schüttelte verständnislos den Kopf.

„Nun, ich möchte, dass sich unser Gast bei uns wohlfühlt. Ente gibt es doch jedes Jahr. Lasst uns offen für etwas Neues sein.“

Die Tatsache, dass ich für dieses Essen verantwortlich gemacht wurde, traf mich wie ein Blitz aus heiterem Himmel. Ganz abgesehen davon gab es bei mir noch nie Burger zu Weihnachten! Mr O’Sullivan schien ein völlig verzerrtes Bild vom amerikanischen Weihnachtsfest zu haben. Obwohl alle bis auf die Kinder mit den Augen rollten und lange Gesichter machten, verteilte er das Essen quer über den Tisch; hier eine Schüssel Chicken Wings, da eine Etagere mit Burgern, dazu kübelweise Pommes mit Ketchup und einer Soßenauswahl. Dann setzte er sich grinsend an den Kopf der Tafel, erhob sein Weinglas, das nun nicht mehr so recht ins Bild passte und prostete der kleinen Runde zu. Gerade noch rechtzeitig gesellte sich Charlies Mutter, die sich mir als Mary vorstellte, zu uns und lächelte breit.

„Mein erstes amerikanisches Weihnachtsfest“, freute sie sich und ihre Augen glitzerten in meine Richtung. „Gefällt es dir?“

„Und wie“, log ich euphorisch. Burger und Wein? Diese Mischung bereitete mir Bauchschmerzen …

„Möget ihr alle ein besinnliches Weihnachtsfest und frohe Festtage haben. Auf die Familie!“

„Auf die Familie!“, ertönte es im Chor.

Niemand sprach auch nur ein Wort, als wir zu essen anfingen. Und während Elizabeth, die Charlie nur Liz nannte, angewidert ihre Mahlzeit begutachtete, fand ich rasch Gefallen an meinem Burger, der in der Tat vorzüglich schmeckte. Etwa eine halbe Stunde später löste sich die Runde auf und während die Kinder lachend davon rannten, verschwanden Liz und ihr Ehemann vor die Tür, um zu rauchen.

„Kann ich helfen?“, fragte ich Mary, die freundlich verneinte.

„Du bist unser Gast. Außerdem habe ich Hilfe in der Küche, mach dir also keine Gedanken, Ashley.“

Ich staunte nicht schlecht, schließlich hatte ich weder ein Hausmädchen noch einen Butler gesehen. Charlie erklärte, dass seine Eltern an Weihnachten fast alles selbst erledigten – außer den Abwasch.

„Mum arbeitet wochentags Vollzeit und kann immer jemanden brauchen, der ihr bei der Hausarbeit unter die Arme greift, weshalb wir einige helfende Hände angestellt haben. Um Weihnachten rum werden sie von meinen Eltern gerne als ‚fleißige Wichtel‘ bezeichnet.“

„Wen wundert es bei diesem riesigen Anwesen?“, entgegnete ich kichernd. Ich sah zu den drei kleinen Mädchen, die

Mr O’Sullivan glücklich um den Hals fielen, nachdem sie ihre Geschenke ausgepackt hatten. Sie alle hatten lange blonde Haare und sahen ihrer hübschen Mutter ähnlich. Ich hoffte für sie, dass sie nicht deren arrogantes Wesen geerbt hatten.

„Es tut mir leid, dass Liz so unhöflich war", murmelte Charlie, der mit einem Weinkorken herumspielte. „Keine Ahnung, was das sollte."

„Oh, nein. Schon in Ordnung. Ich denke, deine Cousine wusste eben nicht, was sie heute Abend erwartet. Wahrscheinlich war das nicht ihre Vorstellung eines perfekten Weihnachtsabends."

„Sie ahnte nicht, dass meine Eltern alle möglichen Traditionen brechen. Trotzdem – ich muss mich für Liz entschuldigen. Sie ist nicht gerade umgänglich."

„Ach, mach dir nichts draus." Dann fiel mein Blick zu Charlies Mutter, die munter durch die Küche wirbelte und Sekt ausschenkte. Sie hatte ein ansteckend fröhliches Wesen. Dass Charlie aus einem so herzlichen Elternhaus stammte, erklärte auch seine eigene Lebensfreude.

„Ich werde jedes Mal zur Furie, wenn ich den Namen Amy nur höre." Ich biss mir auf die Lippe, denn an einem Abend wie diesem war dieses Verhalten unangebracht. Und das war mir bewusst!

„Versuchen wir einfach, es auszublenden."

„Wollte Amy dich nur wegen des Geldes?", fragte ich neugierig.

„Das vermute ich. Es ist nicht mein Geld, also... ich verdiene meine Moneten ehrlich als Fischer."

Ich grinste. „Dann hat dein Vater dieses Haus *unehrlich* beschafft?"

„Er hat es geerbt." Charlie seufzte. „Lass uns das ein anderes Mal besprechen, okay? Hier. Ich habe etwas für dich." Er holte eine kleine Schatulle hervor, die mit einem blauen Band geschmückt war.

Ich öffnete die Schleife und lüftete gespannt den De-
ckel. Darin fand ich eine wunderschöne filigrane Sil-
berkette mit einem lieblichen Delfinanhänger. „Ich
danke dir, Charlie.“

Er schmunzelte. „Das Auge des Delfins ist ein Edel-
stein. Er soll dich gut beschützen.“ Wir küssten uns innig.

„Ich habe auch etwas für dich …“ Aus meiner Tasche
kramte ich ein kleines Geschenk heraus, das ich noch
am Vorabend sorgfältig verpackt hatte. Er öffnete es
und freute sich tierisch über die Wollmütze, die ich
kurzfristig nur für ihn gehäkelt hatte.

„Von Herzen“, fügte ich lächelnd hinzu. Als er mir
zum Dank einen Handkuss gab, tanzten die Schmetterlinge in meinem Bauch Tango.

„Nun, dann begeben wir uns alle in den Salon!“, kündigte Mr O'Sullivan mit fester Stimme an, der kurz darauf die Flügeltüren des Durchgangszimmers öffnete.
Der Salon war ein romantisches Kaminzimmer, wo ein
herrliches Feuer prasselte. Um den Kamin herum standen bequeme Zwei- und Dreisitzer, die mich sofort an
das *Magic Roof* erinnerten. Es war eine heimelige Atmosphäre; lediglich der Schnee ließ auf sich warten,
wie ich mit einem Blick aus dem Fenster feststellte. Auf
dem Boden lag ein Perserteppich, an der Decke hing ein
Kronleuchter. Die Wände schmückten Bilder, Wappen
und sogar Büsten historischer Figuren. In einer Ecke
stand ein gut bestücktes Bücherregal, in einer anderen
ein Flügel.

„Wie im Museum“, stellte ich für mich fest.

„Whisky, Miss?“, fragte mich ein älterer Herr in
Dienstkleidung und beugte sich leicht nach vorn. *Das*

musste der Butler sein. Im Gegensatz zu Mr O'Sullivan hatte er aber nicht die geringste Ähnlichkeit mit einem Wichtel, wenngleich Ersterer ihn laut Charlie zur Weihnachtszeit als ebensolchen betitelte.

„Das ist Greg. Er wohnt mit Mum und Dad im Haus und ist quasi der …“

„Butler?“, ergänzte ich fragend.

„Wenn das nicht allzu verrückt und abgehoben klingt, dann ja. Er ist der Butler.“ Charlie lachte und Greg zwinkerte ihm eifrig zu.

Mr O'Sullivan erzählte von seinen Ausflügen der letzten Tage an den Strand. Während ihm die anderen an den Lippen klebten, ließ ich meinen Blick erneut durch den Salon schweifen. Er hatte nie zuvor erwähnt, in welchen Verhältnissen er aufgewachsen war. Mit einer ganz normalen englischen Familie hatte dieses Haus jedenfalls nichts zu tun. Die O'Sullivans waren gut situiert, keine Frage.

„Nun… erzählen Sie doch ein wenig über sich, Ashley?“ Elizabeth, die mit überschlagenen Beinen neben ihrem Mann auf einem Zweisitzer saß, blitzte mich erwartungsvoll an.

„Ich… ähm… ich komme aus Arizona …“

„Und warum sind Sie hier?“, wollte James wissen, der bereits an seinem dritten Whisky nippte, was für einen waschechten Schotten wohl noch gar nichts war.

„Ich… äh… meine Granny starb letztes Jahr und… ihr Haus geht an mich über.“

„Das Williams-Cottage!“, warf Charlie ein.

„Ach, ist das so?“ Elizabeth hob interessiert die Augenbrauen. „Dann ist sie …“

„Die Erbin", ergänzte Mr O'Sullivan. „Und Ashley ist eine äußerst nette und zuverlässige Person."

Elizabeth nickte halbherzig in meine Richtung, ehe sie Charlie in ein Gespräch verwickelte. Ich hingegen suchte endlich die Toilette auf. Doch als ich den Salon verlassen hatte und wieder im Speisesaal stand, atmete ich erst mal tief durch.

„Kann ich Ihnen weiterhelfen, Miss?", fragte mich Butler Greg, der dabei war, den Tisch neu einzudecken.

„Ich suche die Toilette, Sir."

Er beschrieb mir den Weg und ich war ihm sehr dankbar, denn das Haus war so groß, dass ich fast einen Lageplan brauchte, um mich nicht darin zu verlaufen. Kein Wunder, dass es viele ‚helfende Wichtel' benötigte, um das Anwesen sauber und vorzeigbar zu halten. Überall hingen diese historischen Bilder, die die Vergangenheit des Hauses und seinen Bewohnern nur erahnen ließen. Die O'Sullivans mussten eine sehr geschichtsträchtige Familie in St. Ives sein. Ob sie vom Adel abstammten? Auf dem Rückweg kam ich an einem Zimmer vorbei, dessen Tür offenstand. Neugierig lugte ich hinein und erhaschte durch den Türspalt einen Blick auf eine Harfe. Das Saiteninstrument stand in der Mitte des sonst fast leeren Raums und zog mich wie magisch an. Obwohl es sich nicht gehörte, betrat ich das Musikzimmer und ging vorsichtig umher. Barocke Sessel waren an die Wand gerückt, wahrscheinlich für die Zuhörer und weitere Gemälde zierten – wie überall im Haus – die weiß gestrichenen Wände. Der Dielenboden unter mir glänzte wie eine polierte Münze und ich konnte sogar meinen Schatten darauf erkennen. Schwere Samtvorhänge dunkelten den Raum ab.

Beim Anblick der Harfe wurde ich schwach, denn nie zuvor hatte ich solch ein edles Instrument aus nächster Nähe gesehen. Ob es verboten war, das Zupfinstrument anzufassen? Meine Neugierde siegte. Ich holte tief Luft und meine Finger berührten sanft die Saiten. Andächtig lauschte ich dem weichen, hellen Klang der Harfe, der Körper und Geist stimulierte.

„Wie ich sehe, hast du das Musikzimmer gefunden?"

Mr O'Sullivan stand plötzlich in der Tür und stemmte die Hände in die Hüfte, ohne seinen Blick von mir abzuwenden. Erwischt!

„Es... es tut mir leid." Ich ließ sofort von der Harfe ab, deren Saiten noch immer nachklangen. „Entschuldigen Sie, Sir. Ich konnte einfach nicht widerstehen."

Er schlich lautlos um die Harfe herum und ließ seinen Finger ebenfalls über die Saiten gleiten. „Es ist ein ganz wundervolles Instrument. Die Klänge eröffnen völlig neue Welten und das seit Jahrhunderten. Meine Frau ist die Einzige in unserer Familie, die das Spiel mit der Harfe perfekt beherrscht. Sie gibt in diesem Raum alljährlich ein Neujahrskonzert. Du bist herzlich eingeladen."

Froh darüber, keinen Ärger kassiert zu haben, stimmte ich erleichtert zu.

„Bitte, Ashley. Nimm Platz." Er zeigte auf einen der Barocksessel.

Ich ließ mich sachte dort nieder und fühlte mich wie eine Prinzessin. Das Polster war weich und gab sanft unter meinem Gewicht nach. Meine Fingerspitzen fühlten das Garn der goldenen Quasten, die den Saum zierten. „Fühlst du dich heute Abend unwohl, Ashley?"

„Ich hatte nur nicht damit gerechnet, dass Sie solch wohlhabende Leute sind.“

„Mit Geld zu prahlen hat für uns keinerlei Bedeutung.“

Ich wusste nicht so recht, wie ich seine Aussage zuordnen sollte, immerhin war seine Familie stinkreich und ihr Haus glich einer Burg.

„Wir sind ganz normale Leute, die alle einer ehrlichen Arbeit nachgehen.“

„Das stimmt“, antwortete ich. Weder Charlie, Mary noch Gilbert O’Sullivan hatten es vermutlich nötig, ihre beruflichen Tätigkeiten auszuüben, und doch taten sie es alle aus Überzeugung. Charlie war Fischer, Gilbert ein kreativer Händler mit der Vorliebe, Müll zu sammeln und wiederzuverwenden und Mary arbeitete als Betreuungskraft in einem Seniorenheim, wie ich erfuhr.

„Es muss dir seltsam erscheinen, Ashley. Aber das meiste, das du in diesem Haus siehst, sind Jahrhunderte alte Erbstücke, die uns alle sehr am Herzen liegen.“

Etwas Ähnliches hatte ich bereits vermutet. Das ganze Anwesen war ein Jahrhunderte altes Erbstück.

„Ich bin bemüht, nicht den Snob heraushängen zu lassen, weißt du? All die Einnahmen aus dem Laden fließen deshalb ausschließlich in soziale Projekte.“

„Das ist wunderbar, Sir.“ Das war es wirklich. Gäbe es auf dieser Welt mehr Menschen wie die O’Sullivans, ach, wie wunderbar könnte das Miteinander sein. Er reichte mir ein Päckchen, das er unter den Arm geklemmt hatte. „Bitte. Öffne es.“

Ich nahm zögernd das Geschenkband ab und bekam zittrige Hände, als ich ein Fotoalbum meiner Granny in den Händen hielt. Sie strahlte mir auf dem Cover entgegen.

„Keine falsche Scheu – schau dir die Bilder in Ruhe an", motivierte mich Gilbert.

Ich blätterte durch das Album und sah meine Granny genauso, wie ich sie in Erinnerung hatte. Fröhlich, witzig, selbstbewusst. Die Fotos, auf denen sie stolz vor ihrem Cottage stand, den prächtigen Rosengarten im Vordergrund präsentierend, gingen mir besonders nah. „Granny sieht so glücklich aus", schluchzte ich. Ein paar Seiten weiter entdeckte ich Fotos mit Granny im Salon der O'Sullivans. Sie hatte witzigerweise genau dort Platz genommen, wo ich vorhin saß. Gerührt blickte ich auf.

„Sie war bei Ihnen?"

„Natürlich. Viele Male", antwortete Gilbert. „Wir lernten uns im Zuge des Umweltschutzes kennen. Sie hatte einige Arbeiten für den Shop entworfen: Malereien und andere tolle Dinge, die sich gut verkaufen ließen." Er schmunzelte.

„Das hat Charlie gar nicht erwähnt."

„Es ist schon lange her. Ich denke nicht, dass er sich daran erinnert. Rose war ein großherziger und sehr gütiger Mensch, selbst dann noch, als sie alles verloren hatte. Schau …" Mr O'Sullivan blätterte um und auf der nächsten Seite sah ich auf einem Foto meine Großmutter an der Küste stehend – gemeinsam mit meinen Eltern.

„Das sind ja Mum und Dad …", flüsterte ich. „Und meine Mum war… schwanger?" Mein Finger strich sanft über den runden Bauch, den ich gut erkennen konnte.

„Ja. Sie freuten sich sehr auf das Baby, ich erinnere mich gut daran." Er legte seine Hand auf meine Schulter. „Auf dich, liebe Ashley. Deine Eltern waren ganz stolz, nach Amerika auszuwandern. Sie sprachen von nichts anderem mehr. Deine Familie war wirklich ein ganz toller Haufen."

Ich presste die Lippen fest zusammen. Die Bilder waren wundervoll, voller Erinnerungen und gleichzeitig hielten sie mir grausam vor Augen, was ich verloren hatte.

„Ich habe ihren Tod verdrängt... das tue ich bis heute. Ich habe nie wieder Bilder von ihnen angesehen", platzte es aus mir heraus, ehe ich bitterlich zu weinen anfing. Mr O'Sullivan nahm mich tröstend in den Arm.

„Das tun wir alle, wenn jemand geht. Ich habe meinen Sohn aus erster Ehe verloren, Jamie. Er fehlt mir jeden Morgen, wenn ich aufstehe, und jeden Abend, wenn ich zu Bett gehe. Aber das Leben muss weitergehen, Ashley." Er löste sich wieder aus der Umarmung, dann sah er mich eindringlich an. „Ich behaupte zu wissen, dass du *dein* Herz längst an Cornwall verloren hast. Als dein Ex-Freund dich im Sommer besuchte, vermutete ich kurzzeitig, du würdest mit ihm nach Phoenix zurückkehren."

Ich faltete meine Hände zusammen und starrte mit wässrigen Augen auf die Harfe. „Ich wollte es Ihnen damals schon erklären, Mr O'Sullivan, aber alles sprach gegen mich. Trotzdem; der Kuss zwischen Jack und mir war nie beabsichtigt und völlig bedeutungslos."

„In jungen Jahren machen wir alle unsere Fehler, Ashley." Er versuchte mich zu beschwichtigen. „Dieser Kuss, ob nun gewollt oder nicht, hat deine Entscheidung hierzubleiben, nicht im Geringsten beeinflusst, oder?"

„Nein. Aber wieso haben Sie es Charlie gesagt? Meinten Sie damals nicht, das sei meine Angelegenheit?"

„Ich habe es ihm nicht erzählt", räumte er behutsam ein. „Das war Amy. Sie wusste, dass ich Jack und dich gesehen hatte, steckte es meinem Sohn und schließlich war es Charlie selbst, der mich darauf ansprach. Ich wollte ihn infolgedessen nicht belügen."

„Kann ich verstehen. Die Sache mit Charlie und Amy. Ich weiß nicht, ob Sie auch davon wissen?"

Er raunte. „Natürlich habe ich dieses Fiasko mitbekommen. Sie hat meinen Sohn hingehalten und fürchterlich hintergangen. Ich habe ein großes Herz und viel Verständnis für die Menschen. Aber selbst mich hat diese unbeschreiblich verrückte Aktion zutiefst erschüttert. Charlie ist jemand, der sich von seinem Herzen lenken lässt. Er hätte lieber mal den Kopf einschalten sollen."

„Er kann nichts dafür – im Nachhinein betrachtet sprach alles *für* eine Vaterschaft." Mr O'Sullivan nickte verhalten. „Wissen Sie, Sir… Ich weiß nicht, warum Amy all das getan hat. Einerseits dachte ich mir, dass sie Charlie finanziell ausbeuten wollte. Aber was ich noch mehr vermute, ist, dass sie ihn einfach abgöttisch liebt."

„Jaja, die Liebe." Mr O'Sullivan gluckste. „Lässt uns manchmal seltsame Dinge tun."

„Da haben Sie wohl recht."

„Da ist noch eine andere Sache, Ashley."

„Sir?"

„Deine Granny, Rose Williams, wusste nicht, ob du ihr Erbe fortführen würdest. Eine Entscheidung für das Haus bedeutet nämlich auch, daran gebunden zu sein. Du musst es wirklich aus tiefstem Herzen wollen. Und wenn ich sehe, was du in den letzten Monaten geleistet hast, dann bin ich mir sicher, dass du es schaffen kannst. Dieser Garten ist *dein* Werk. Du hast damit den Traum deiner Granny verwirklicht und das verdient viel Anerkennung."

Ich wischte mir über meine feuchten Augen und schnappte nach Luft. „Ohne Charlie und die Hilfe von Will und dem Gartenbau wäre es nie so weit gekommen. Mal abgesehen von dem Geld, das Granny für die Arbeiten hinterlegt hatte."

„Das mag ja alles stimmen, Ashley. Aber dem allem ging eine Entscheidung voran. Und diese trafst du alleine."

„Danke, Sir. Ich bin mir ziemlich sicher, dass ich das Haus nicht verkaufen werde. Das Jahr ist fast zu Ende und rückblickend kann ich sagen: Es war sehr vernünftig, dass ich dort ‚ein Jahr auf Bewährung' hatte." Wir lachten.

„Dann dachtest du anfangs tatsächlich darüber nach, es zu veräußern?"

„Nein, das kam mir nicht in den Sinn... aber in den letzten Monaten wurde mir klar, wie viel Liebe und Arbeit in alldem steckt. Etwas, wofür man blind ist, wenn man einfach nur daran vorbeiläuft und es als ansehnlich und hübsch empfindet. Es braucht Leidenschaft. Und Zeit."

„Wunderbar ausgedrückt! Ich bin mir fast sicher, dass deine Granny nicht davon ausging, dass du ihr Cottage je veräußern würdest. Der Notar war die treibende Kraft, den Deal ins Leben zu rufen. Er kannte wohl viele andere Fälle, in denen junge Erben nach der Nachlassübergabe zur Bank gegangen sind und dort die Immobilie zügig gegen Bares verkauften. Diese Geschichten hatte er wahrscheinlich auch Rose nicht vorenthalten. Das hatte sie vielleicht vorsichtiger gestimmt, wenngleich sie nicht an dir zweifelte.“

„Ich hatte mal erwähnt, dass ich nicht unbedingt mit Geld umgehen kann.“

Er schien amüsiert. „Da hast du es.“

Wir beendeten unser Gespräch und gingen zurück in den Salon.

„Wo warst du?“, wollte Charlie wissen.

„Im Musikzimmer“, flüsterte ich. „Dein Dad und ich haben uns angeregt unterhalten.“

Kapitel 30

Charlie lud mich am sonnigen Silvestertag zu einer Wanderung abseits der Wege entlang der felsigen Küste ein, die sich an den feinsandigen Strand in der Bucht anschloss. Es war nicht ungefährlich, aber ich verließ mich auf meinen ortskundigen Guide. Der Pfad, der eigentlich gar keiner war, verlief unweit des Wassers, weshalb man auf jeden Schritt präzise achten musste. Ich genoss die frische Meeresbrise und es tat mir gut, nach all dem Chaos der letzten Wochen meinen Kopf frei pusten zu lassen.

„Ich freue mich auf morgen Abend. Es wird großartig, deine Mum auf der Harfe spielen zu hören. Was für ein zauberhaftes Instrument", flötete ich überschwänglich, während ich dicht hinter Charlie über spitzige Felsen balancierte, die sich in mein Schuhwerk bohrten.

„Es ist ein Genuss", bestätigte er meine Vorfreude.

„Ich bin ziemlich aufgeregt, so langsam geht es in den Endspurt. Im März werde ich die Übertragungsurkunde unterzeichnen."

„Noch ein Grund mehr, um heute Abend zu feiern!" Er wirbelte herum und ich war so dermaßen von seinem Anblick geflasht, dass ich beinahe das Gleichgewicht verloren hätte. Hoppla! Der Stein unter meinen Füßen gab plötzlich nach und geriet ins Wanken. Ich schaukelte auf und ab. Charlie erkannte die gefährliche Situation sofort. Er packte mich gerade noch rechtzeitig am

Unterarm und zog mich mit einem Ruck an sich heran. Der Stein plumpste laut ins Wasser. Platsch! Schnaufend drückte ich mich an seinen Oberkörper und spürte sein Herz rasen. Das war verdammt knapp gewesen. „Vorsicht! Pass bitte auf, wo du hintrittst – du könntest dich ernsthaft verletzen. Dieser Weg ist schön, aber gefährlich. Ich will es später nicht bereuen, dich hierher gebracht zu haben.“

„Tja, gar nicht so einfach, wenn es mir bei deinem Lächeln den Boden unter den Füßen wegzieht“, flirtete ich. Charlie legte seinen Arm um meine Schulter und hielt mich fest.

„Ich meine es ernst, Mylady. Dir soll nichts passieren. Schon gar nicht am letzten Tag des Jahres!“ Er gab mir einen flüchtigen Kuss und ließ sanft von mir ab, ehe wir gut gelaunt weiterwanderten. Von da an achtete ich penibel darauf, wo ich hintrat, statt mit den Gedanken abzuschweifen. Ich orientierte mich an Charlies Gang, der sich leichtfüßig wie ein Superheld durch die felsige Bucht schlängelte. Bei ihm sah es so einfach aus; ich hingegen quälte mich über die Steine hinweg und war froh, als wir eine Höhle erreichten und dort rasteten. Sie hatte sich über die Jahrhunderte in den Felsblock gewaschen und sah für mich begehbar aus.

„Eine Grotte?“

„Onkel Charles hat sie mir vor Jahren gezeigt. Komm mit. Um diese Tageszeit müssen wir kein Hochwasser fürchten.“

Wir kletterten mutig hinein, machten Späße mit unseren widerhallenden Echos und nahmen schließlich auf einem flachen Stein Platz, der sich ideal als Sitzgelegenheit anbot. Es war ein unwirklicher Ort. Düster und zugleich romantisch, was auch an dem Streifen Tageslicht lag, der schimmernd in die Grotte fiel und die Felswände um uns herum erhellte. Ich lehnte mich zufrieden an Charlies Schulter. Er hatte das Talent, mich immer wieder zum Staunen zu bringen und mir mit den einfachsten Dingen ein Lächeln auf die Lippen zu zaubern.

„Es ist wunderschön hier. Ein Zufallsfund?"

„Onkel Charles hat ein Händchen dafür, Spots wie diesen auszukundschaften. Wenn du mich fragst, kennt er die Küste Englands wie seine Westentasche."

Ich lächelte selig. Lange saßen wir einfach nur da und lauschten den Wellen, die leise gegen die Steine schwappten. Die Luftfeuchtigkeit in der Grotte war hoch und ich konnte spüren, wie das Salz meine Atemwege frei machte.

„Woran denkst du?", wollte ich wissen.

„Es tut mir leid, dass ich dir meine Herkunft vorenthalten habe. Du weißt ja jetzt, dass wir keine armen Kirchenmäuse sind. Wie du dir sicher schon denken kannst, stammt das Geld aber nicht aus einem Lotteriegewinn."

Ich hörte ihm aufmerksam zu. Es interessierte mich tatsächlich sehr, wie die O'Sullivans zu ihrem Reichtum und vor allem zu ihrem Anwesen kamen.

„Mein Urururuonkel war ein Earl."

„Wow! Dann bist du ja ein Adeliger!" Ich wusste es!

Charlie rollte derweil die Augen. „Blödsinn. Beim Adel gibt es schließlich kein Fast Food zu Weihnachten." Ich kicherte. „Ursprünglich wohnte der Earl, der übrigens auch Charles hieß, in Schottland. Es war schon eine ganze Menge Geld, das er besaß. Den genauen Ursprung kenne ich nicht, scheint ein wohlgehütetes Familiengeheimnis zu sein. Der Earl besaß ein Anwesen in der Nähe von Glencoe, aber das wurde dann irgendwann im späten 19. Jahrhundert verkauft. Der Erlös brachte natürlich auch wieder Geld ein, von dem das Haus in St. Ives gekauft wurde. Seither wird das Anwesen von Generation zu Generation weitergegeben."

„Das klingt ultraspannend! Willst du nicht versuchen, herauszufinden, was es mit dem Earl auf sich hatte?"

Charlie blies die Backen auf. „Um ehrlich zu sein, hatte ich bisher nicht die Muse dazu." Ich grinste. Familiengeheimnisse aufzustöbern hatte mich schon immer sehr interessiert.

„Kann ja noch kommen", neckte ich.

„Wie auch immer, der Adelstitel ist längst dahin, aber das Geld und sein Besitz wurden brav weitergereicht… und manchmal wird sogar noch heute etwas davon ausgegeben!"

„Wie zum Beispiel für einen Bentley", antwortete ich kichernd.

„Genau."

Sein herzliches Lachen bescherte mir ein wohliges Kribbeln. „Hast du eigentlich noch etwas von Jack gehört?"

„Wir haben uns frohe Festtage gewünscht. Wir sind Ex-Partner, nicht beste Freunde."

Er grinste.

„Und wie war das mit dir und Amy?"

Charlie seufzte. „Nachdem Will gestanden hatte und ich kurz davor stand, ihm eine reinzuhauen, traf ich mich mit ihr und sprach sie darauf an. Sie gab es sofort zu." Er verzog das Gesicht. „Sie sprach irgendetwas von großen Gefühlen und der Liebe ihres Lebens... also mich. Aber sie kapierte dann auch, dass es kein Zurück mehr gibt. Das behauptete sie zumindest."

„Hattest du schon eine Bindung zu dem Kind aufgebaut?"

„Nun, die Ultraschalle waren schon sehr berührend und wenn ich meine Hand auf ihren Bauch legte, konnte ich den Fötus manchmal strampeln fühlen. Wir waren keine Familie im herkömmlichen Sinne, aber ich dachte, dieses Baby würde Amy und mich auf ewig verbinden. Gewissermaßen bin ich froh, dass es anders gekommen ist. Aber Verantwortung spürte ich auf jeden Fall. Nun, ja... belassen wir es dabei." Er rückte näher an mich heran. „Denn ich will mit dir zusammen sein, Ashley Hopkins!"

„Und ich mit dir, Charlie." Wir küssten uns innig und seine Leidenschaft überwältigte mich.

„Übrigens ..." Ich löste mich vorsichtig aus seinen Armen. „Ich habe noch einmal nachgedacht. Du weißt schon, über diese Sache mit dem B&B. Als ich davon ausging, Weihnachten allein verbringen zu müssen, fühlte ich mich schrecklich einsam. Das wäre vielleicht nicht passiert, wenn ich die beiden Zimmer untervermietet hätte. Was ich damit sagen will... Cornwall scheint das ganze Jahr über Menschen anzuziehen und ich denke, das Cottage hätte großes Potenzial."

„Du meinst?"

Ich nickte. „Ja. Ich möchte es gerne versuchen und ein B&B in Zennor eröffnen." Charlie fiel mir ein weiteres Mal um den Hals und ich konnte nicht anders, als zufrieden in mich hineinzulächeln.

„Was für eine großartige Sache!“, pflichtete er mir bei.
„Ich fand den Spot schon immer herausragend. Dann
haben wir nächstes Jahr eine Menge zu tun. Wir müssen den Garten fertiggestalten, die Gästezimmer ein-
richten, das B&B anmelden ...“

„Und das Geheimnis um den Earl und deine Familie
lüften“, fügte ich zwinkernd hinzu.

Kapitel 31

Als ich abends von der Arbeit nach Hause kam und mich auf einen Fernsehabend mit Rachel und *Grey's Anatomy* freute, fand ich einen Brief auf dem Fußboden, den der Postbote durch den Schlitz geworfen hatte. Das konnte nur eine Rechnung sein, denn eigentlich bekam ich nie Post zugestellt. Heutzutage war Briefe schreiben ja so was von out... Ich nahm das weiße Kuvert, ließ mich auf die Couch fallen und begutachtete das seltene Exemplar, das in Amerika schon so gut wie ausgestorben war. Spätestens jetzt erkannte ich, dass der Brief aus Europa kam. Mir wurde ganz mulmig zumute. Was wohl darin stand? Mit Herzklopfen öffnete ich und las:

Sehr geehrte Ms Hopkins,

hiermit informiere ich Sie, dass das Haus Ihrer verstorbenen Großmutter Rose Catherine Williams, verstorben am 02.11.2021 in St. Ives, in Ihren Besitz übergeht, sofern Sie an einem Wohnortwechsel interessiert sind und die Bedingungen akzeptieren (s. u.).
Mrs. Williams, geboren am 03.07.1939 in London, hat Sie zu Ihrer Alleinerbin des Cottages Zennor, „Lage; an den Klippen" ernannt.

Bedingung: Um dieses Haus rechtmäßig zu erben, wurde mit der Verstorbenen vereinbart, dass die Erbin für 12 Kalendermonate darin wohnen muss. Ein Verkauf wurde von der ehemaligen Besitzerin schriftlich ausgeschlossen und notariell beglaubigt.
Bitte melden Sie sich nach Eingang des Schreibens umgehend bei mir.

Gezeichnet

R. Barker, Notar
St. Ives

Ich konnte es nicht fassen: Immer und immer wieder las ich den Brief, aber das Geschriebene veränderte sich nicht. Im Gegenteil. Es war wie die plötzliche Erfüllung all meiner kühnsten Träume. Meine Finger glitten andächtig über das Briefpapier, das nach Druckerschwärze roch. Dass Granny mir diese Chance vermachte, war für mich das allergrößte Geschenk überhaupt. Jetzt musste ich es nur noch Jack beibringen. Immerhin war das Erbe an eine Bedingung geknüpft – ich musste für ein Jahr in Cornwall leben. Das Problem war, dass es zwischen uns beiden alles andere als gut lief. Ich hatte mich seit dem Tod meiner Granny verändert. Und seit er einen neuen Job hatte, hatte auch Jack sich verändert. Es schien, als würden wir plötzlich nicht mehr matchen. Oft dachte ich darüber nach, mich von ihm zu trennen, doch irgendetwas hielt mich ab. Vielleicht waren es meine Verlustängste? Möglicherweise wollte ich einfach nicht mehr allein sein. Über die Sache mit dem Haus musste ich jedenfalls nicht viel nachdenken; es erschien mir wie die Antwort auf all meine Gebete. Die Frage war nur - wie würde ich es Jack beibringen? Denn mein Entschluss stand fest.

2 Tage später

Jack schaute verdutzt drein, als ich ihm abends von meinem unverhofften Erbe in England erzählte, das mich mindestens genauso überraschte wie ihn. Niemals dachte ich, in dem Brief aus Großbritannien Zeilen vorzufinden, die mein Leben auf den Kopf stellen würden. Das Cottage meiner Granny ging Wochen nach ihrem Tod in meinen Besitz über – die Voraussetzung war jedoch, dass ich für ein Jahr darin wohnte. Ziel war es, einen überstürzten Verkauf meinerseits zu verhindern, wobei ich nicht eine Sekunde daran dachte, Grannys Cottage kopflos zu veräußern. Da es notariell beglaubigt wurde, war ich an diese Bedingung gebunden. Für mich stellte es kein Problem dar, im Gegenteil. Ich sehnte mich nach dem britischen Eiland. Schon nach der Einäscherung meiner Granny war es mir sehr schwergefallen, Cornwall wieder zu verlassen. Aber Jack? Wie er wohl reagierte? Ich hoffte im Stillen, dass er sich für mich freute, doch sein Gesichtsausdruck verriet etwas anderes.

„Du willst für 12 Monate nach England?" Er setzte seinen Röntgenblick auf und scannte mich ab, als wäre er ein ferngesteuerter Roboter, der den Fehlercode suchte. „Wie bescheuert! Mein Job ist ortsgebunden, der Urlaub längst für den Sommer geplant. Ich könnte dich nicht einmal begleiten. Wie stellst du dir das überhaupt vor?“

Man musste kein allwissender Zauberer sein, um zu erkennen, dass Jack rein gar nichts von meinen Plänen oder besser gesagt den Plänen meiner Granny hielt. Die Tatsache, dass sie mich bei ihrem Erbe bedachte, war für mich das Größte, ein Sechser im Lotto. Jack hingegen sah das völlig anders. Aber wenn ich so darüber nachdachte, fühlte ich mich in seiner Gegenwart zuletzt mehr als unwohl. In den vergangenen Monaten verwandelte er sich von Prince Charming zu einem notorischen Nörgler, der meiner Lebensfreude und Spontanität nichts mehr abgewinnen konnte. Ausschlaggebend für diese Charakterveränderung war vermutlich der Wechsel seines Arbeitsplatzes gewesen. Seit er für die neue Firma schuftete, stand er andauernd unter Strom, den er unkontrolliert an mir abließ.

Jacks Mundwinkel zuckten wie immer, wenn er wütend wurde. Aber gab es überhaupt einen Grund, wütend zu werden?

„Es war der Wille meiner Granny!“ Knurrend verschränkte ich die Arme vor der Brust. „Ich werde ihren letzten Wunsch keinesfalls ausschlagen.“

Jack pumpte genervt die Backen mit Luft auf, gar so, als würde er jeden Moment explodieren. „Ein Erbe, das an die Bedingung geknüpft ist, für ein Jahr in diesem Cottage zu leben?“

„Jack …“ Ich senkte die Stimme und versuchte, mit Ruhe und Gelassenheit die gekippte Stimmung zu retten. „Es war ihr wichtig, dass ich das Cottage langfristig übernehme. Ich sagte meiner Granny oft genug, dass ich nicht unbedingt mit Geld umgehen kann. Und jeder weiß, dass ein Häuschen in dieser Gegend einer Goldader gleicht.“

Er ließ sich kopfschüttelnd auf die Couch fallen und vergrub sein Gesicht mürrisch in den Händen. „Deine Granny hatte kein Vertrauen zu dir, sonst wäre dieser Deal niemals zustande gekommen. Es hätte *einfach so* an dich übergehen können, ohne dass du gleich nach England umziehen musst.“

„Es ist nur ein Jahr!“

„Und danach? Wäre es nicht viel klüger, das Haus zu verkaufen, Ash? Vergiss bitte nicht – unser Lebensmittelpunkt ist hier in Arizona.“

Ich schnaubte. Was wusste er schon? Im Traum dachte ich nicht daran, dieses Haus zu verkaufen, egal, wie geldbringend es war. Ich liebte England, das Dörfchen Zennor und das einzigartig abgelegene Cottage meiner Granny sowieso. Es stimmte, dass ich mein Geld hin und wieder verprasste; aber ich würde niemals dieses Haus aufgeben und mir mit dem Gewinn ein schönes Leben machen! Ich hoffte sehr, dass Jack es besser verstehen würde, wenn er das Cottage erst einmal zu sehen bekäme und die Magie dieses Ortes am eigenen Leib erfuhr.

„Ich weiß, dass es sehr plötzlich kommt.“ Mit zusammengepressten Lippen setzte ich mich zu ihm und suchte Augenkontakt, doch er wich meinem Blick sofort aus.

„Wirst du es nach diesem Jahr verkaufen?“

„Selbst, wenn ich es erwägen würde …“

„Erwägst du es, Ash?“, fiel er mir schroff ins Wort, doch ich sprach unbeeindruckt weiter.

„Selbst wenn ändert es nichts daran, dass ich zuerst für ein Jahr darin leben muss. Es ist nun mal die Voraussetzung, dass es überhaupt in meinen Besitz übergeht, verstehst du das nicht?"

„Und was ist mit deinem Job?"

„Ich arbeite in einem globalen Unternehmen und brauche lediglich mein Notebook bei mir. Ich kann von überall auf der Welt mein Geld verdienen", zischte ich.

Jack rümpfte die Nase. Dass er als Angestellter eines Logistikunternehmens nicht die gleichen Möglichkeiten hatte, war mir bewusst. Als Personalberaterin einer großen Firma konnte ich schlichtweg alles online machen.

„Ein Jahr ist verdammt lange, Ash. Wir haben jetzt schon Probleme, unsere Beziehung am Leben zu erhalten. Eine räumliche Trennung wäre Gift für uns."

„Oder eine Chance", ergänzte ich wissend, denn ich hatte das unweigerliche Talent, über den Tellerrand der Möglichkeiten hinwegzublicken. „Wir hatten doch neulich schon über eine Beziehungspause gesprochen …"

Jack rollte argwöhnisch die Augen. „Geht das wieder los?"

„Ständiges Streiten ist jedenfalls nicht das, was ich für uns beide möchte, Jack! Ich verstehe deine Sorge, aber bitte versuche auch, dich in meine Lage hineinzuversetzen."

„Deine Lage? Du meinst die Tatsache, dass du nach England abhaust, obwohl dein Partner dagegen ist?"

„Ich haue nicht ab! Verstehst du nicht, worum es hier geht?" Meine Stimme brodelte wie ein Vulkan, dessen Magma an der Oberfläche kratzte. Warum zum Teufel war er nur so verflucht uneinsichtig? „Meine Granny ist tot und ich erbe ihr Cottage, aber nur, wenn ich für ein Jahr in Cornwall lebe! Das lasse ich mir doch nicht entgehen!"

„Ich habe es kapiert, Ash! Was erwartest du von mir?"

„Verständnis! Für mich bedeutet das nämlich, über einen längeren Zeitraum zu meinen Wurzeln zurückzukehren!"

„Du bist Amerikanerin!"

„Meine Eltern stammen beide aus Großbritannien! Ich wurde dort geboren! Sie wanderten berufsbedingt nach Amerika aus. Im Herzen bin und bleibe ich Engländerin!"

„Schön, aber soweit ich weiß, hast du hier deine Verpflichtungen!"

Ich wurde ungehalten und die brodelnde Lava schwappte über. „Das sehe ich aber anders! Ich bin unabhängig und stehe auf eigenen Beinen! Willkommen in der Welt einer modernen Frau, Jack Simpson!"

„Du kannst nicht einfach so verschwinden und glauben, dass ich da mitspiele", entgegnete er energisch.

Ich stöhnte auf. Warum tat er mir das an? Wollte er mich nicht verstehen? Oder missgönnte er mir die Möglichkeit, frei zu entscheiden, wo ich hingehörte? „Du könntest den Sommer bei mir in Cornwall verbringen …", lenkte ich erschöpft ein.

„Ich werde den Sommer verdammt noch mal auf den Kanaren verbringen, denn das war unser ursprünglicher Plan, den du gerade zunichtemachst! Weißt du noch? Inselhüpfen!? Gran Canaria, Lanzarote, Fuerteventura!?" Er ballte die Fäuste. „Eine Fernbeziehung funktioniert nicht, Ash! Weder für dich noch für mich."

Ich sah, wie seine Schläfen vor Wut pulsierten. Das war nicht der Jack, den ich einst geliebt hatte. Es war der Jack, bei dem ich seit Wochen nicht mehr wusste, ob wir noch zusammengehörten. „Was würdest du denn tun? Das Erbe ausschlagen?"

„Ich würde jedenfalls meinen Partner nicht so mies und hirnlos hintergehen!"

Es war zermürbend. „Ich hintergehe dich nicht! Wieso unterstützt du mich nicht?"

„Warum denkst du immer nur an dich, Ash?", brüllte er. Dann sprang er auf und verließ ohne ein weiteres Wort unsere gemeinsame Wohnung in Phoenix. Das tat er natürlich nicht, ohne die Tür lautstark ins Schloss fallen zu lassen. Wie zu Stein erstarrtes Magma rührte ich mich nicht vom Fleck und versuchte, meine Wut zu bändigen. Dieses Wortgefecht half niemandem. Warum um alles in der Welt konnten wir nicht mehr normal miteinander umgehen? Meine Entscheidung stand jedenfalls fest. Ich würde in ein paar Tagen nach England reisen, um mein Erbe anzutreten. Ohne Jack.

Kapitel 32

Als wir abends zu den O'Sullivans fuhren, um gemeinsam ins neue Jahr zu feiern, konnte ich kaum noch die Füße stillhalten. Glücklicherweise war Elizabeth diesmal nicht anwesend, was mich sehr beruhigte, denn ich wagte zu bezweifeln, dass wir in diesem Leben noch Sympathien füreinander hegen würden. Und auch die Abendgarderobe war für diesen Abend leger angesetzt, weshalb ich mich für einen lässigen Oversize-Anzug in himmelblau entschied, der meiner Haarfarbe schmeichelte, wie Charlie charmant bemerkte.

Wie seine Familie wohl auf meine Idee mit dem B&B reagieren würde? Schon allein beim Gedanken daran bekam ich weiche Knie. Charlie war sich sicher, dass ein B&B genau nach dem Geschmack von Mr O'Sullivan war. Natürlich würde ich meine Entscheidung nicht von seiner Meinung abhängig machen, dennoch war ich ganz froh, die Katze aus dem Sack zu lassen und vielleicht weiteren Input zu bekommen. Immerhin hatte Charlies Dad meine Granny persönlich gekannt und konnte daher besser beurteilen, ob sie damit grundsätzlich auch einverstanden gewesen wäre. Zudem bedeutete dieser nächste Schritt für mich, dass ich mich ein für alle Mal dazu entschieden hatte, in Cornwall zu bleiben.

„Ich bin echt gespannt, was dein Dad sagt."

„Ich bin fest davon überzeugt, dass er als einer der Ersten bei dir buchen wird“, scherzte er.

„Dann bekommt er einen Sonderpreis.“

„Ich finde, für den Erben eines Earls kannst du ruhig etwas mehr verlangen.“

Wir schäkerten, umarmten und küssten uns, als ich es hinter mir holpern hörte. Onkel Charles winkte uns mit seinem zahnlosen Lächeln gut gelaunt zu. Er stand in der Tür des Anwesens und musste mitbekommen haben, dass wir eingetroffen waren. Ich freute mich, ihn endlich wiederzusehen, und winkte zurück.

„Ashley, Charlie. Wie schön, dass ihr gekommen seid.“

„Guten Abend, Onkel Charles. Geht's dir gut?“, fragte Charlie und legte den Arm um seine hagere Schulter.

Charles wirkte zufrieden. „Ja, ja, ja, kann nicht klagen. Solange ich morgens aufstehen kann und das Essen und Trinken noch schmeckt, bin ich auf der sicheren Seite!“

Wir lachten. Als Gilbert O'Sullivan ebenfalls vor die Tür trat, hielt ich prustend die Luft an und bemühte mich, souverän zu bleiben. Er trug doch tatsächlich heute einen Kilt, einen traditionell schottischen Männerrock.

„Hat das etwas mit James und Elizabeth zu tun? Ich dachte, sie kommen heute nicht“, flüsterte ich Charlie panisch zu, der mit verblüffter Miene verneinte.

„Dad passt sein Outfit gerne dem gegebenen Anlass an.“

Ich schluckte erleichtert und fragte mich, was dieser Anlass wohl sein könnte. Wir waren doch in England und nicht in Schottland, wo man Hogmanay feierte.

Und just war da schlagartig dieses Bild von ihm in seinem Elfkostüm an Weihnachten. Gilbert im Kilt kam derweil grinsend die Treppen herunter und nahm uns überschwänglich und gut gelaunt in die Arme. Er roch angenehm nach Zedernholz.

„Schön, dass ihr zwei gekommen seid. Hereinspaziert, hereinspaziert."

Bei seinem Aufzug fühlte ich mich mehr als overdressed. Schon wieder. Wurde das hier ein Kostümball in kleiner Runde? Wie gut, dass sich auch Charlie nur für Jeans und Longsleeve entschieden hatte. Ein weiteres Mal durch das historische Gemäuer zu gehen, war hingegen eine Ehre. Nun, da ich die Hintergründe kannte, fühlte es sich sehr viel geheimnisvoller und bedeutender an. Ob das Haus Charlies Vorfahre, dem Earl aus Schottland, auch gefallen hätte? Der Eingangsbereich war mit Luftschlangen und Ballons kunterbunt dekoriert und sorgte für einen fröhlichen Stilbruch. Ich sah Wunderkerzen in Cupcakes stecken und einen Tisch unter einem Wappen, der mit zahlreichen Sektgläsern bestückt war.

„Ist das alles für uns?", fragte ich Charlie mit Blick auf die edlen Spirituosen. Das sah nach einem heftigen Rauschfest und einem schlimmen Kater am Morgen danach aus.

„Für Mitternacht."

Ich hakte mich bei ihm unter, begrüßte Mary, die adrett gekleidet aus einem der Badezimmer kam, und gemeinsam folgten wir Mr O'Sullivan in den Speisesaal. Es war märchenhaft, von einem kostümierten Hausherr in den Speisesaal geführt zu werden, und ich fühlte mich einmal mehr wie in einer anderen Zeit.

„Was hast du?", fragte Charlie, als er mich kichern hörte.

„Ich hoffe nur, er hat diesmal kein amerikanisches Menü gezaubert."

„Ich denke, du solltest dich mit deinen Spekulationen lieber an seiner Kleidung orientieren. Wie ich schon sagte – Dad passt seine Kleidung gerne dem Anlass an", warf er witzelnd ein.

Hörte ich da in seiner Stimme Ironie mitschwingen? Der Anlass war doch immer noch Silvester. Oder? Hmm... was aßen Schotten eigentlich so? Wir nahmen an der Tafel Platz und ich beäugte das edle Geschirr und Besteck, mit dem der Tisch eingedeckt war. Kaum hatte ich es mir neben Mr O'Sullivan und Charlie bequem gemacht, kam auch schon ein heute mürrisch dreinblickender Butler Greg um die Ecke, der uns mit geübten Handgriffen das Essen servierte.

„Was ist das?", fragte ich Charlie, als ich meinen Teller vor die Nase gesetzt bekam. Keineswegs sollte er merken, dass mich dieses Gericht fürchterlich ekelte, weshalb ich mit gekünstelt lieblicher Stimme nachfragte und doch wurde mir beim Anblick der Speise ganz anders zumute. Es sah unappetitlich aus. Wie ein Haufen Matsch, zu dem Steckrüben und Kartoffelbrei gereicht wurde, wenn sich mein feiner Geruchssinn nicht täuschte.

„Oh, das ist ein traditionelles Rezept aus Schottland. Der Earl verzehrte es stets zum Jahresende und Dad ist der Meinung, wir sollten das heuer auch tun. Es schmeckt besser, als es aussieht, versprochen." *Das* war also der Anlass. Mr O'Sullivan wandelte zum Jahresabschied auf den Spuren seines Vorfahren.

„Und was genau ist es?“

„Es heißt Haggis“, erklärte Charlie. „Das schottische Nationalgericht. Schneidet beim Rest der Welt nicht allzu gut ab, aber man sollte es zumindest mal probiert haben.“

Ich fragte mich indes, ob ich bei den O'Sullivans je ein englisches Gericht zu Essen bekäme und nicht irgendwelche kulinarischen Ausreißer. „Nun, es sieht so… ich will nicht unhöflich klingen“, flüsterte ich. Schließlich wollte niemand einen Nörgler zu Gast haben und doch tat ich mir verdammt schwer, diese Mahlzeit als ‚appetitlich angerichtet und deshalb für lecker empfunden‘ einzustufen.

„Es schmeckt wirklich gut, keine falsche Scheu“, schmatzte Charlie mit vollem Mund und ermutigte mich zu kosten.

„Und was genau ist dieses Haggis?“ Das undefinierbar aussehende Gericht hatte gewiss seine Tücken, über die ich gerne mehr erfahren wollte, *bevor* ich davon probierte.

Charlie und Mr O'Sullivan, der offensichtlich mitgehört hatte, tauschten kurze Blicke aus. Onkel Charles hingegen, der soeben versucht unauffällig sein Gebiss eingesetzt hatte, schien das Gespräch ebenfalls mitverfolgt zu haben und legte die Karten unverblümt auf den Tisch.

„Das ist gefüllter Schafsmagen mit Innereien, Gewürzen und Hafer.“

Schafsmagen? Innereien? Ich lief blass an. Schon allein beim Gedanken daran, dass ich zermatschte Organe essen sollte, resignierte mein Magen. Mein Kopf sowieso.

„Eine herrliche Mahlzeit. Lass es dir schmecken, Ashley."

„Danke, Sir", gab ich tapfer zurück. Es kostete mich einige Überwindung, den gefüllten Schafsmagen zu verspeisen, und doch tat ich genau das, um nicht negativ aufzufallen. Es war eine breiige Konsistenz mit Stückchen darin, auf die ich lieber nicht näher eingehen wollte. Eine gewöhnungsbedürftige Mahlzeit, aber um den Earl zu ehren, aß ich brav auf. Und dennoch – das war gewiss mein erster und letzter Haggis gewesen.

Nach dem Essen verkündete Charlie stolz, dass ich etwas zu sagen hätte. Ich wurde rot, als alle Augen auf mich gerichtet waren, zudem ich noch immer den Geschmack des Schafmagens im Mund hatte und nicht auf große Reden vorbereitet war.

„Ich bleibe in Cornwall", japste ich schließlich, trank einen großen Schluck Wasser und war erleichtert, als seine Eltern und Onkel Charles fröhlich applaudierten. „Mir ist klar geworden, dass mir dieser Ort hier alles bedeutet. Ich liebte meine Granny so sehr und würde es nicht übers Herz bringen, ihr Lebenswerk aufzugeben. Das Haus am Meer mit seinem schönen Garten, der nächstes Jahr hoffentlich fertig wird, ist absolut einzigartig." Ich sah zu Charlie, der ermutigend lächelte. „So einzigartig, dass ich all das gerne mit anderen teilen möchte und zu dem Entschluss gekommen bin, ein B&B zu eröffnen." Ein Staunen ging durch die Runde. Ich bekam Gänsehaut, gefolgt von Herzklopfen. Mir wurde heiß und kalt zugleich und ich rutschte nervös auf dem Stuhl herum. Wie sie wohl reagieren würden?

„Großartig", sagte Mr O'Sullivan und prostete mir zu. Erleichtert stieß ich einen Seufzer aus.

„Rose würde diese Idee feiern und ich tue es auch.“

„Sensationell“, stimmte auch Mary mit ein. „Diese traumhafte Lage ist für dein Vorhaben wahrlich ideal. Wenn du Hilfe brauchst, lass es uns wissen. Wir sind gerne für dich da.“

Ich bedankte mich höflich und mein Innerstes überschlug sich bei ihren Worten vor Freude. Es klang so endgültig, als wäre ich längst Teil dieser tollen Familie.

„Feine Sache“, lobte mich auch Onkel Charles. „Wahrscheinlich rennen sie dir die Bude ein.“

Ich grinste überglücklich über die positiven Reaktionen.

„Siehst du“, tuschelte Charlie hinter vorgehaltener Hand. „Ich sagte doch, dass sie es gutheißen werden.“

„Dann lasst uns jetzt die Gläser erheben.“ Mr O'Sullivan, der in seinem Outfit den Eindruck eines echten Schotten erweckte, erhob sich und prostete mir strahlend zu. Ich erwiderte mit einem breiten Lächeln. „Auf unsere liebe Ashley, ihren Entschluss, in Cornwall zu bleiben und die Sache mit dem B&B. Herzlich willkommen, viel Erfolg und Cheers.“

„Cheers!“, ertönte es im Chor.

„Das war ein äußerst ereignis-reiches Jahr, wie ich rückblickend anmerken möchte, gerne mit einem kleinen Wortspiel. Es war arbeits-reich, erfolg-reich, kenntnis-reich, aber in erster Linie war es für unsere Familie be-reichernd, da Charlie seine neue Liebe in unsere Mitte gebracht hat.“

„Im Ernst, Dad? Deine Worte eben waren sehr aufschluss-reich“, prustete Charlie und ich stimmte in sein Lachen mit ein.

„Ich bin sehr froh, dass ihr beide zueinandergefunden habt, mein Sohn. Wenn ich mich recht entsinne, legte deine Granny schon immer Wert darauf, dass du und Charlie euch eines Tages kennen- und bestenfalls auch lieben lernt.“

„Ja, das habe ich auch so im Hinterkopf behalten“, murmelte ich und erinnerte mich an den Tag am *Crantock Beach* zurück, als Granny wieder einmal den ‚Surfersohn‘ eines gewissen Gilberts erwähnte, der gut zu mir passen würde. Inzwischen wusste ich natürlich, dass sie damals Charlie meinte.

„Nun lasst uns bis Mitternacht schmausen, trinken und tanzen! Und natürlich freuen wir uns auf deine musikalische Einlage mit der Harfe, Liebes.“ Er reichte seiner Mary beschwipst die Hand, die zulangte, stürmisch aufsprang und ihm lachend um dem Hals fiel.

„Etwa zu Dudelsackmusik?“, fragte ich spöttisch und blickte zu Onkel Charles in der Erwartung, dass er besagtes Instrument unter dem Tisch hervorzauberte und tatsächlich darauf spielte.

Mr O’Sullivan schnappte sich jedoch sein Smartphone und ehe er die Sprachsteuerung nutzte, um Musik abzuspielen, ließ er mich grienend wissen: „Natürlich nicht, Ashley. Wir tanzen hier zu *echter* Musik!“ Wunderte es mich da, als AC/DC’s *Rock’n Roll Train* aus den Boxen dröhnte? Ulkiger konnte eine Silvesterfeier in Cornwall wirklich nicht sein. Haggis essen mit Charlie und seiner Familie in einem englischen Herrenhaus und ein Gastgeber in schottischer Tracht mit einem Hang zu AC/DC machte dieses Fest zum allerbesten des ganzen Jahres!

Prosit Neujahr!

Kapitel 33

Ein Hauch von Liebe in der Luft; es sind meine Träume, in denen du auftauchst und es sich so anfühlt, als wärst du noch immer hier; ein Engel, der über mich wacht, an jedem Tag, in jeder Nacht.

„Weißt du noch, Granny? Dieses Gedicht hast du niedergeschrieben, als Grandpa starb. Ich fand es in deinem Nachlass." Ich saß im Sand und es war, als würde mich jede Welle, die an Land schwappte, ihrem Geist ein Stück näher bringen. Es war März und in wenigen Tagen würde ich die Übertragungsurkunde endlich unterzeichnen; mein Moment in Cornwall war gekommen. Ich war endlich an den Ort gefahren, an dem ich mich einst von meiner Granny verabschiedete. *Crantock Beach*. An jenem Tag wurde ihre Asche dem Wind übergeben und er trug sie weit hinaus aufs Meer, bis in die Ewigkeit. Ich kam her, um mich zu bedanken. Für ihre Liebe und das Vertrauen, das sie in mich setzte und ihr Wissen, wo ich hingehörte. Nun hatte ich auch die Kraft gefunden, diesen Strand wieder aufzusuchen.

Ich fragte mich nur; wie kann man einen Ort beschreiben, der dich für immer verändert? Vielleicht als den schönsten Ort der Welt? Als den besten? Und was, wenn es nicht annähernd die Worte gibt, diesen Ort zu umschreiben? Reicht es dann nicht zu wissen, dass dieser Ort fest in deinem Herzen verankert ist?

Du spürst die Einzigartigkeit eines jeden Augenblickes und hoffst, der Zauber würde nie zu Ende gehen.

Du bist präsent und öffnest dich für das, was du dir am meisten herbeisehnst. Und dann kannst du es fühlen. Eine Brise, die dein Haar streift und das Meersalz in deine Atemwege weht. Das Gras unter deinen Füßen, das sich zärtlich an deine Fußsohlen schmiegt. Deine unverbaute Sicht auf den Horizont, der sich bis in die Unendlichkeit auszudehnen scheint. Du vernimmst deinen Herzschlag und es fühlt sich an, als wärst du ein Teil von etwas ganz Großem. Du bist endlich bereit, all deinen Schmerz und Kummer loszulassen. Nie zuvor hast du dich befreiter gefühlt als hier und jetzt in genau diesem Moment. Tausende Sinneswahrnehmungen prasseln auf dich ein und rauschen durch deinen Körper. Es sind Düfte, Bilder, Empfindungen, Geräusche, Geschmäcker… sie alle vereinen sich zu dem, was du empfindest, aber einfach nicht in Worte fassen kannst. Deshalb nennst du es Liebe. Die Liebe zu einem ganz bestimmten Ort. Die Liebe zum ewigen Meer. Die Liebe zum Tor der Freiheit. Es ist deine Liebe zu Cornwall.